十、数十、百へ迫る過酷な敵の増援。
初陣には厳しすぎる戦場を委ねられ、しかし、桜は
絶望するどころか、口の端を歪めて笑った。
「かかってきなさい、侵略者。
あなたたちの蛮行を、日ノ本の桜は許しはしない」
文武両道の大和撫子
沖田・桜（おきた・さくら）
オーディンに見初められた女子高生。
自衛官の父を持ち、自身も誰かのために
戦うことに強い使命感を抱いている。

小さな不屈のウイングメイト
渡来・園香
（わたらい・そのか）

すべての戦乙女の父
オーディン
姉御肌な不良自衛官
天塚・弥生
（あまつか・やよい）
お気楽な弥生の右腕
神宮寺・晃
（じんぐうじ・あきら）

「あーっはっはっは！
引っかかった引っかかった！」
「ふわぁ……」
「これ、これは……」
「おっとっと、
こりゃソノっちには
刺激が強すぎたッスね！」

戦翼のシグルドリーヴァ

Sakura（上）

著：長月達平
原作：戦翼倶楽部

角川スニーカー文庫

22356

戦翼のシグルドリーヴァ

Sakura（上）

index

003
プロローグ ──『テレビの向こうの出来事』

006
第一章 ──『枯れない桜』

055
第二章 ──『ウイングメイト』

092
第三章 ──『戦乙女候補生』

138
第四章 ──『先任と新任』

184
第五章 ──『叙翼式』

241
第六章 ──『Fatal War』

303
第七章 ──『日ノ本の桜』

326
あとがき

口絵・本文イラスト／藤真拓哉
口絵・本文デザイン／林弘樹

プロローグ　『テレビの向こうの出来事』

——最初、画面越しにその存在を見たとき、それが何なのか想像がつかなかった。

映像は音楽もなく、撮影の角度も一方向からの単純なもので、あまりテレビを見る習慣がない自分にとっても、それほど上手《うま》くないと一目でわかる代物だった。

昨今、テレビは面白くなくなった、とは学友が漏らしていた世間話の一端だが、こうした編集の映像が一般的になっているなら、そうした評価もやむなしと思う。しかし、そんな自分の考えが誤っていたことはすぐにわかった。

「——————」

背後で小さな物音。振り返ると、そこには父の姿があった。

厳格で、常日頃から背筋を伸ばし、険しい顔をしていることが多い父。そんな父の驚いた表情は、自分が物心ついてから初めて目にしたような気さえする。

そして、父は表情に驚きを張り付けたまま、震える手でテレビのリモコンを操作し、チャンネルを切り替えた。一つ、二つ、どの局も何故か同じ映像を流している。

――出来の悪い、陳腐な怪獣映画のような映像を。

「え……？」

陳腐な映像だった。編集の腕も悪く、画質は最悪で、カメラはブレブレ。だが、それも仕方のないことだったと、遅すぎるぐらい遅れて気付いた。

この映像を撮った人物は、エアコンで快適にされた部屋の中、ジオラマと特殊効果を使ってこれを撮影したわけではないのだ。この、彼だか彼女だかわからない撮影者は、自分の足で現地へ赴き、それを撮影した。

編集の腕が悪いように見えるのは当然だ。映像は、編集されたものではない。

画質が最悪なのは当然だ。画質に拘《こだわ》れるほど、恵まれた撮影ではなかった。

カメラがブレブレなのは当然だ。撮影者は、命懸けでこれを撮影したのだから。

きっと追われながら、必死に走って、走って、それでも映像を撮るのに腐心した。それが使命感なのか功名心なのか、それは誰にもわからない。

映像の最後は、迸《ほとばし》った光が大地を吹き飛ばし、カメラが撮影者ごと空へ舞ったところで途切れていた。糸が切れるような映像の終わりに、指も動かせない。

映像が残ったのは奇跡だったと、そんなコメントも耳に入ってこなかった。

「――――」

少しの間をおいて、再び映像が流される。

先ほどと何も変わらない映像。受ける衝撃さえも変わらない、何かが決定的に変わってしまう映像が、父と自分しかいない居間のテレビで流れている。

そんな日常を侵食する非日常の足音が、否応《いやおう》なく現実を押し付けてきていた。

これは作り物の映像でも何でもなく、事実として世界で起こった出来事なのだと。そしてこれは今後、自分たちにとっても他人事《ひとごと》ではなくなるのだと。

「――ああ、私だ」

気付けば、父が誰かと電話で話していた。険しく、厳《いか》めしく強張《こわば》った表情は、普段の優しくも厳しい父と違い、一人の職業軍人としての顔だった。

それを盗み見ながら、改めてテレビを流れている映像の方に目をやる。

「――――」

それは、緑色の山頂に聳《そび》え立つ光の柱。

その光の柱から現れる、形容すべき言葉の見当たらない異形の存在。

それが、世界が決定的に変わった日だったと、後々の誰もがそう証言している。

それは彼女――沖田《おきた》・桜《さくら》にとっても、同じことだった。

――この日、世界は決定的に変わったのだと。

第一章　『枯れない桜』

1

「――桜って、なんでそんなに頑張れちゃうわけ？」

学友からのその問いかけに、沖田《おきた》・桜《さくら》は難しい顔をした。

長く艶《つや》やかな黒髪、透き通るように白い肌、すらりと長い手足と女性的な起伏に富んだ体つきをした美しい少女だ。まだ十六歳の、若々しい魅力に溢《あふ》れた桜は、机の上に広げたお弁当に箸《はし》を付けながら、「唐突ですね」と形のいい眉《まゆ》を寄せる。

「なかなか哲学的な質問ですけど、いきなりどうしたんです？」

「そんな哲学なんてむつかしー話してないから。ただ、日々、『枯れない桜』の躍進ぶりを目の当たりにし続けるアタシとしては、その原動力が気になったわけですよ」

「そんな壮大な話をしていましたか？　お弁当の話をしていたような……」

「そうだけど！　毎日、自分とお父さんのお弁当を手作りしてる女子高生！　その肩書きだけで十分鉄人！　アタシにはとても真似できないね！」

　正面から机を合わせ、昼食を共にしている友人——染井《そめい》・吉乃《よしの》の大げさな態度に、桜は思わず苦笑する。エネルギッシュで勢いのあるこの親友は見ていて飽きない。

　とはいえ、彼女の言い分はいかにも大げさだ。

「鉄人なんて誤解ですよ。もう、小学生の頃から続けている習慣ですから、今さら苦になっていないだけです。褒められるようなことじゃ……」

「毎日続けてることとなんて、アタシたち女子高生にはお風呂《ふろ》上がりのスキンケアだけで十分でしょ。それすらたまにサボるアタシだけど……って、こやつ！　むしろ、そっちには大して気を遣ってなさそうなくせして、こんなたまご肌しよってからに！」

「く、くすぐったいですくすぐったいです！　ちょ、破廉恥ですよ！」

　遠慮なく頬に触れてくる吉乃に、桜は身をよじりながら抗議する。その訴えに「ソーリーソーリー」とおざなりに返事して、吉乃はさっと桜の弁当から卵焼きを強奪した。

「んーっ、甘くておいし。また腕を上げよったな……いつ結婚する？」

「吉乃のことは大切に思っていますが、日本で同性婚はまだ認められていませんよ」

「大丈夫。養子縁組の仕組みを使えば、法的に家族になれるから！」

「それは法の抜け道というものでは……」

　なかなか小癪《こしゃく》な知識を披露する憎めない友人に、桜は取られないうちに自分の卵焼きを確保。甘い味わいを堪能《たんのう》しながら、「それと」と言葉を継いで、

「その、『枯れない桜』という呼び方はやめてください。大仰で恥ずかしいので……」

「え～、だって有名だし、事実じゃん？　八重桜《やえざくら》高校の『枯れない桜』……誰もがうっとりと見惚《みと》れちゃう、アタシの桜にこそ相応《ふさわ》しいし！」

「誰が吉乃のものですか。勝手なことを言わないでください」

ぴしゃりとそう言って、桜は「てへへ」と舌を出している吉乃に嘆息する。

――甚だ不本意ではあるが、八重桜高校の『枯れない桜』は近隣でも知られた名らしい。


曰《いわ》く、文武両道の大和撫子《なでしこ》を地でいき、何者をも寄せ付けない孤高の存在である。

曰く、生まれが違えば科挙に受かり、中華の歴史に名を遺《のこ》した逸材である。

曰く、大の男が束になっても敵《かな》わない腕っ節で、八重桜高校の陰の支配者である。

曰く、国家元首さえ逆らえない実力者を家族に持つ、やんごとなき血筋の姫君である。

曰く、その美しさは時の帝《みかど》が心より欲した、月の国の姫の現身《うつしみ》そのものである。

曰く、曰く、曰く――と、その知名度の理由は枚挙に暇《いとま》がない。そうした様々な流言飛語、荒唐無稽《むけい》な夢物語の数々が生み出した伝説、それが『枯れない桜』――、

「……とんでもない誤解が横行しています」

「科挙って、中国の倍率ヤバい官僚試験じゃん。それに受かるとか桜激ヤバ」

「勝手な噂です！　科挙なんて受けたことありませんよ！」

　もうとっくに廃止された中国の古い制度だが、説明なく科挙について理解できる吉乃は意外と物知りだ。ともあれ、どの曰くも根も葉もない噂話に尽きる。

「根も葉もないっていうけど、ホントにそう？　尾ひれ背びれがついたってより、元々あったヒレにデコったくらいにしかアタシは感じないけど」

「そんなわけないでしょう！　殿方を片手で組み伏せられるなんて……」

「でも、柔道の授業でスケベ心出した松本、片手でひねってたじゃん」

「あれは松本くんが手加減してくれたんです！　男児の心意気ですよ！　彼は全国大会の常連なんですから……そうですよね、松本くん！」

　吉乃の疑惑を晴らすべく、桜は同じクラスの柔道部員に話を振る。少し離れた席で友人と話していた坊主頭の同級生が「おお!?」と驚くのを見て、

「聞いてください、松本くん。吉乃が、以前授業で松本くんが本気で私に負けたと思っているんです。そんなはずがありませんよね」

「え、あ、そりゃ、そりゃもちろん……う、うう……っ」

「あ〜あ、藪蛇《やぶへび》……」

　問いかけに頬を引きつらせた男子が、桜の質問に答えたあとで箸を置き、「ちょっと走ってくる」と言い残して教室を出ていく。そして、「うわあああ――っ!!」という声を上

げながら、全力で廊下を駆け抜けていった。

「松本くん!?　廊下を走ってはいけませんよ！　それに、昼食を食べた直後の運動も体に良くないような……いってしまいました」

「哀れ、松本。でも、アタシの桜をエロい目で見た罰じゃ。南無南無……」

走り去った男子の背中に手を合わせて見送る吉乃。その吉乃に桜は「ほら見なさい」と腰に手を当てて、

「私の言った通り、松本くんは手加減してくれていたんですよ。何故、急に走り込みを始めたのかはわからなかったですが……」

「ええからええから、衝動的な男子の行動には目をつぶり！　あんたはそのまんまでええ！　おばちゃん、それで満足！」

「何故、急におばさんの演技を始めたんですか……」

相変わらずの強引な吉乃の話術に、桜はまともに取り合っては負けだと肩を落とした。

そんな桜の様子に、吉乃は「どしたー？」と下から顔を覗《のぞ》き込んできて、

「はいはい、悪ふざけしてごめんちゃい。お願いだからアタシのこと嫌いになんないで。桜に嫌われたらアタシ生きてけないから。速攻で即身仏だから」

「どうして全身の水分を急に失ったんですか！　……ああ、また吉乃のペースに」

「だよねー。でも、そんな風に悩んでてもアタシに付き合ってくれる桜ってば大ちゅき。

だから、アタシの大ちゅきな桜のお悩み、おせーて」

「……まったく、あなたという人は」

気紛《きまぐ》れで好奇心の強い、まるで猫のような気質の吉乃。我が物顔で懐に入り込んでくる距離感も実に猫っぽい。まだ小学生の頃、学校の帰り道で見かけた野良猫のようだ。

気位が高く、こちらが構いたいときにはつれない子で――、

「ごろごろ、ごろごろ……桜、なんで急にアタシの喉《のど》くすぐり始めたの？」

「不意に童心に返ってしまって……こほん。それで、何の話でしたっけ」

「いつ、アタシの嫁にくる？」

「それは話題が遡《さかのぼ》りすぎている気が……そうでした。不本意な噂のことでした」

なんだか、ずっと自分の話をしているみたいで恐縮だが、頻繁に話が脱線するのでレールを進んでくれていないのが問題だ。ともあれ――、

「せめて、噂が小康状態になってくれたらありがたいんですけど……」

「ん～、無理じゃない？　それって、桜に呼吸するなって言ってるみたいなもんじゃん。時よ止まれ、お前は美しい……時が止まってもダメかも」

にやにやと笑いながら、「だってさ～」と続ける吉乃の桜弄《いじ》りには余念がない。

「うちの学校の、『四帝』なんて言われる美形の生徒会役員全員を袖《そで》にした伝説、それはもはや時の帝の求婚を断ったかぐや姫の如き所業……」

「そんな大げさな話がありますか！　大体、学生の身の上でお付き合いなんて……」

「うーん、古風な恋愛観。そこも初々しくて好きだけど」

確かに、学校の生徒会役員全員に交際を申し込まれ、それらを全て丁重にお断りしたのは事実だ。その一件は、ちょっと噂になるのもやむなしとは思う。

「年頃の男女は、色恋のお話がとても好きと聞きますし……」

「わーお、他人事～。桜もその年頃のはずなのに。……でも、もったいなくない？　せっかく男共が涎《よだれ》垂らして近付いてくるんだし、一回くらい付き合ってみたら？」

「涎を垂らしてらっしゃる方は嫌ですよ……」

もちろん、それが比喩《ひゆ》表現だとは桜もわかっている。こうして男女交際について吉乃に助言されるのも初めてではなかった。

だが、「お試しで付き合ってみれば？」という意見は桜には受け入れ難い。

「男子とのお付き合いは試すものではありません。そんなのは相手にも失礼ですよ」

「えー、そう？　お試しでも桜と付き合えるんなら、みんな大喜びでしょ。アタシが男だったら地球に生まれたことを感謝するね」

唇を尖《とが》らせ、そんな風におどける吉乃。

彼女の言葉に微苦笑し、それからすぐに桜は頬を引き締めた。

吉乃の助言には感謝しているが、今はとてもそんな風に考えられはしない。

何故なら――、

「――今は戦時。世界中が危険に晒《さら》されている状況下なんです。男女の色恋にかまけている暇なんて、私には……いいえ、誰にもないと思います」

「――――」

そう言い切った桜に、吉乃が目を細めて押し黙った。

その表情は、忘れていた宿題を思い出させられたときのものにも見えるが、事態はそれより深刻で、誰にとっても他人事《ひとごと》ではない問題なのだ。

――戦時と、そう表現した桜の言葉は決して大げさなものではなかった。

現在、人類は自分たちの存亡をかけ、恐るべき脅威との戦いを続けている。嘘偽りなく、人類は一丸となって危機に立ち向かわなくてはならない未曾有《みぞう》の窮地にあるのだ。

それなのに、桜や吉乃は学校に通い、変わらない日常を過ごしている。

どうしてそんなことができるのかといえば――、

「桜の言ってることもわかるよ？　わかるけどさ。でも、それって結局、ヨーロッパとかの海外の話なんでしょ？　アタシたちが心配しすぎてもねー」

音を立てて、自分の牛乳パックの中身を飲み干す吉乃。その彼女の言葉に桜は歯痒《はがゆ》さを覚える。だが、その歯痒さは吉乃だけに抱くものではない。

クラスメイトや同窓生――否《いや》、もっと大きく、この状況を他人事と感じてしまっている全ての人々に対する歯痒さだった。

――未確認敵性存在、通称『ピラー』。

それが最初に確認されたのは、約二年前の北欧の山中だったとされている。正体不明の光の柱が突如として現れ、それが周囲の自然を、大地を枯渇させた。

そして、その光の柱は『枯渇現象』と呼ばれる滅びの手法を携え、地球上のあらゆる場所に侵略戦争を仕掛けてきた。以来、人類は一進一退の攻防を続けており――それは今、この瞬間だって同じことのはずなのだ。

「でも、テレビの向こうの世界じゃん」

「吉乃……」

「桜はさ、お父さんの仕事があれだからアタシみたいに楽観的になれないのはわかるよ？　けど、桜のお父さんも海外にはいかないんでしょ？　それに」

「それに、なんですか？」

一瞬、とても冷たい声を出してしまった自制心のなさを桜は恥じる。しかし、吉乃はそのことには触れず、「んーん」と喉を鳴らすように答えて、

「アタシらが平和に暮らせてるのって、この生活を誰かが守ってくれてるからじゃん？　だったら、その平和を満喫するのがアタシなりのお礼だと思うの。どう？」

「……それを言われると」

弱い、と桜は目を伏せた。

日々、無辜《むこ》の人々の平穏を守るために粉骨砕身する。それは桜がこの世で最も尊敬する人物が、常日頃心掛けている信念に他ならなかった。

その信念が生み出す平穏、それを享受する吉乃を責めるなんてそれこそ筋違いだ。

「だーかーらっ、アタシは怖くて危ない世界の敵より、大事な親友のコイバナが大事！」

反省する桜を慰めるためか、吉乃は殊更におどけたポーズをする。それが古い有名なCMの猿のマスコットの真似だと気付き、桜は唇を緩めた。

「お、笑ってくれましたね、姫君。あなたには笑顔の方がお似合いですよ」

「やめてください。今、誰かと交際するつもりはないんです」

「それって、アタシに性別を超えた胸キュンしたってこと!?」

赤くなった頬に手を当てて、吉乃は嫌々と身をよじっている。そんな彼女の様子に眉尻《まゆじり》を下げながら、桜は教室の窓の外の景色に思いを馳《は》せた。

遠く、どこまでも続くこの青い空の下、桜たちの手の届かないところでは誰かが命懸けで戦っている。——どれだけ目を凝らしても、それは目には見えない。

それがひどく残酷なことに思えて、桜は自分の胸にそっと手を当てる。

こんな思いを抱いているのは自分だけなのだろうかと、そんな悩みを抱えながら。

2

「バイバイ、今日の桜……明日の桜も愛してるけど、今日の桜も愛してたから！」

と、そんな大げさな別れの挨拶《あいさつ》を交わし、吉乃とは下校の途中で帰路が分かれる。

　吉乃は毎日あの調子なので、たぶん体力が無限にあるのだろう。たまに彼女の奔放さが羨《うらや》ましく思えるときもあるが、自分には不向きなので真似はできない。

「前に一度、鏡の前で真似てみたときは死んでしまうかと思いましたし」

　それも、もっと明るい桜が見たいと吉乃にせがまれた故の苦慮だったが、うっかり人前で披露しなかった自分の判断を心から称賛している。

『枯れない桜』などと呼ばれる屈辱には耐えられても、辱めには耐えられない。

「なにも、吉乃の真似が恥辱の極みとまでは言いませんけど」

　それを直接伝えた場合、吉乃がどんな反応をするのかは想像がつく。なので、桜はそのことに蓋《ふた》をしたまま友人関係を続けてきた。今後もそのつもりだ。

　そんな益体のないことを考えながら、桜は鞄《かばん》を手に、背筋を正して家路につく。

「――」

　夕刻の街並み、学校では同窓生たちが部活動に励んでいる時間帯だ。

もっとも、桜は部活動には所属していない。学内の大半の部活動から勧誘は受けたが、彼女は家の手伝いがあるとそれらを全て丁重に断っていた。

「冷蔵庫の中を綺麗《きれい》にしてしまいたいですから、夕食はありもので作りましょう。……醤油《しょうゆ》の残りが心許《こころもと》ないので、週末にはまとめて買い足さないと」

指折り、家に帰ってからの計画を立てる桜。それが所帯じみた内容に聞こえるのも無理はない。沖田家には女手が桜のものしかなく、家事全般が彼女の仕事だった。

――桜の母が亡くなったのは、十年近く前のことになる。

以降、家のことは家政婦が任されていたが、桜は可能な限り早く家事を覚え、沖田家の生活を自分が維持することを選んだ。そんな必要はないと父には言われたが、桜は頑としてそれを受け入れず、今日の沖田家が作り上げられている。

もちろん、年相応に友人と遊んだり、部活動に励むことへの羨望《せんぼう》はある。

しかし――、

「――お父様の力にならなくては」

それ以上に、桜にとっては父を支えることが重要だった。

だから、桜は父に心配をかけないよう、あらゆることに全力で打ち込んで――、

「――おや、桜ちゃん」

角を曲がり、自宅の前に差し掛かったところで名前を呼ばれた。考え事をしていた桜は

一瞬反応が遅れ、相手の顔を見てから「あ」と小さく息が漏れる。

沖田家の前、塀に寄りかかっていたのは細身で長身の男性だ。下校の最中、男性に声をかけられた場合の注意は校則にあるが、幸い、その対処は必要ない。

見知った相手だ。それも、桜にとっては数少ない親しくする男性の一人。

「――里見《さとみ》さん、いらしてたんですね」

「ああ、むさ苦しい顔の出迎えで悪いね。しかし、もう高校生の下校時間か」

「最近は日が長くなったので、夕方といってもまだまだ明るいですからね」

男性――里見・一郎《いちろう》がまだ色の明るい太陽に目を細める姿を見て、桜は微笑む。

里見は桜の父の部下であり、幼い頃から付き合いのある人物だ。母が亡くなった頃は誰より親身になってくれた人で、桜が最も信頼する大人の一人と言える。

まだ三十代半ばのはずだが、落ち着いた佇《たたず》まいが印象的で、日本男児たるものかくあるべし――と、桜は勝手に子どもっぽい同級生と比較してしまう。

その桜の視線に気付いて、里見は自分の横顔を手で撫《な》でながら、

「うん？　なんか顔についてたりしたかい？」

「いえ、今日も凛々《りり》しい面差しと思います。ご立派です」

「おっと、桜ちゃんにそう褒められると調子に乗りそうになるね」

苦笑いし、桜からの称賛を世辞と受け止める里見。子ども扱いされていると感じ、微妙

に不満を覚える桜だが、彼を困らせたくないので追及はしない。

「今日も、他の皆様とお父様のところへ？」

「尾山《おのうえ》たちと一緒にね。こう頻繁だと、空将補にも悪いとは思ってるんだが……」

「そんなことはありません。里見さんや尾山さんはお父様のお気に入りですから、きっと内心喜んでいらっしゃると思います。あまりそうは見えなくても」

「娘の桜ちゃんがそう言ってくれるなら安心だ。なんせ、昔から空将補に睨《にら》まれると体が震えてね。冷静な判断ができなくなるんだよ」

里見のジョークを聞いて、桜も「まあ」と口に手を当てて小さく笑う。そんな世間話を交わすのも楽しいが、桜には里見と話したい話題があった。

学校の同級生や吉乃に話しても、まともに取り合ってもらえないが——、

「——里見さん、ピラーのことをお聞きしてもいいですか？」

「————」

桜からの問いかけに、里見が沈黙を選んだ。彼は懐を探って煙草《たばこ》を取り出すと、その先端にオイルライターで火を付け、紫煙を肺に入れる。

手慣れた仕草と見慣れた姿、嗅《か》ぎ慣れた臭いに桜は鞄を持つ手に力を込めた。

以前は吸おうとするたびに許可を求めてくれていたが、桜の方から気にしないでほしいと頼んだ喫煙だ。彼が煙草を吸うのは、決まって嫌な思いを苦みで忘れるため。

それは直前の、桜からの問いかけを嫌がったわけではなく、

「どうにも上は腰が重くてね。不明存在……ピラーが身近に迫る危機だって事実を認めたくないらしい。国民感情を気にしてって建前ではあるかな」

「国民感情……海の向こうの出来事を無視して、自分たちだけの平和の享受ですか」

「おいおい、まさか学校でそんなこと言い触らしてやしないだろうね？　周りに遠巻きにされたら空将補が心配されるよ？」

「お父様は、私の心配なんて……」

しない、と続けるのではなく、するべきではないと続けたかった。

桜の父、沖田・歳三《さいぞう》は父親であると同時に、この国を守る護国の勇士の一人だ。父自身もそれを誇りに思っている。それを、娘の桜が阻むことなどあってはならない。

そう思い、言葉を中断した桜に里見が「やれやれ」と頭を掻《か》いた。

「ま、桜ちゃんは頭もいいし、運動神経も抜群。母親譲りの美人さんなんだから、ちょっとやそっとじゃ学校での立場は揺らがないか」

「それはいささか私を過大評価しすぎていると思いますけど……里見さんからの褒め言葉だと思って、ありがたく受け取っておきますね」

悪くなりかけた空気を、里見が砕けた態度でかき混ぜてくれる。彼の気遣いに甘えながら、桜は自分がただの八つ当たりをしたことを大いに反省した。

　心の中の吉乃に頼み、頬を引っ張ってもらう。痛い痛い痛いと、猛省だ。

「では、日本の国際平和維持機構への参加は……」

「なおも検討中、かな。とはいえ、日和見主義が多数を占めても、少数派の意見を封殺できるわけじゃない。水面下では色々動いてる。我々もね」

　顎《あご》をしゃくり、里見が沖田家を示しながら肩をすくめた。

　つまり、こうして里見が同僚と一緒に父を訪ねてきているのも、そうした状況を変えるための試みの一環なのだろう。いずれにせよ――、

「……歯痒《はがゆ》い」

　無力な学生であることが、桜は悔しくてたまらなかった。父や里見、尊敬する人たちの力になれないことはもちろん、それ以上に逸《はや》る不可思議な気持ちもある。

　ただ、己の心に問いかける声があるのだ。――このままでいいのか、と。

「――戦乙女《いくさおとめ》」

「……え？」

　不意に、悔しさを噛《か》みしめる桜の前で、里見がそんな言葉を漏らした。

　一瞬、聞き間違いかと思った桜だったが、里見は煙草の灰を携帯灰皿の中に落とし、正面からこちらを見つめていた。気のせいではない。

「里見さん、今の、戦乙女というのは……」

「桜ちゃんは、ピラーについてはどこまで知ってる？」

「――。大まかなことでしたら。予兆もなく、突然現れる光の塔と、そこから次々とやってくる異形の侵略者。北欧を起点に、欧州全体に戦地が広がっていると」

「奴らには通常兵器が効かず、米軍の話じゃ核攻撃にさえ平然と耐えたそうだ。まさに、漫画の中の怪物だよ。生憎《あいにく》、タイツ姿のヒーローは登場してくれないが」

噂程度の話ならともかく、核攻撃が通用しなかったと聞かされるのは驚きだった。

桜も詳しいわけではないが、考えられる限り、核とは人類が持っている最大の兵器ではないのか。それが使用され、あまつさえ通じなかったとなれば。

「いったい、欧州ではどのようにピラーと戦って……」

「戦ってなんていない。軍人は民間人を避難させる時間を稼ぐため、自らを捨て石としてピラーを引きつける。そして、相手が撤収するまでそれを続けるのさ」

「そんなの……っ」

戦いとは言えない。文字通り、ただの時間稼ぎでしかなかった。

今、こうしている間にも、同じ空の下のどこかでそんな命懸けの戦いが繰り広げられている。そう想像すると、桜の心は悲憤で引き裂かれそうだった。

誰にも勝ち目のない敵。異形の敵対者。光の塔より現れる無敵の存在――、

「――だった。それが、ほんの少し前までは」

「だった、ですか？」

悲嘆が、思いがけない言葉に遮られ、桜は顔を上げる。その桜と視線を合わせず、里見は片目をつむったまま、夕焼け色に染まり始める空を仰いでいた。

「漫画の中の怪物を倒すために、全身タイツのヒーローは現れなかった。だが、この話には続きがある。――ヒーローの代わりが現れて、それは怪物を倒してはくれなかったが、怪物を倒すための手段は与えてくれたんだ」

「……それは漫画のお話ではなく、ですか？」

「どっちの方がよかったのやら。まぁ、漫画の怪物が実現してる時点で、今さらなお話ではあるんだけどさ」

理解に苦しむ内心が露骨に声色に出てしまい、里見が苦笑する。その笑みに、桜は自分の発言をとっさに悔やみ、撤回しようとしたが――、

「――桜、帰っているのか」

そこへ、厳《いか》めしい声と険しい顔つきの人物が現れ、試みは中断された。

姿を見せたのは、髪の大部分が白くなった壮年の男性だ。体格はがっしりしており、五《い》十《そ》路《じ》を迎えるとは思えないほどたくましく、壮健だった。皺《しわ》深い顔と、整えられた髭《ひげ》が威厳をさらに強めていて、軍服を纏《まと》わずとも軍人と一目でわかる。

沖田・歳三――桜の実の父であり、里見の上官たる存在であった。

「お父様、ただいま帰りました。すみません。里見さんと立ち話をしてしまって……」

「謝ることはない。風に当たると出ていったにしては長いと思っただけだ。ちょうど桜の帰る時間だったから、表で話し込んでいるのは想定内だった」

「お見通しでしたか。いや、父親の第六感でしょうかね？」

親子の会話を茶化した里見を、歳三がじろりと睨みつける。その視線に里見が硬くなる姿が見えて、どうやらいまだに歳三に怯《おび》えているというのは事実だったらしい。

ともあれ、客人がきている以上、桜もいつまでも外で立ち話はしていられない。

「着替えて、すぐにお茶をご用意しますね」

「ああ、いや、お構いなく、桜ちゃん。親子団欒《だんらん》を邪魔するつもりはないんだ。尾山たちも連れて、そろそろ退散するからさ」

「ですが……」

「桜、引き止めなくていい。今日、話すべきことは話し終えたあとだ」

里見と歳三の二人に固辞されるが、桜は食い下がるか少し悩んだ。なにせ、桜がいない間だと、歳三が客人をどうもてなしたのか全く想像ができない。

歳三が自分でお茶を淹《い》れたり、茶菓子を用意する姿は浮かばなかった。

「心配しなくても、大体持参したから」

その桜の心中を察したようで、里見が小声でそう教えてくれる。それもいささか恥ずかしい話だが、里見と歳三の付き合いは桜と父との期間に匹敵する。付き合いの距離感は弁《わきま》えてくれているのだと、そう前向きに捉《とら》えることとした。

「――桜」

「はい？　なんでしょう、お父様」

家に上がろうとしたところで、歳三に呼ばれて桜は振り返る。その桜をじっと見つめ、歳三はしばらく考え込んでから、

「里見に、余計なことは聞かされなかったか？」

「――。いえ、特には何も。ただの世間話です」

一拍だけ返答を躊躇《ためら》い、しかし、桜は首を横に振った。

嘘をついたわけではない。ただ、里見に話をせがんだのは桜自身だ。それで、桜の質問に答えた里見が叱責《しっせき》されては筋が通らない。

なので、桜は里見との会話の内容を隠した。それも大げさな表現だが。

「――。ならいい。早く着替えなさい」

桜の答えを聞いて、歳三の眼力が少しだけ圧力を増した。だが、父は桜の隠し事には言及せず、静かに頷《うなず》きながらそう言った。

桜はその歳三の態度を怪訝《けげん》に思ったものの、蒸し返せば自分の隠し事の方の藪蛇《やぶへび》になりかねないと考え、ただ「はい」と大人しく頷くだけにとどめた。

3

——着替えた桜が挨拶《あいさつ》してすぐ、里見たちは沖田家から引き上げていった。

彼らを見送ったあと、桜は夕食の準備をして、父と二人きりの食卓を囲んだ。あまり会話のない食卓だが、その環境に慣れ切った桜は気にならない。

正直、歳三と学校の話題や、吉乃との友人関係のことで話が弾むとはとても思えない。それと同じぐらい、父も家で仕事の話をするわけにはいかない立場だった。

「……今日の煮物は、よく味が染みているな」

「ありがとうございます。実は、調べて調理法を工夫してみたんです」

「そうか。このやり方の方がうまいと思うぞ」

「はい。……あ、お風呂《ふろ》は沸かしてありますから、いつでも大丈夫です」

「ああ」

と、二人の会話はこんな調子だ。

言葉少なではあるが、料理の感想を言ってくれるのは桜的に大満足だった。

昨今の男性は奥方の作った料理を褒めることをしないとも聞く。そういう意味では、歳三の態度は世の男性たちの中でも抜きん出た美徳と言えよう。

「お父様と娘なので、夫婦ではありませんけど……」

父のあとで風呂に入り、湯船で体を温めながら桜はそんなことを呟《つぶや》く。

桜と歳三の親子関係は、同級生たちのそれよりずっと良好だと思う。自分でやっているというのもあるのか、父の衣類と自分の衣類を一緒に洗濯することにも抵抗がない。父の言葉の何もかもに反発する、そんな時期の訪れとも無縁だ。

それどころか、もっと尊敬する父の力になりたいと切望しているが、なかなかそうした機会が持てないことが悔やまれる。

ただ、そんな心境で湯船に沈みながら、桜の唇が紡ぐのは——、

「——戦乙女」

今日、里見が一度だけ口にした、その不思議な響きの単語だった。

「——」

単純に文字だけ見れば、戦う乙女といったシンプルなものだ。しかし、その単語には字面のシンプルさ以上の、もっと強い意味合いが込められていると桜は感じた。

それが何なのか、具体的にはわからないが——、

「どうしてなのか、妙に引っかかります……」

風呂上がりに自室で軽いストレッチを行い、長い黒髪をドライヤーで乾かす。伸ばした髪を不自由に思うことも多いが、短くしたいと考えたことはない。死別した母も、アルバ

ムの中では黒髪を長く伸ばしていた。それだけの理由だが。

「よし、簡単ではありますが」

その後、台所で明日の弁当の仕込みを済ませ、自室では持ち帰った課題を終わらせる。そして、鞄《かばん》の中を整理し、明日の準備を終えて消灯、布団に入った。

吉乃や他の同級生の話だと、ベッドで眠っている子の方が多いようだが、桜は圧倒的に布団派だった。畳めば部屋を広く使えるし、布団を敷く作業そのものが好きだ。干した布団を床に敷き、そこに飛び込むと幸せな気持ちになれる。

桜は寝つきもいいので、布団にくるまれば夢に落ちるのもすぐだ。——ただし、普段と違い、この日の桜は簡単に睡魔には負けられなかった。

「里見さんのあの様子は……」

思い出されるのは、夕暮れの中に佇んでいた里見の姿だ。

桜には悟られないよう隠していたが、彼や同僚たちが抱えている悩みは深刻なようだ。それは頻繁に歳三の下に通い、何事か激論することからも窺《うかが》える。

彼らの味わう歯痒《はがゆ》さは、おそらく桜の比ではないのだろう。それでも、桜は同じものに悩む同志として、彼らと同じ問題に立ち向かいたかった。

ぐるぐると、頭の中を吉乃たち同級生、里見たち大人、そして父の顔が過《よぎ》る。

学力を、武芸を、容姿を褒められても、それでは決して満たされない渇望が——、

「――なるほど、欲張りな娘もいたものだ」

――その声は、自問自答する桜の内で響くはずのない、他人の声音だった。

「――っ、誰です⁉」

とっさに布団を撥《は》ね上げ、桜はその場に飛び上がり、相手の方を睨《にら》む。髪と寝衣を乱しながらそうした彼女に、不埒《ふらち》な輩《やから》は「ほう」と感心した息をこぼした。

「寝ていた姿勢から器用に跳ねるものだ。普段から、自分の体をイメージ通りに動かせていないとこうはいかない。私を呼ぶだけあって、拾い物だな」

「何を言っているのですか？　そもそも、あなたは……ぁ」

面白がる相手を不愉快に思い、視線を厳しくした桜は驚きに口を開けた。声のした方を睨み、相手を観察しようとした矢先、それができないと悟る。

――何故なら桜の視線の先、浮かんでいるのは茫洋《ぼうよう》とした人型の黒い影だ。

そこにいるのか、いないのか、存在さえ不確かで曖昧《あいまい》なモノに思える影。それを、無礼な不審者と同じに扱うことはできない。

「あなた、は……」

「俺の姿に動揺しているな。それなら、一つ朗報だ。――お前が見ているのは現実の僕の姿じゃない。これは、夢の中だよ」

「ゆ、夢……？　ここが夢だっていうんですか？」

「そう、夢だ」

曖昧に揺らめく黒い影が、自分の存在は夢だと主張してくる。その主張を鵜呑《うの》みにするのもどうかと思うが、それ以外では説明のつかない状況なのも事実。

まず、ここは眠っていたはずの自分の部屋ではない。以前、何度か吉乃と出かけた映画館の内装に似ていた。当然、布団も敷かれていない。自分が寝間着姿なのは変わっていないが、こんな格好で表に出たとあっては末代までの恥だ。

「どうやら、落ち着いたらしいな」

「……夢の確証を得ただけです。夢なら、どんな不条理も起こると思いますから。ただ、こんなはっきりと自分の意思がある夢というのは」

「ここで明晰《めいせき》夢の説明をして、お前の認識を混乱させるのも面白くはあるが、それをして面倒なことになるのは私だからな。これは、一種の夢枕だとでも思え」

「夢枕……まさか、お告げだとでも？」

「似たようなものだ。だいぶ、自分を取り戻してきたようだな」

「……おかげさまで。お気遣いありがとうございます」

相変わらず姿の見えない相手だが、桜の中にはそれと対話する余裕が生まれてくる。その原因の一端には、聞こえる相手の声がやけに幼いことが挙げられた。

少女、ではない。しかし、年若い少年であることは間違いないように思われる声。

「では、お伺いしましょう。どのようなことを伝えにいらしたのですか？」

「ほう、素直だな。経験上、夢のお告げをすんなり受け止める娘は少ない。時代の流れというやつか、話半分に聞き流すものが大半だというのに」

「情報の真偽は後々判断すればいいことだと思います。私も、朝寝坊したくはありませんから、あまり夢が長引くのも困るんです」

「なるほど、別ベクトルでおざなりか。エイミーの一件から、俺も学ばないものだな」

嘆くように空を仰ぎ、額に手を当てるような影の仕草。最初は不気味に思えたそれも、見慣れてくると次第にユーモラスなものに見えてくる。

ともあれ、そんな桜の感慨を余所《よそ》に、影は「わかった」と気を取り直し、

「さて、では本題に入ろう。何を話しにきたのかと、お前は僕に聞いたな。その問いに端的に答えるなら、おめでとう、沖田・桜。——お前は、資格を得た」

影に名前を呼ばれ、桜は一瞬、奇妙な圧迫感を覚えて息を詰めた。

だが、これは自分の夢なのだ。ならば、名前ぐらいは当然相手も知っている。そう感情を立て直して、桜は相手の顔と思《おぼ》しき辺りに視線を向けた。

「資格、ですか？　申し込んだ覚えがありませんが……」

「可愛げのない娘だ。だが、案ずるな。そんな娘でも私は愛そう。何より、この資格はお前が喉《のど》から手が出るほど欲した願いを叶《かな》える鍵《かぎ》だぞ？」

「私が欲した鍵？　いったい、あなたは何を——」

「——ワルキューレ」

　静かな、たった一言の単語だった。

　しかし、影がそれを呟いた途端、桜の反論の声は中途で断絶する。それもまた、耳馴染《みみなじ》みの薄い単語だった。だが、それを聞いた瞬間の感覚には覚えがある。

　それは夕刻、里見の口から『戦乙女《いくさおとめ》』と聞いたときのそれに似て——、

「それは、戦乙女……ですか？」

「ああ、そうか。お前たちの国だと、そちらの響きの方が一般的か。すまんな。どうにも国家というやつの認識が曖昧だ。我々と、我々以外の区別に慣れすぎていてな」

「——。答えてください。ワルキューレとは、戦乙女のことですか？」

　重ねて、桜は影にそう問いかける。

　それを受け、影は一拍だけ間をおいて、それからすぐに「そうだ」と肯定した。

「ワルキューレ、戦乙女、戦う翼……お前たち人間がそう名付け、そうあれかしと望んだ反撃の嚆矢《こうし》。沖田・桜、お前にもその資格がある」

「……私の、夢のお告げがずいぶんと、立派なことを仰《おっしゃ》いますね」

「――――」

「夢に願望が現れるなら、言いそうなことと思います。私が自分の無力を……大切に思う方たちの力になれないことを歯痒く思っていたのは事実ですから。ですが、そのことで自分の夢に慰めてもらおうなどと、そんな情けないことを！」

　影が桜に投げかける言葉は、桜が望んでいたものそのものだった。

　そして、そんな都合のいいことが起こり得ないことも桜にはよくわかっている。だからこそ、夢にデリケートな部分を台無しにされた気がして、桜は激昂《げきこう》した。

　同時に自分が情けなくもなる。こんな、夢に慰められることを望むほど、自分自身が弱いなどと思いたくはなかったと。

　しかし――、

「――どうやら、勘違いしているな」

　その桜の激昂を受け止め、影は静かにそう言った。

「……勘違い？」

「ああ、勘違いだ。これは俺の言い方が悪かった。大仰に、芝居がかった喋《しゃべ》り方をしてしまうのは僕の悪癖だ。素直に謝罪しよう」

　深々と腰を折り、影が頭を下げたように見えた。もっとも、その表情は窺えないため、実際のところ、影がどんな心情で謝罪したのかは不明だ。それこそ、桜が謝罪を望んだから影が謝ったという可能性すらある。

「そこまでくると重症だが、わからないでもない自己不信だ。その勘違いを正そう。——ここは夢の中だが、お前の夢の中じゃない。僕の夢の中だ」

「……ますます、意味がわかりません。あなたの夢を、私が見ていると？」

「そうだ。お前の懇願する想《おも》いが私を呼び寄せた。……当然、相性の良し悪しがあることを思えば、遅かれ早かれといったことではあったが」

「そうご自分だけ納得されても困ります。詳しく話してください」

「いいや、必要な話をしてやろう。朝寝坊は困ると、自分で言ったろう？」

桜自身の発言を盾に取り、影が挑発的にそう言ってくる。それを聞いて、桜は悔しげに息を詰めてから、深々とその息を吐き、前を向いた。

澄んだ黒瞳《くろめ》で、黒い影を見据える。

「お伺いします。ここがあなたの夢で、私が資格を得たと仰いましたね」

「ああ。ここは『フリズスキャルヴ』……まぁ、世界中を見渡せる、ちょっとした観測所だとでも思えばいい。俺はここから、その力を使って資質ある娘を探している」

「その、資質というのが……」

「ワルキューレ、戦乙女。いいや、お前にはこう言ってやろう。——この世界を脅かす、光の柱たるピラーと戦う資格だと」

「――」

微笑んだ。相手の表情は見えない。だが、間違いなく影が微笑んだのがわかった。

それが嘲弄《ちょうろう》や侮蔑《ぶべつ》によるものではなく、己が尊いと思うものをひけらかすことへの優越であったことは疑いようがない。相手の、その心情はともかく――、

「信じましょう。あなたの言葉を」

「ほう、いいな。決断の速さは美徳だ。その志も、見所がある」

「お褒めに与《あずか》り光栄です。ただ、疑問があります。――その、戦う資格を私に認めるあなたは、いったい何者なのでしょうか」

不可解で不可思議なことの連続だが、中でも最大の不思議要因は眼前の黒い影だ。

その言葉を信じるなら、影は自分の夢と他者の夢を繋《つな》げることができて、この観測所から世界全土を見渡し、そして世界の脅威たるピラーに抗《あらが》う戦士を探している。

そんな人知を超えた力を持つ存在なんて、まるで――、

「――神さ」

「――っ」

「他のなんだと思った？　ちょっと世界が見渡せるだけで、全能気取りのいけ好かないじゃりン子だとでも思っていたのか？」

神と、そう名乗った黒い影に、思考を読まれた気がして桜は反応が遅れる。ただ、続い

た罵詈雑言《ばりぞうごん》には心当たりがなく、「い、いえ」と桜は首を横に振った。

「誤解です。そのような悪口、口にするのも憚《はばか》られます」

「奥ゆかしい。お国柄というやつか？　倭国《わこく》……いや、大和《やまと》？　違うな、日本か。これは見落としていたことを反省しなくてはなるまい。やはり隅々まで観測しなくてはな」

おそらく、思案の仕草を取りながら、影が何事か独り言を始める。

その影の独り言も興味深くはあったが、桜の関心は影ではなく、その発言の方だ。

影が、本当に神なのかはわからない。しかし、その発言が真実であったなら――、

「私は、どうすれば戦乙女となれるのですか？」

「――――」

「資格があると認められても、何の予備知識もなく戦えるとは思いません。私は、どうすれば戦乙女に……ワルキューレになれるのですか！」

自分の胸に手を当てて、逸《はや》る気持ちで桜は影に問いかけた。

ここが夢の中なら、こうしている自分の体は現実のモノではないのだろう。だが、この胸の奥、期待と不安に拍動する心臓は、込み上げてくる熱情は、本物だ。

――沖田・桜が、誰かのために、この空の下を生きる人々のために戦えるなら。

「教えてください、神様。私を、戦乙女とするために」

「――――」

前に踏み出し、自分の思いの丈を桜は全てぶつけた。

その熱量を正面から浴び、影はしばし沈黙する。そして、ゆっくりと、影は揺らめき始め——否《いや》、揺らめいているのではない。笑っていた。

影が、堪《こら》え切れない衝動に負け、笑い出していた。

「はは、ははは！　いいぞ。実にいい、沖田・桜！　いいや、桜よ！　それでこそ、戦乙女……この僕の、娘となる資格がある」

「何を……」

「——オーディン」

「……え？」

不意に、笑いを止めた影が一つの単語を紡ぎ出す。

その聞き覚えのない響きが、しかし、初めて『戦乙女』と、『ワルキューレ』と聞いたときと同じ感覚を桜にもたらした。

「オーディン……それが、あなたの名前ですか」

「そして、お前が欲する鍵でもある。どうすればワルキューレになれるのか聞いたな。お前の、最も信頼するものにその名を告げろ。そうすれば……」

「——」

「お前の誇りが求めてやまない、空への翼を手に入れることができるだろうさ」

4

目が覚めて最初に気付いたのは、自分が涙していたことだった。

寝ながら泣いていたことなんて、物心ついてから記憶にない。――否、それは嘘だ。前にも、泣きながら目覚めたことがあった。

「お母様を……」

亡くしたばかりの頃、桜は頻繁に泣きながら目覚めた。

まだ母の匂いが、名残が残っている布団にくるまり、いなくなってしまった母のことを思い、何度も涙を流した。目覚めて母の姿が見えなくて、やっぱりまた泣いてしまって、泣きながら父の下に向かって、それはそれは父を困らせたものだ。

その記憶が嫌に鮮明で、だから、桜は思ってしまう。

――桜が泣いて目覚めた朝は、きっと父を困らせることになると決まっているのだと。

「桜か……」

朝、階段を下りたところで、ちょうど桜は歳三と出くわす。歳三が出てきたのは一階の奥にある部屋で、母の位牌《いはい》と仏壇の置かれた仏間だ。

桜もそうだが、父は起きると最初に母の仏壇へのお参りをする。客人にお茶を出すことも怪しい歳三だったが、仏壇への供え物だけは絶対に欠かさないのだ。

そこに、年月を経ても変わらない両親の絆《きずな》を感じて、桜はひどく誇らしい。

しかし、そんな感慨も、この朝の桜の気持ちを上向きにしてはくれなかった。

「お父様、大事なお話があります」

「……わかった。先に、母さんに挨拶《あいさつ》しなさい」

「はい」

居間に向かった歳三と入れ替わりに仏間に入り、桜は線香の匂いを嗅《か》ぎながら座布団の上に正座した。正面、母の遺影と位牌に手を合わせ、まだ火のついたばかりの父の線香の隣に、自分も新しい線香を灯《とも》し、煙を並べる。

夢の報告は、母より先に父にしたい。なので、手を合わせて母に願うことは、自分の覚悟を見守ってほしいの一言だった。

「――――」

仏間を離れ、居間に入ると、歳三が静かに自分の定位置に座っていた。二人分のお茶を淹《い》れ、桜は湯飲みを置きながら父の正面に座った。

そして、無言でお茶を啜《すす》る歳三を真っ直ぐに見据えながら、切り出す。

「――オーディンと、そう名乗る神が夢枕に立ちました」

「――ッ」

その言葉を聞いて、湯飲みを置いた歳三が目を見張る。凝然と、驚きに染まった父の目を真っ向から見て、桜は小さく顎《あご》を引く。頬を引き締め、表情を保った。

夢のお告げを実現するなら、ここが最初の関門なのだと。

「オーディンは言いました。私には戦乙女《いくさおとめ》……ワルキューレとしての資格があるのだと」

「桜、それは……」

「ただの夢だ、なんて仰らないでください。……お父様は、オーディンやワルキューレのことを、知っておいでなのですね」

最初に戦乙女と口にしたのは、歳三の部下である里見なのだ。ならば当然、その上官である歳三も、その単語を――否、神の存在を知っていたはず。

里見が言っていた、絶望的な窮地に現れた一筋の光明、それこそがオーディンだと。

「……初めてオーディンが人類の前に姿を現したのは、各国の首脳が集められた首脳会談の席だ。ピラーへの対抗策の会議中、それは突然現れた」

もはや誤魔化《ごまか》せないと悟ったのか、ぽつぽつと父が語り始める。

――北米に出現した不明存在ピラーに対し、米軍は苦渋の決断として核攻撃を実施。

――人類最大の一撃に難なく耐え、ピラーはなおも侵略を続行。

――光の柱が最初に観測された北欧は壊滅的被害を受け、欧州への侵攻が開始。

――打つ手のない人類、そこへ突然に現れたのが、神なる存在からの救いの手。

「オーディンがもたらした反撃の嚆矢《こうし》、それこそがワルキューレ……核攻撃さえ通用しないピラーに対し、唯一、抗うことのできる存在だ」

それは、とても現実のものとは思えない、お伽噺《とぎばなし》や空想小説のような物語だった。

だが、そうではない。これは現実として、この世界の中心で起こったことなのだ。

そして、沖田・桜は、その人類の抗う嚆矢としての資格を得た。

ならば――、

「――お父様。桜は、ワルキューレとして戦いに臨むつもりです」

「――っ！　桜！」

「お父様が！」

桜の決意を聞いた瞬間、歳三が声を荒らげ、立ち上がった。だが、桜も負けじと立ち上がり、真っ向から父を見つめ、声を高くする。

「お父様が、たとえなんと仰っても決意は揺らぎません。……私は、このときを、お父様や里見さんたちのお力になれる日を、ずっと待っていたんです」

「ずっとだと？　お前のような子どもに何がわかる。まだ、十六の娘が……」

「十六の娘です！　ですが、あの日、お父様が見たものと同じ光景を見ていました」

胸に手を当て、そう訴えた桜に歳三が息を呑《の》む。

父の脳裏に浮かび上がるのは、あの日、桜と歳三が一緒に目の当たりにした光景。北欧の、霊峰の頂に立った光の柱が、あまりに多くを薙《な》ぎ倒していく悪夢。

あの、作り物のような世界が現実となったなら、父の認めたくない奇跡も起こる。

「沖田・桜は、お父様の娘です。――世界を守るため、何としても」

「……往《ゆ》くと、そう言うのか、桜」

「はい」

真っ直ぐ、桜は顔を上げ、躊躇《ためら》いなく言い切った。

瞬間、沖田・歳三の目を過《よぎ》った複雑な感情は、彼を日ノ本の守護者ではなく、一人の父親としていたように思う。――それだけで、桜は満足だった。

5

電車での長旅を終え、駅の外に出た桜は周りを見渡す。

事前に確認したところ、目的地までの迎えを寄越《よこ》してくれるとの話だ。待ち合わせの車は見当たらないが、見晴らしのいい場所だから、くればすぐにわかるだろう。

「ふぅ……」

風を浴びながら、桜は小さな旅行鞄《かばん》を手に木陰に入る。まだ紫外線の強い時季ではないが、桜は肌が焼けやすい。日焼けすると肌が痛みやすいので、夏は悩みどころだ。

「吉乃は、夏になったら真っ黒に焼くと言っていましたが……」

快活かつ活発な吉乃は、健康的な小麦色の肌がよく似合う。昨年の夏の思い出と、今年も夏を目前とした彼女の張り切りようは記憶に新しい。

それを、この目で見られなかったのは心残りだった。

「――――」

今頃は桜の欠けた教室で、吉乃や同級生たちは学業に勤《いそ》しんでいるだろうか。そんなことを考えながら、迎えを待つ桜を不意に強い風が撫《な》でていく。

思わず、とっさに髪を押さえ、桜は風に目を細めて――、

「――きゃっ」

と、小さな悲鳴が聞こえて、桜は声がした方を振り向いた。すると、桜が出てきたばかりの駅、一人の少女が改札口から出てきたところだった。

その少女の被《かぶ》っていた白い帽子が、今の風に煽《あお》られて飛んでいく。高く、風に舞い上がった帽子は、そのままだと空に吸い込まれてしまいそうで。

「えいっ」

その飛んでいく帽子に、桜は反射的に手を伸ばしていた。

指先で帽子を確保した桜を、少女が「あ……」と目を丸くして見つめている。そんな少女に微笑みかけ、桜は「どうぞ」と帽子を彼女に差し出した。

「危なかったですね。木に引っかからなくてよかったです」

「あ、ありがとうございます。ごめんなさい。わたし、うっかりしちゃって……」

「いいえ、気を付けてくださいね。それと……」

「――？」

　帽子を受け取った少女が、自分を上から下まで眺める桜に不思議そうな顔をする。しかし、不思議な気持ちでいるのは桜も同じだ。

　見たところ、少女は桜より四つか五つは下――おそらく小学生だろう。周りに保護者の姿は見当たらず、可愛らしいピンクのワンピース姿。つまり、私服だ。

　まだ日の高い時間の平日にも拘《かかわ》らず、義務教育期間中の少女が私服姿で、キャリーケースを引っ張って一人でいるというのは桜の想像をたくましくさせた。

「もしや、家出ではありませんか？」

「え……」

「だとしたら、親御さんが心配されていますよ。あなたの年頃では、まだ自分一人で何かを決断するのは危険を伴います。そういった強硬手段に出る前に、しっかりとご両親と話し合うべきです。よければ、私からご連絡しましょうか？」

「え、え、え、あのあの……」

　前のめりになり、桜は推定家出少女にそう詰め寄る。その勢いに呑まれ、少女は目を白

黒させながら、ぎゅっと帽子を抱きしめて戸惑っていた。

今日は、桜にとっても外せない用事のある大事な日だ。

だが、それは少女の身の安全と引き換えにするべきではないし、何より、桜はこれから誰かを守れる自分になろうと決意している。

その強い使命感が、桜に一人の家出少女を見過ごさせまいとしていた。

「ですから、不安がらないでください。きっと、あなたの問題も解決して――」

「――おーい、そこのお二人さん、ちょっといいかい？」

「はい？」

燃やした決意が燃え広がる寸前、第三者の声に水を浴びせられた。

声は背後、駅前のロータリーから届いたものだ。気付かなかったが、そこにはいつの間にか一台の車が停車しており、降り立った一人の女性が桜たちを眺めていた。

黒髪を短くして、大きなサングラスをかけた女性だ。鼻や唇の形でかなりの美人とわかるが、特筆すべきはその服装――自衛官の制服だろう。その制服のボタンを大胆に開け、豊満なスタイルを惜しげもなく晒《さら》した型破りな着こなしだった。

その女性は首を傾け、桜と少女を代わる代わる見ると、

「沖田・桜と、渡来《わたらい》・園香《そのか》の二人で間違いないかい？」

「――。はい、私が沖田・桜です」

「わ、わたし、渡来・園香ですっ」

名前を聞かれ、桜は反射的に背筋を正して答える。驚くべきは、桜に続いて少女も同じように女性の問いかけに答えたことだ。

隣の少女、名前は渡来・園香というらしいが、着崩したとはいえ自衛官の制服を着た女性が彼女の名前を呼んだのだ。それはつまり――、

「よしよし、二人とも時間通りに到着してたね。感心感心……ってか、あたしらの方が遅刻したんさね。悪い悪い。ちょっと出がけに手間取っちまってね」

そう言って、女性は照れ笑いしながら二人の前にやってくる。そんな彼女を迎え、桜は失礼のないよう言葉を選びながら、

「あの、あなたが迎えの方でよろしいでしょうか」

「ん？　ああ、それで間違いないよ。あたしは天塚《あまつか》・弥生《やよい》。あんたたちのお迎えさ」

「私たちを迎えに……自衛隊の方、ですよね？」

色んな疑問の響きを交え、桜は女性――天塚・弥生と名乗った彼女に問いかける。その桜の質問に、弥生は小さく笑い、サングラスを指で持ち上げた。

「なるほど。あんたの疑問はわかったよ。あたしがあんまり軍人らしくないんで、本物かどうか疑わしくなったってわけだ」

「そ、そういうわけでは決して！」

「いやいや、気持ちはわかるよ。けど、安心おし。あたしは間違いなく、現役の自衛官さ。ただし、模範的な自衛官かって質問なら回答は拒否させてもらうけどね」

「はぁ……」

笑った弥生の言葉に、桜は返答に迷って生返事してしまう。そんな桜の様子に弥生は肩をすくめた。と、その二人の会話に「あの」と園香が口を挟む。

「わたし、その、右も左も全然わかってなくて……ご迷惑かけちゃうかもしれなくて」

「おお？　可愛いこと言うもんさね。いや、可愛い年頃だから当然か。前もって聞いちゃいたが……ん、わかった。あたしに任せときな」

「ひゃっ」

控えめな態度の園香に頷《うなず》いて、弥生が一歩前に出る。そのまま、彼女は園香に手を伸ばすと、小柄な少女をぐっと引き寄せて抱きしめた。

突然の抱擁に目を白黒させる園香。当然、桜にも驚きの行動だった。

「その歳で親元を離れるなんて決断はなかなかできるもんじゃない。あんたは立派だよ。だから、あんたの面倒はあたしが見てやるさ」

柔らかく園香を抱きしめたまま、弥生がそう言ってウィンクする。それを間近に見て、あたふたとしていた園香は目を見張り、ゆっくりと頷いた。

「よしよし、素直で可愛いじゃないか。そうでなくちゃね。桜、あんたも何か不安があったらあたしかペアを頼りな。そのための先任なんだからね」

「いきなり呼び捨てにされるのは構いませんが……ペア、ですか？　申し訳ありません、天塚さん。私はまだ、事情を測りかねていて――」

　心当たりのない話に困惑する桜。しかし、その言葉は途中で、割り込んできた車のクラクションによって中断させられてしまう。

　停車した車の運転席、ゆっくりと開く窓の奥には茶色い髪を二つにまとめた女性。やはり自衛官の制服を着た人物が、三人の注意を集めて手を振っている。

「姉御～、仲良しこよしの最中ッスけど、そろそろ戻らないと時間がヤバいッス」

「おっと、あたしの悪い癖だ。なに、これから時間はいくらでもあるんだし、抱き心地を確かめるのは今度にしとこうか」

　運転手の女性の言葉にそう応じて、弥生はようやく園香を解放した。そして、彼女は園香の荷物を軽々と担ぐと、桜の方にも空いた手を伸ばす。

「荷物はさくっと積んじまうから、二人は車に乗ってな。後ろに仲良くね」

「いえ、自分の荷物ぐらい自分で……」

「いいからいいから。遠慮しなさんな。ほらほら」

　弥生は強引に桜からも荷物を奪うと、戸惑う二人をさっさと車の後部座席に押し込む。二人で並んで車に乗せられ、桜と園香は翻弄《ほんろう》されっ放しだ。

「お二人さん、浜松にくるのは初めてッスか？」

と、そんな二人に運転手の女性が気さくに話しかけてくる。

一瞬、桜は質問の意味を咀嚼《そしゃく》するのに時間がかかったが、すぐに「はい」と頷いて、

「地名や駅名は知っていましたが、実際にくるのは初めてです」

「わ、わたしも、です」

「そッスかそッスか。そしたら、きっと忘れられない地名になるッスよ。なんせ、最初の任地ってのは価値観ぶっ壊されるッスからねえ」

けらけらと笑い、女性が指でハンドルを叩《たた》く。車のバックミラー越しに女性の顔を窺《うかが》いながら、桜は「はぁ」とまたしても生返事をする自分を反省した。

「あーしは神宮寺《じんぐうじ》・晃《あきら》ッス。姉御共々、桜っちとソノっちのウイングメイトッスよ」

「ういんぐ」「めいと……？」

聞き慣れない単語を浴びせられ、驚きを半分こする桜と園香。その二人の反応を、晃と名乗った彼女が微笑ましげに見届ける。

「さ、新入りと荷物の両方乗っけたよ。晃、出しな！」

その晃の隣に、荷物を積み終えた弥生が勢いよく乗り込んだ。

「オーライッス、姉御。んじゃ、二人とも、ゆるりとよろしくッス」

「こ、こちらこそ」

「よろしくお願いしま……ひゃっ」

ガクンと走り出した車に、挨拶《あいさつ》の途中だった園香が悲鳴を上げる。その少女の甲高い声を聞いて、弥生と晃の二人が声を上げて笑った。

その笑い声に、顔を赤くする園香の肩を支えながら、桜は眉《まゆ》をキリっとさせ、

「申し訳ありません。そろそろ、事情の説明をしてくださいませんか？」

「んー？　事情？　あたしらの名前以外に何かいるかい？」

「いりますよ！　だって、私は事前に何一つ聞かされていません。それに……」

とぼけた弥生の回答に応じて、桜はちらりと隣の園香を見た。

こうして、一緒の迎えの車に乗せられている以上、園香の目的は桜と同じだ。だが、園香はどう見ても小学生。——この年頃の少女が、選ばれるというのは。

「納得がいきません！」

「あー、桜だっけ。あんた、なんか委員長っぽいね。学生の頃を思い出す」

「な……」

「委員長！　言われてみたら、その感じッス。いやー、懐かしいッスね～」

桜の物言いを聞いて、弥生と晃がそう囃《はや》し立てる。その年上二人の対応に桜が絶句していると、弥生が「悪い悪い」と助手席から首だけ振り返り、

「からかっちゃいないさ。あんたとは仲良くしたいからね。なんせ、あたしらとあんたた

ちはウイングメイト……同期の桜ってやつだから。あ、ジョークじゃないよ？」

「——。その、先ほどから言っているウイングメイトというのは？」

「当然、ワルキューレの……いや、その候補生仲間ってとこかねえ」

　その単語がもたらされ、桜はようやく弥生を真っ直ぐに見つめることができた。その視線の変化を弥生も感じたのだろう。彼女は肩をすくめると、

「改めて、あたしは天塚・弥生。一応、現役の自衛官で、そっちの園香のペアさ」

「あーしも姉御と同じで現役の自衛官、桜っちのペアの神宮寺・晃ッス」

　ひらひらと手を振り、弥生と晃が車内で互いにハイタッチ。その手と手の打ち合う音を聞きながら、桜は背筋を正した。

　候補生のこともウイングメイトも、先任とのペアとの話も初耳だ。だが、構わない。

　この道が、ワルキューレへと続いているのなら——、

「——沖田・桜です。まだまだ未熟な若輩者ですが、どうぞよろしくお願いします」

　静かに、桜は頭を下げ、二人の先達と、もう一人の同輩に挨拶した。

　それを聞いて、園香は息を詰め、晃が口笛を吹く。それから、弥生が再び指でサングラスを持ち上げ、その肉眼で桜を見つめながら、

「威勢のいいのが入ってきたね。——楽しくなってきたよ」

　と、そう鮫《さめ》のように笑ったのだった。

第二章　『ウイングメイト』

1

——学校を中退すると報告したとき、予想通り、吉乃《よしの》には激しく反対された。

「なんでなの？　だって、まだ高校生活だって半分も過ぎてなくて……アタシ、まだまだ桜《さくら》とやりたいことも、いきたい場所も山ほどあるのに！」

「……ごめんなさい、吉乃。でも、もう決めたことなんです」

目を伏せ、懸命に訴えてくる吉乃に桜は自分の決断を押し付ける。

止められることはわかっていた。だから、学校が桜の退学届を受理し、取り返しがつかなくなるまで吉乃への報告を先延ばしにしたのだ。

この、高校から出会い、一瞬で距離を詰め、桜の人生の大きなウェイトを占めるようになった親友の存在が、唯一、桜に中退を躊躇《ためら》わせる要因だった。

もし、彼女に縋《すが》り付いて懇願されたら、桜はその手を拒めないかもしれない。それが怖かったから、桜は思いつく限り、最も卑劣な手段を選んだ。

ただ、別れを告げるためだけに彼女を呼び出し、互いの友情を終わらせる。

日常に未練を残さないことが、この先の、桜の歩む道には必要な儀式だった。

「……アタシが、ちゃんと話を聞かなかったから？」

「――っ、いいえ、違います！　吉乃に落ち度はありません。これは、ちゃんとお父様とも話し合って、私自身が決断したこと。あなたには、何も……」

「関係ない？」

「――――」

静かな吉乃の言葉が、薄情者な桜の心を切り裂いていく。

違うと、そう口にすることは簡単だった。だが、それがどれだけ確かな響きとなって吉乃の心に届くだろうか。相談しなかった。反対されるとわかっていたから。

その時点で、説得力なんてまるでなかった。

だから、桜は唇を引き結び、真っ直ぐに吉乃を、親友を見つめて――、

「――はい。私の、決断です。そこに、吉乃の介在する余地はありません」

「――――」

「たった、一年と二ヶ月の付き合いでしたが、これまでありがとうございました。吉乃のおかげで、楽しく過ごせました。その思い出を胸に、往《ゆ》きます」

目をつむれば、高校生活のどんな場面にも吉乃の存在がある。

彼女と過ごした日々への感謝と、これから過ごすはずだった日々への未練を抱え、桜はこの先の道を選ぶ。図らずも、吉乃が以前話していた通りだ。

この先、桜を待ち受ける想像を超えた世界。そこで桜はきっと、今までに味わったことのない苦しみや悲しみ、思いもよらない出来事に直面するだろう。

そうして桜が守り抜くことになる世界で、吉乃には平和を享受してもらいたい。

それは、誰かを守るために戦うことになるものたちが抱いている恒久的な願い。自分の大事な人々が、何にも脅かされない日々を過ごすことへの希望だった。

「さようなら、吉乃。幾久しく、健やかに」

自分から別れを告げ、最後の話し合いも、こうして自分の都合で切り上げる。

最初から最後まで身勝手に振る舞ったことを自覚しながら、桜はここで友情が終わったとしても、一方的でも、親友の健やかな未来を祈った。

そのまま背を向け、桜は吉乃の前から去ろうとする。

しかし——、

「——っ！　バカ桜！　アタシがこれで、桜を嫌いになると思ってるんでしょ⁉」

「————」

「だとしたら、そんなの大間違いだ！　桜は、アタシに嫌われたいみたいだけど、そんな勝手な桜の言いなりになんてなってやらないから！」

遠ざかろうとする桜の背中に、吉乃が強く、たくましく、そう叫んでいた。

その吉乃の声を聞いて、桜は自分の足が止まりそうになるのを必死に堪《こら》えた。ここで足を止めたら振り返ってしまう。振り返ったら、駆け出してしまう。

だから、桜は振り返らない。その振り返らない桜に、なおも吉乃は続ける。

「いいよ、頑張ってきなよ、沖田《おきた》・桜。アタシの桜はなんだってできる天才なんだから！　どこにいったって、うまくやれるに決まってるんだから」

「――――」

「どこでだって、『枯れない桜』は健在なの！　桜、そのことを忘れちゃダメだから！」

吉乃のものになった覚えはないし、『枯れない桜』なんて呼ばれ方も苦手だった。

これは、それを否定させようとする吉乃の卑劣な罠《わな》だった。なんて卑劣なのだろうか。

最も卑怯《ひきょう》な手段を取った桜への仕返し、さすがは桜の親友だった。

――染井《そめい》・吉乃は、沖田・桜の大親友だった。

「桜！　これで終わりなんかじゃないから！　アタシ、しつこいんだからね！」

背中に親友の、友情の終わりを否定する声を聞きながら、桜はその場を歩き去る。

高校生活の終わりは、しかし、そこで得た友情の終わりではなかった。

なんと恵まれているのだろうと、そう実感しながら、桜の学生生活は終わり――、

2

「――無心でよく走るもんじゃないさね」

ふと、その呼びかけで我に返り、桜は大きな瞳《ひとみ》を瞬《まばた》きさせた。

声をかけてきたのは、桜の隣を並走している天塚《あまつか》・弥生《やよい》だ。自衛官の制服を脱ぎ、Tシャツ姿で健康的な汗を流しながら、桜と共にグラウンドを走っている。

その、ほとんど息を乱していない弥生の様子に、桜は彼女の評価を改めた。

短期間でそれらしくない姿ばかり見せられたが、それでも弥生は現役の自衛官だ。

日々のたゆまぬ努力で鍛えられた基礎体力は、吉乃や学友とは比べ物にならない。

「――――」

一瞬、吉乃との別れを思い出し、痛痒《つうよう》な感情が桜の胸を過った。しかし、桜はその感傷を瞬きで押し流し、前を向く。

「うん？　どうかしたかい？」

「いいえ、勝手ながら安心していました。天塚さんがちゃんとされていて」

「ちゃんとってのは、馬鹿みたいに走らされても音を上げてないって？」

歯に衣《きぬ》を着せない弥生の物言いは、桜には頷《うなず》きづらい。ただ、その意図は間違っていないため、桜は無言でいることで肯定の意を表明した。

「もう一時間以上も走ってるが、顔色一つ変えてないのはあんただけだよ」

悪い笑みの弥生に言われ、桜は意識を周囲に向ける。

グラウンドの各所では、足を止めて休む人影――『戦乙女《いくさおとめ》』候補生たちの姿が散見された。汗だくで息を切らし、適時、休みを入れてはまた走り始める。

そのほとんどの候補生が限界に達し、諦《あきら》めの表情をしているのがわかった。

「調査書にはなかったが、なんかやってたのかい？」

「――。部活動や習い事という意味でしたら、いいえ。ただ、体力作りには昔から取り組んでいました。何かがあったとき、力不足を嘆きたくありませんでしたから」

「何かあったとき、ね。そいつは何とも、花の女子高生らしくない発想さね」

並走する弥生の感想は、桜が学校で散々言われていた類《たぐい》のものだ。

しかし、その日々は無駄ではなかった。おかげで今、弥生たちのような先達を前にみっともない姿を晒《さら》し、力不足を悔やまずに済んだのだから。

「ソノっち、無理はしすぎちゃダメッスよ。辛《つら》くなったら休んでいいんスからね」

そんな桜の感慨が、正面から聞こえてきた応援の声に砕かれる。

顔を上げれば、前を走る二つの人影――後ろ向きに走る晃《あきら》と、彼女の声援を受け、足を引きずるようにしながら走っている園香《そのか》の姿があった。

現役の自衛官だけあって、園香をリードする晃には余裕がある。だが、ほとんど歩くような速度の園香は、その苦しみがこちらにも伝わってきそうな困憊《こんぱい》ぶりだ。

ただ、それを園香の準備不足だと指摘するのは酷だろう。

「……まだ、十一歳の子なのですから」

第二次性徴も終えていないような年頃の園香に、桜や他の候補生と同じ課題が与えられている方がおかしな話だ。戦乙女候補生の徴募は今回が国内初の試みであり、運用に試験的な部分があるとはいえ、納得はできない。

「そもそも、何故女性だけが候補生なのですか？　男子の志願者は……」

「おいおい、字面でわかるだろ。あたしらが目指してるのは戦乙女なんだよ？　字面に乙女って入ってるもんに、男が志願できるわけないじゃないさね」

「それは、感情的なものを抜きにした制限ですか？」

「ああ、そうだよ。でなきゃ、男が揃って尻尾《しっぽ》を巻くほど臆病《おくびょう》者揃いだってのかい？　そいつは軍人の娘にしちゃ、男共を見くびったもんじゃないさ」

「……失言でした」

「なあに、あんたがよく考えてるって証拠さ。偉い偉い」

素直に反省した桜に、弥生が笑いながらこちらの背中を叩《たた》いてくる。

その気安い距離の詰め方に、吉乃のことを思い出す桜は弥生への苦手意識を強める。一方的に別れを告げたせいで、桜の中では吉乃への態度を保留中。

それだけに、弥生への態度も決めかねるのが本音だ。調査書とやらを閲覧され、通知表を把握されているような居心地の悪さがあるのもそれを手伝う。

「はぁ、はぁ、はぁ……っ」

そう弥生と話す間に、前を走っていた園香と晃に追いついてしまう。

これで何度目の周回遅れになるかは忘れたが、追い越すたび、園香の呼吸は深刻なものになっていて、泣きそうになりながら走る少女の姿には胸が痛んだ。

まだ接した時間は短いが、ごく普通の大人しい少女だと思う。決して精神的に強いようにも見えない子だったから、辛そうな様子が本当に息苦しい。

こんな、幼い少女が苦しみながらテストを受けている背景は——、

「——親類縁者に、自衛隊の関係者がいたのでしょうね」

懸命な園香の顔を横目に、桜は胸中でそう呟《つぶや》く。

浜松基地で開かれた、『第一次戦乙女選抜試験』——その候補生は、戦乙女となる資格を認められた現役の自衛官と、同じように資格を認められ、親類縁者に自衛隊の関係者がいる子女のみに条件を絞られている。

いまだ、ピラー災害に揺れる国際情勢の中、自分の立ち位置を明確にしていない日本国におけるテストケース。——それが、この選抜試験の実態なのだ。

3

――時は、桜たちが駅で迎えられ、浜松基地へ向かう道中へと遡《さかのぼ》る。


「それで、先ほど天塚さんの仰っていたペア制度のことですが……」

「やれやれ、真面目だねえ。もっと、親睦《しんぼく》を深めるために話があっちこっち脱線したっていいじゃないさ。それが花の女子高生ってもんだろう？」

「残念ですが、元女子高生です。今回のお話があって、学校は中退してきましたから」

　車の助手席、シートにだらしなく座る弥生の言葉に、桜はそうはっきり答える。

　自分で言っておいてなんだが、元女子高生という肩書きは何とも寂しいものだ。実際、その響きに前の席の弥生と晃も思わず顔を見合わせる。

「ってことは、桜っちは最終学歴が中卒ッスか。あーしや姉御が学歴マウント取れるときがくるとは思わなかったッスね」

「こら、学歴なんてつまんない話をするのはおよしよ。そもそも、最終学歴なんて話をしたら、あたしらよりよっぽどデリケートな子がいるじゃないさね」

「あ〜、そうッスね」

運転席でハンドルを握る晃が、バックミラー越しに後部座席をちらと見る。その視線を感じて、「あ」と声を上げたのは小さくなっていた園香だ。

人見知りなのか、彼女は会ったばかりの三人に萎縮《いしゅく》していた様子で、

「ええと……さ、最終学歴、わたしなんか小学校も卒業してないから、幼稚園卒業ってことになっちゃいますよ〜。……なんちゃって」

「――――」

彼女なりにおどけてみたようだが、それに対する三人の反応は芳《かんば》しくない。まして、桜は自分の予想の的中に、なんと言っていいかわからなかった。

「小学校もまだ卒業していないということは……渡来《わたらい》さんは、何歳なんですか？」

「この間、十一歳になりました。わたし、誕生日が四月だから……それで、小学校は五年生でした。あの、つい最近までですけど……」

「義務教育とは……」

もちろん、学校を中退し、戦乙女となるべく学生生活を手放した桜が言えた話ではないが、園香の事情は桜の事情よりもさらに同情すべき点が多い。

それから、桜ははたと嫌な可能性に思い至った。

「まさか、渡来さんのような年頃の子が大勢なんてことは、ありませんよね？」

「あっはっは！　確かにそりゃおっかない。なんせ、どう考えてもあたしや晃は子どもの

情操教育に悪い大人だからね」

「でも、今日の姉御は上着着てる分、いつもよりちゃんとしてるッスよ」

「普段は着ていらっしゃらないんですか⁉」

最悪の想像は否定されたものの、予想の最低ラインを下回る不良自衛官ぶり。制服の着用レベルの話をされ、頭を抱える桜に弥生が肩をすくめる。

「ま、冗談抜きに園香は特別だよ。他も、大体はあたしらと同年代……四十人いる候補生の中で、半分は現役の自衛官って具合だからさ」

「四十人、ですか。それは……」

「多いかい？　少ないかい？　あんたはどっちに感じた？」

弥生の鋭い問いかけに、桜は唇を引き結ぶ。

候補生が四十人と聞いて、最初に桜の胸中を過ったのは『少ない』という印象だ。もちろん、今回の選抜試験に集められた候補生、その条件は厳しかったと聞く。

ただ、それでも広く、日本中の自衛官から候補者を募ったはずだ。その結果が四十人というのは――否、桜や園香のような立場の候補生もいるのだ。

現役の自衛官から候補生に名を連ねたのは、もっと少ないということになる。

「それだけ、狭き門ってことッスよ」

「――。では、私たちは選ばれた四十名ということですね。……ですが、先ほどの遅刻を考えると、お二人にはその自覚が足りていないような」

「おっとっと」「こいつは手厳しいッス」

「あ、あはは……」

狭き門とまで言われた桜が、ちくりと迎えの車が遅刻したことに言及する。その指摘に弥生と晃は悪びれず、反応に困った園香は曖昧《あいまい》に笑って濁した。

「まったく……」

正直、桜としては人生の転機ぐらいの覚悟でやってきているつもりだ。それが、出だしでこうも気持ちを躓《つまず》かされてはたまらない。互いに初対面、おまけに候補生の同期という立場で関係を悪くしたくはないが、

「しっかりなさってください。お二人がその調子では、候補生を志したのに叶《かな》わなかった方々が無念に思われます」

「……やっぱ、委員長っぽいねえ」

「んなっ⁉　それを言ったら、お二人は全く自衛官らしくありません！」

頬杖《ほおづえ》をついた弥生の一言に、桜は理想の自衛官——歳三《さいぞう》や里見《さとみ》を思い描き、憤慨する。

「どうして、そんな不真面目な方が戦乙女の候補生に……」

「——そりゃ、抜群に適性があったからさ。全員、望むと望まざるとに拘らずね」

「え？」

「あーしは姉御の付き添いッスかねえ。いやー、たまたまあーしにも戦乙女の素質ってのがあってよかったッスよ。でなきゃ姉御と離れ離れでしたもん」

一瞬、声の低くなった弥生の変化に桜は驚く。が、その変化の兆しは続いた晃の発言に塗り潰《つぶ》されてしまい、追及する流れではなくなる。

「それで、その……沖田さんが最初に聞こうとしてた、ペア制度のことは？」

と、そこにおずおずと話題を差し込んだのは、話のタイミングを窺っていた園香だ。その彼女の指摘に、桜は話題が逸《そ》れていたことを思い出す。

「あ！　そ、そうですよ。誤魔化《ごまか》さないで、ちゃんと答えてください」

「けっけっけ、忘れてたくせに。あ〜、晃、説明してやんな」

「あいあいッス。って言っても、そんなややこい話じゃないッスよ。さっきも言った、あーしらみたいな先任と、桜っちたちみたいな新任を組ませようってだけなんで」

先任と新任——わかりやすい分類だ。現役の自衛官が先任、桜たちのような一般枠からの候補生を新任とし、それを二人一組で組ませる。

聞いた話では、候補生はちょうど先任と新任が二十人ずつと、分けやすい人数だ。

「その数も、何やら作為的に感じはしますが……」

「疑い出すとキリがないッスよ、桜っち。それとも、まさかあーしらの組み合わせまで、何か陰謀があると思ってます？」

「そんな風には思いませんけど……具体的には、ペアを組んで何を？」

「そりゃ先任らしく、軍隊での決まり事とか色々と手取り足取りッスよ。これはもはや、今後の生活における疑似姉妹関係！　晃お姉ちゃんって呼んでいいッスよ」

「お断りします」

　ぴしゃりと、不適切な要請を桜はシャットアウト。そのにべもない態度に晃が唇を尖《とが》らせると、隣の弥生がくつくつと喉《のど》を鳴らし、

「おーおー、そっちのペアは前途多難だこと。園香、あたしらは二人と違って仲良くやろうじゃないさ。弥生お姉ちゃんって呼んでくれていいよ」

「ええっ!?　おんなじこと言ってる……は、恥ずかしいです、天塚さん」

「ちぇっ。じゃ、二人きりのときだけでいいから」

「させません！　まったく、ちゃんとしてください！　私たちはこれから――」

　園香の顔を赤らめさせ、からかう弥生に桜が怒鳴った。が、その桜の叱責《しっせき》は大きく車が弾んだ揺れと、「そろそろッス」という晃の呼びかけに中断される。

「ほら、見えてきたッスよ。あーしらの巣箱、浜松基地ッス」

　晃に言われ、桜と園香も正面に注目。ゆっくりと近付いてくるゲートと、そこに設置された表札には『航空自衛隊浜松基地』と記されている。

　巣箱と晃が表現したのは、ここが戦乙女《いくさおとめ》のひよっこである桜たちを教え育てる目的の、

まさしく巣箱となる場所だからだ。

「あの、沖田さん」

　これから始まる日々に胸を高鳴らせ、静かに息を整えていた桜が声に振り返る。と、桜を呼んだ園香が真剣な様子で、ぺこりと頭を下げた。

「不束者《ふつつかもの》ですけど、末永くよろしくお願いします」

「――――」

「あ、あれ？　変、でしたか？　お父さんには、こう挨拶《あいさつ》しなさいって言われてて……」

　虚を突かれて固まった桜の反応に、嫁入り前の挨拶をした園香があたふたと慌てる。

　娘に間違った挨拶を教えた園香の父、その意図はわからないが、きっと変にかしこまった印象を与えないための配慮、だと思う。

　そんな園香の父の親心を感じながら、桜はその幼い少女の姿に胸が締め付けられた。

　きっと、園香は今回の選抜試験に合格することはできないだろう。幼いこと、それ自体が大きなハンデだ。――だが、それでいいのだ。

　園香のような子の平和のために、多くの将兵は命を懸けるのだから。

「いいえ、おかしなことなんてありません。こちらこそ、よろしくお願いします」

　その桜の返事を聞いて、不安げだった園香の表情が安堵《あんど》に緩んだ。思わず抱きしめてしまいたくなるが、弥生たちに色々言った手前、桜は自制する。

そうして、桜と園香の挨拶が交わされたところで、ちょうど車が停車した。

「よっし、桜っちとソノっちが結納交わしたとこでご到着〜ッス」

「で、結婚の前祝いやらしたいとこなんだが、時間がなくてね」

「え？　え？　結納？　結婚？」

先の園香の不束者発言を拾い、年長者二人が大人げない態度でからかってくる。それを意図的に無視しながら、桜は「なんですか？」と二人を睨《にら》み、

「時間がない、と仰《おつしや》いますと？」

「ほら、あたしらが遅刻したろ？　そのせいで、時間割がヤバいんだよ。具体的には、あと十分で着替えてグラウンドだ。着隊挨拶は……後回しにしちまおう」

「ヒューッ！　さすが、姉御！　ちっとも悪びれないッス！」

「な!?」と、桜に説教する暇も与えず、弥生と晃が車を降り、後ろのドアを開ける。そして、戸惑う桜と園香を引っ張り出すと、積んだ荷物をさっと担いで、

「体操服は持ってきたね？　じゃ、更衣室までダッシュ！　最悪、茂みで着替えてグラウンド直行って羽目になるよ！」

「そんな破廉恥なこと、渡来さんにさせられません！　い、急いでください！」

そう言い合いながら、四人はバタバタと大慌てで更衣室に飛び込み、運動着に着替えてグラウンドへ飛び出し、そこで体力測定の開始を言い渡され――、

4

　――そうして改めて、時間はグラウンドでの体力測定へ戻ってくる。

「――――」

　軽く息を弾ませて走りながら、桜は課せられた試験の内実に義憤を覚えていた。

『全員が倒れるまで走れ』というのが、この体力測定で与えられた目標だ。もちろん、倒れるまでというのは方便で、自分の限界まで走らせることが目的なのだろう。

　すでに桜以外の――厳密には、桜と園香以外の候補生たちはほとんどが走るのを中断している。弥生たち現役の自衛官は試験を免除され、測定の対象外とされていた。

　つまり、この試験は桜が足を止めた時点で終了する見込みなのだ。

　正直、現時点で桜が新任の候補生のトップの成績なのは疑いようがない。しかし、それ自体は喜べた話ではないと桜は考えていた。

「――私は、まだまだ走れるのに」

　自分の限界に挑む気概を、他の候補生から感じられないことが悔しかった。

　結局は、候補生とは名ばかりの、身内に自衛隊関係者がいるだけの一般女子。飛び抜けた気骨を期待する方が間違っていると、そういう話なのだろう。

だが、桜は期待していたのだ。

――彼女たちの中に、自分と同じ志を持った仲間がいてくれることを。

「お、桜、またカメラ前だよ。ちゃんと美人に映るよう、笑いな」

並走する弥生の呼びかけに顔を上げれば、グラウンドを走る候補生を撮影している広報用のカメラと視線が合った。弥生などはカメラ相手にピースサインをしているが、生憎《あいにく》と桜は愛嬌《あいきょう》を振りまく気にはなれなかった。

試験内容が録画されているのは、今後あるかもしれない『第二次戦乙女選抜試験』のための記録。あとは文字通り、広報活動用の撮影だろう。

今回の試験がただの国内外へのアピール活動に終わらなければ、次の選抜試験にきちんと活《い》かされるかもしれない。――こんな調子で、意味があるとは思えないが。

「学校も辞めて、お父様や吉乃を悲しませてきたのに……」

ぶつけ先のない苛立《いらだ》ちに胸を支配され、桜は強く奥歯を噛《か》んだ。

もういっそ、誰にも頼らず一人で神に直談判《じかだんぱん》してやろうとさえ――、

「はぁ、はぁ……っ」

そう思い詰める桜の前に、再び追いついた園香の背中が現れる。

激しく息を乱し、歩くような速度で走り続けている園香。まだ十一歳の少女の懸命な姿を意識して、桜の中に言い訳の余地が生まれる。

全員が足を止めなくては、この体力測定は終わらない。他の候補生も、園香も、桜が立ち止まらない限りは延々と走らされ続けるのだ。

だとしたら、もう十分だろう。園香を、この苦しみから解放してもいい頃だ。

「おっとっと……桜？」

園香を追い越し、二十メートルほど先行したところで桜が足を止めた。隣を走っていた弥生が少し先で振り返ると、桜はのろのろと走る園香を待っていた。

ふらふらとした足取りでやってくる園香、それを迎えるように桜は両手を広げる。

もう十分頑張ったと、その健闘を称《たた》えてあげたかった。

「こんなに長く付き合わせてしまってごめんなさい。でも、あなたはとても立派で――」

今回、戦乙女の合格基準は満たせていなかったとしても、挑戦したことが大きな財産となる。そんな、励ましの言葉をかけるつもりだった。

しかし――、

「――っ」

「え」と、園香を抱きとめようとした桜が虚を突かれる。支えようと手を伸ばした瞬間、唇を噛んだ園香が斜めに踏み出し、桜を躱《かわ》したのだ。

そして、驚いている桜の横を抜け、園香の唇が動いて――、

「……わたしの、勝ち」

と、そう言いながら、園香が前のめりに倒れる。その体を抱きとめたのは桜ではなく、その隣へ戻ってきた弥生だった。

彼女は園香を正面から抱きとめて、唖然《あぜん》としている桜に笑いかける。

「園香の言う通りさね。桜、この子が一着で、あんたは二番手だよ」

「な……何を言うんです！　だって、この子は……」

「全員ぶっ倒れるまで走れ、がルールッスよ。まぁつまり、全員が足を止めるまでって話ッスけど……桜っち、ソノっちを何回抜きました？」

園香と一緒だった晃に肩を叩《たた》かれ、桜はその問いかけにしばし考え込む。

「たぶん、七周か八周だったと思いますけど……」

「おー、立派な数字ッス。でも、その間、ソノっちは一回も立ち止まってねッスよ」

「——ぁ」

晃の指摘を受け、桜は目を見開く。そして、気付いた。

最後まで、桜たち新任とグラウンドを一緒に走っていたのは弥生と晃の二人だけ。他の先任は早々に足を止め、観戦に回っていた。だが、そうではない。

先任が足を止めたのは、ペアの相手が足を止めたからだ。そして、弥生と晃が最後まで走り続けていたのは——、

「この子が、諦《あきら》めていなかったから……」

　ボロボロで、死にそうなくらい苦しげな呼吸をして、きっと汗だけではなく、涙で顔をぐちゃぐちゃにしながらも、園香は一度も立ち止まらなかった。

　亀の歩みのように遅々とした速度でも、彼女は自分の限界を認めなかったのだ。

　そうとも知らず、桜は勝手に園香に見切りをつけ、彼女の魂を侮辱してしまった。未成熟な少女ならば、その魂までも未熟に違いないと決めつけて。

「ほいじゃま、これにて体力測定はおしまい……だけど、ありゃりゃ」

　唇を噛み、下を向いた桜を余所《よそ》に、園香を抱き起こした弥生が苦笑する。どうやら桜に勝利した時点で、園香は完全燃焼してしまったらしい。

「――すぅ、すぅ」

　元々、緊張していた様子でもあった。疲れは体力測定の前からあったに違いない。それでも最後まで、自分の手綱を離さなかったのは感服の一言。

「さくっと医務室だね。せっかくだし、ペアのあたしが負《お》ぶってくとするか」

「あ、じゃ、あーしもお付き合いするッスよ。桜っちは……」

「私も！」

　とっさの大声に、晃が細い目を軽く見張って驚く。桜自身、大きな声を出してしまったことを恥じつつ、「こほん」と小さく咳払《せきばら》いし、

「私も、ご一緒させてください。医務室の場所を知っておきたいですし、それに……」

「邪魔者は消しておきたいから、かい」

「――はい。って、何を言わせるんですか！　違います！　断固、違いますっ！」

「わかってるわかってる。ったく、冗談のわからない委員長だね」

悪童のように笑い、弥生が園香の体をそっと背負う。小柄な少女を軽々と背負った弥生には、桜とほぼ同じ距離を走った疲労がほとんど見られない。

良くも悪くも、弥生も戦乙女《いくさおとめ》の候補生に選ばれた一人であるのは間違いなかった。

「他の候補生の子らと話さなくていいんスか？」

「――。今は、渡来さんが最優先です。少なくとも、私と最後まで一緒に走ってくれたのは、この小さな……ウイングメイトだけでしたから」

慣れない言葉を口にする恥ずかしさと、それを認める誇らしさが一緒にある。

そんな桜の言葉を聞いて、弥生と晃は顔を見合わせ、それから同時に笑った。

「な、何故、笑うんです！」

「いやいや、さっきまでつまんなそうな顔してたくせに、今度は乙女の顔だろう？　見てて退屈しないよ、あんたは」

「以下同文、ッス。自前のカメラ、持ってきときゃよかったッスね」

見えないカメラを構えるように、晃が赤くなる桜の顔を指で切り取る。それを手で遮りながら、「いきますよ！」とバツの悪い桜は二人を医務室へ促した。

5

「――ぁ」

「目が覚めましたか？」

長い睫毛《まつげ》に縁取られた瞼《まぶた》が震え、ゆっくりと唇が開いた。微《かす》かにこぼれる吐息に覚醒の兆しがあり、それを見取った桜が少女に声をかける。

やがて、蕾《つぼみ》が花開くように瞼が開くと、その潤んだ瞳《ひとみ》が桜を映していた。

「おきた、さん……？」

「はい、沖田さんです。そして、あなたはお寝坊さん」

「……え？」

「ご、ごめんなさい。つい、思いついたので……わ、忘れてください！」

ぽんと、口をついて出てしまった冗談だった。沖田と起きたをかけた代物だったが、何故そんなことを言ってしまったのか、自分でも謎だ。

幸い、聞いていたのは寝起きの園香だけなので、弥生や晃に聞かれていなかったことに心底ホッとする。

「ここ、って……」

「基地の医務室です。体力測定で頑張りすぎて、そのまま倒れてしまったんですよ」

「頑張りすぎて……って、わ、わ、わぁっ」

清潔な白い寝台に横たわっていた園香が、体を起こそうとして顔を赤くする。理由は服を脱がされ、シーツの下がほとんど裸同然だったからだ。

「汗がひどかったので、そのまま寝かせるわけにはいきませんでしたから。安心してください。体を拭《ふ》いたのは私です。不埒《ふらち》な大人には触れさせませんでした」

「その、ええと、ありがとうございます……？」

「ええ、どういたしまして」

　恥じらいを残したままの園香の感謝に頷《うなず》いて、桜は彼女の様子を観察する。

　パッと見たところ、無理も無茶もしてはいなさそうだ。本当に、体力が尽きるまで走り切ったということなのだろう。

「すごい子……」

「あの、沖田さん……その、不埒な大人さんたちは？」

「私たちのペアを自称していた無責任な二人でしたら、この場を私に任せ、自分たちは遅刻分の懲罰を受けにいきました。密告された、と不平をこぼしていましたが」

　連れ去られる弥生と晃の捨て台詞《ぜりふ》を聞くのは実に小気味よかった。あの二人には、桜や園香の初日を台無しにしかけた重大さをもっとちゃんと自覚してもらいたい。

と、そんな桜の答えを聞いて、園香が「ふふっ」と小さく笑う。その自然な笑みは、駅で出会って以来、最も年頃の少女らしいそれに思えて。

「園香ちゃん……と、そう呼んでもいいでしょうか」

「え？　あ、はい、ええと、大丈夫です」

「よかった。私のことも、どうぞ沖田ではなく、桜の方で呼んでください。友人……いいえ、ウイングメイトにはそうされたいです」

「ウイングメイト……わたしが？」

自分を指差し、園香が桜の言葉に目を丸くする。

桜自身、使い慣れていない言葉でこそばゆいが、園香にはそれを伝えたかった。

——戦乙女を本気で目指すのは自分だけなのだと、そう腐りかけていた桜を救ってくれた園香にだけは、そう。

しかし——、

「——ぁ」

不意に、園香の大きな瞳から、大粒の涙がこぼれ落ちていた。

「そ、園香ちゃん!?」

「あ、いえ、違うんです！　ご、ごめんなさい、泣いちゃって……」

傷付けてしまったかと慌てる桜に、園香も自分の涙に驚きながら弁明する。手の甲で涙を拭きながら、それでも涙が流れるのを止められないでいる園香。

彼女は微《かす》かに喉《のど》を引きつらせ、落ち着くように深呼吸を繰り返してから、

「不安、だったんです。ちゃんと、やっていけるかなって。誰も知らない人ばっかりのところで、引っ込み思案のわたしがって。でも……」

「────」

「沖田さ……桜さんが、ウイングメイトって言ってくれたから」

その一言に心を救われたのだと、園香が涙ながらに微笑んで言う。

桜もまた、その園香の言葉に「ああ」と心中で深く頷いた。あまりにも、そう、あまりにも儚《はかな》く、難しい境界に立ち続ける少女だった。

細くか弱い肩と、未成熟な背丈や幼い顔立ちを見れば、彼女が護国のための戦乙女として空へ上がる絵面なんて、欠片《かけら》も浮かばない。しかし、彼女はそれらを併せ持ちながら、集められた候補生の中でも眩《まばゆ》いばかりの決意に溢《あふ》れていた。

「……園香ちゃんは、どうして戦乙女の候補生になったんですか？」

気付けば、桜は園香にその決意の源泉を問いかけていた。

体力測定の前や、駅で彼女と出会ったときの心証とは違う。何故、無謀なことに挑んだのかと詰問したいのではなく、その真意が知りたかった。

同じ年頃のとき、桜に園香と同じ覚悟ができたろうかと、そう思うから。

「誰かの、役に立ちたくて」

「――――」

「カッコいい理由じゃないんです。ただ、誰かの役に立てたらなって。そうしたら、わたしが生きてる意味もあるかなって……」

「それは――」

どういうことか、と続けようとして、とっさの問いかけを躊躇《ためら》う。

窓の外、彼方《かなた》を見つめた園香の横顔がひどく寂しげで、触れれば崩れてしまう雪像のように、その表情が桜に問いかけを躊躇わせた。

その一瞬の空白を挟んで、二人の背後で医務室の扉が乱暴に開かれる。

「――はー、やっと説教が終わったよ。まったく、ねちねちと陰湿なもんさね」

「あげつらわれる前科が多すぎたッスからね。教官も頭抱えてたッスよ」

そう言いながら、どかどかと入ってくるのは弥生と晃の不埒な大人コンビだ。大きな声で愚痴をこぼしていた弥生は、寝台で向き合う桜たちを見て「お」と手を打つ。

「園香も起きてたね。こいつはいいタイミングだった」

「起きている確証がなかったなら、もっと静かに入ってきてください。声にも足音にも、配慮が欠片も感じられませんでした」

「声と足音って……おいおい、そんなに人に憚《はばか》りながら生きてて息苦しくないかい？」

「それが礼節というものです！　もっと園香ちゃんを気遣ってください！」

悪びれない弥生を叱責《しっせき》し、桜は園香を庇《かば》うように立つ。そんな桜の姿勢に照れ臭そうにする園香を見て、晃が「はっはーん」と頷いた。

「どうも、あーしらがいない間に急接近したみたいッスね。ま、今後のことを思えばいいことずくめッス」

「だね。そしたら、親睦《しんぼく》を深めるついでに用事を済ませるとするか。――桜、園香、二人とも、もう動けるだろう？」

「私は問題ありませんけど……」

「わ、わたしも大丈夫で……ひゃんっ」

顎《あご》をしゃくった弥生の確認を訝《いぶか》しみつつ、振り返った桜の前で園香が赤面する。またしても、シーツの下の自分が裸なのを忘れて立とうとしたためだ。

そんな園香の様子を笑い、弥生は「よし」と小さく頷くと、そのシーツごと園香の体を抱きかかえ、寝台から連れ出した。

「きゃっ！　え、え、天塚さん？　ど、どこに……」

「安心おし。外に男連中がいないのは確認済みだよ。実は、あんたたちがテストで頑張ってくれたおかげで、ちょっとした特権がもらえてね」

恥じらう園香を抱えたまま、弥生がウインクする。その考えがわからず、桜は助けを求めるように晃を見たが、自称弥生の片腕たる彼女は肩をすくめるだけ。

　まるで、片腕には体や頭を御する術《すべ》はないとでも言いたげに、

「悪いようにはしないッスよ。ちゃんと、二人の下着も持ってきたんで」

「勝手に荷物を漁《あさ》られている時点で、十分悪いです！」


　――と、桜が飾り気のない下着のことで延々とからかわれて数分後。

「――は～！　生き返る～っ」

　白い湯気の中、湯船に浸《つ》かった弥生が豪快な声を浴室に響かせる。裸の彼女は広い湯船に手足を伸ばし、頭に畳んだ手拭《てぬぐ》いを載せた漫画のようなスタイルだ。

　そんな弥生の声を聞きながら、同じように湯船に浸かる桜も足を伸ばし、周回走で疲れた体のリフレッシュを図っていた。

「以前、基地見学させていただいた際も、女性用のフロアは聖域とのことでしたから、宿舎や浴室は見られませんでしたが……」

「基地見学ぅ？　また、ずいぶんとかしこまったことしてんだねえ、あんたは」

「放っておいてください！　好きでしていたことです。……とにかく、そのときはこんな大きな浴室があるなんて思いませんでした」

　唇を曲げた弥生に言い返し、桜は長い髪をまとめたタオルに触れる。

桜たちのいる浴室は、大浴場ともいうべき広さの空間だ。手足を伸ばして十人以上が入れそうな大きな湯船もあり、疲れを癒《いや》すには絶好の場所。

「ただ、男女比で言えば、女性の自衛官は男性の一割に満たないはず……それなのに、こんなに大きな浴室があるのは」

「お、気付いたッスか？　桜っちの推測通り、実はここは男子風呂《ぶろ》ッス」

「えっ⁉」

にやりと笑った晃の言葉に、園香がぎょっとした顔をする。洗い場にいる二人は、晃が後ろから園香の髪を洗ってやっているところだ。

甘やかしすぎにも見えるが、それにも事情がある。

「あ、いたたた……」

「あ〜、はいはい、無理しちゃダメッスよ。普段、あんまり運動してないのにあんだけ走ったらガタがきて当然ッス。まぁ、若い証拠ッスからね！」

「ひんっ！　は、は〜い」

最後、晃の掌《てのひら》に背中を撫《な》でられ、園香が恥ずかしげに頷く。

それはそうと、と桜は湯船で鼻歌など歌っている弥生の方を見やり、

「ここが、本来は男性用というのは本当の話なんですか？」

「ん？　ああ、ホントだよ。って言っても、今は使用時間は余裕で過ぎてるから、奴らが

飛び入りってこたぁない。心配ご無用」

「そ、そんな心配はしていません！　していませんけど……どうやって大浴場を？　まさか、お二人らしい横紙破りな方法で……」

「おうおう、たった半日の付き合いで言ってくれる。その期待に応《こた》えたいとこなんだが、そうじゃないさ。言ったろ？　これはあんたたちの頑張りのおかげって」

　心当たりのない弥生の称賛。ふと、医務室を出る直前の彼女の発言を思い出し、桜は「特権……」と小さく呟《つぶや》く。

「もしや、日中のテストを頑張ったご褒美……ですか？」

「そうそう、それだよ。あんたらは優勝と準優勝の二人なんだ。でかい風呂でねぎらうぐらいはしてやらないとね」

「で、あーしと姉御は二人のペアなんで、そのご相伴ッス」

「職権ではなく、特権乱用な気がしますね。それに、優勝準優勝というのは……」

微妙に引っかかる表現に、桜はちらっと園香の方を見る。晃に頭を洗い流され、顔を拭いていた園香がその視線に気付き、タオルで顔を隠しながら、

「あの！　わたしは、優勝じゃなくても大丈夫、ですよ？」

「――。いいえ、同情は結構です。あなたを見くびった私の浅慮を恥じます」

「それに、倒れる間際に勝ち誇ってたじゃないさ。あれだけ勝ちに拘《こだわ》るんなら、その負け

ん気の方がきっと伸びるよ」

「も、もう、変なこと言わないでください！　天塚さんのイジワル……」

「ありゃ、自覚なしかい」

首をひねる弥生を睨《にら》み頬を膨らませる園香は、本当に覚えていないらしい。桜も、彼女が倒れ際に「わたしの勝ち」と呟いたのは聞いていた。

意識が朦朧《もうろう》としながらも、挑戦し続けたことの証《あかし》だ。

「……ますます感服しました。私も、精進しなくてはいけません」

「その意気ッス。ペアの桜っちが頑張ってくれるほど、相対的にあーしもいい感じに評価してもらえるはずなんで」

「せっかくのやる気を削《そ》がないでください！」

飄々《ひょうひょう》と言いながら、湯船の隣に入ってくる晃に桜はお冠。園香は誰の隣に入るか迷った挙句、桜と弥生の間に入った。

そして、四人で一緒に肩まで湯の中に浸かり——、

「はぁ〜」と、声を揃えてその温かさを堪能《たんのう》する。最初、ここが本来なら男子の浴場と聞いたときは抵抗感があったが。

「今日は男連中は誰もここを使っちゃいないよ。あんたたちひよっこを歓迎するために、きっちり隅々まで風呂掃除してたみたいだけどね」

「それは……痛み入ります。……あまり、歓迎されないのではと思っていたので」

「へえ？　どうしてだい？」

「戦乙女《いくさおとめ》には、志願しても男子ではなれないとのことでしたから」

現役の自衛官であっても、資格を認められたのは弥生や晃たち二十人しかいない。それも女性限定、最初から選択肢にさえ上がらない男子の心境たるや。

だから、嫌な対応をされることも、桜はある程度、覚悟していたのだが。

「そんな女々しい連中だったら、戦乙女の試験も受けられたかもね」

からからと笑い、弥生は桜の懸念を杞憂《きゆう》だと笑い飛ばす。それから、彼女は湯の中でぐっと体を伸ばし、「しかし、あれだね」と切り出し、

「こう、だだっ広い風呂で優雅に過ごしてると、酒の一つでも欲しくなるね。温泉気分って感じがするだろう？　こう、お盆を浮かせて徳利《とっくり》なんかでさ」

「そんな馬鹿なことを……」

「——あるッスよ～」

「あるんですかっ!?」

これまた突飛な弥生の発言を、待ってましたと晃が後押し。目を剝《む》く桜と園香の前に、ゆらゆらと徳利を載せたお盆が湯船を泳いでくる。

よく、温泉地などを取材したテレビなどで見かける光景ではあるが、

「さすが、あたしの片腕だけあって用意がいい」

「ま、待ってください！　いくら何でも、この状況で飲酒なんて見過ごせません！」

漂ってきた徳利を受け取り、おちょこに注ごうとする弥生に桜が詰め寄る。が、弥生はにやりと笑うと、そのおちょこを自分ではなく、桜の口元へ。

とっさのことに、桜は「うっ！」と顔を背けかけたが、

「……お酒の匂いじゃ、ない？」

「当然だろう？　あたしと晃が不良自衛官でも、そんな馬鹿な真似はしやしないさ。雰囲気作りのインテリアだよ。……そら、おちょこも四人分だ」

お盆を指で傾けると、残った三つのおちょこを弥生が見せつける。一つは彼女の手にあり、残りの三つは桜と晃、それに園香の分ということか。

「おちょこ、どうするんですか？」

「形だけッスけど、固めの杯ってとこッスよ。歓迎会なんて気の利いたことやる暇はないんで、あーしと姉御から、ペアっ子の二人へのほんの気持ちッス」

言いながら、晃が徳利の中身を注いだおちょこを園香に渡す。おずおずとそれを受け取り、園香はちらっと期待するように桜の方を見た。

「桜さんも……」

「……お酒ではありませんし、気持ちと言われては断れません」

ため息をついて、桜も晃からおちょこを受け取る。そうして、弥生が晃のおちょこに徳利の中身を注いでやると、全員におちょこが行き渡った。

「じゃ、音頭は姉御にお願いするッス」

「あたしかい？　ま、あたしか。……なんにせよ、桜に園香、あんたたちを歓迎するよ。正直、世界の趨勢《すうせい》がどーたらなんて大仰な話は実感が湧かないが、あんたたちみたいな可愛い後輩を世話しろってんなら大歓迎さ」

弥生が笑い、晃も同意見だとばかりに笑みを深める。その好意的な態度に、桜は複雑な思いを抱いた。友人や、親しい知人を作りにきたわけではなかった。

それどころか、父や親友の気持ちに逆らい、ここへきたのだ。辛《つら》い、苦しい茨《いばら》の道が待つことも覚悟していた。それなのに――、

「そんなに良くしていただくと、どんな態度を取っていいのかわからなくなります。ですが、お二人のご期待に背かぬよう、努力しますね」

「わ、わたしも！　ちゃんと頑張ります！」

桜の意思表明に園香も賛同し、二人でおちょこを前に出す。すると、弥生と晃も同じようにおちょこを差し出し、四つのおちょこが軽く音を立てた。

そして、おちょこの中の冷水をぐっと飲み干す。すっと、爽《さわ》やかな口触りの液体が喉《のど》を通り、香りが鼻を抜けて――桜は激しくむせた。

「げほっ、げほっ！　の、喉が……これ、これは……お酒じゃないですか!!」

「あーっはっはっは！　引っかかった引っかかった！　いやぁ、未成年なのに酒を飲むなんて、不良委員長がいたもんじゃないさ」

「い、委員長でも不良でも……げほっ！　そ、園香ちゃん!?」

馬鹿笑いする弥生に怒鳴り、咳《せ》き込む桜が園香を見る。と、同じ罠《わな》にかかったらしき彼女は一瞬で茹《ゆ》でたように顔を赤くし、頭をふらふらと前後させていた。

「ふわぁ……」

「おっとっと、こりゃソノっちには刺激が強すぎたッスね！　こっそり、徳利をすり替えただけの手品だったんスけど……効き目ばっちしで」

「言ってる場合ですか！　き、気持ちを尊重した途端にこんなことを……！」

園香の体を支え、桜は悪い大人二人に対して顔を赤くする。飲んでしまった酒のせいで体が火照っているのか、怒りで顔が熱いのか判別つかない。

だが、どちらだったとしても、怒っているのは間違いなかったから――、

「ま、これからよろしく頼むよ、桜、園香」

「よろしくお願いするッス」

「――絶対の絶対、お二人のことは信用しませんから!!」

と、せっかくの大浴場に、桜の怒声が高々と響き渡る初日の夜だった。

第三章『戦乙女候補生』

1

寝起きの時間をコントロールできるのは、桜《さくら》の人に自慢できる特技の一つだった。

寝る前に起きたい時間を念じるだけで、目覚まし時計に頼らずその時間に起きられる。

もちろん、環境が変わると発揮できないときもあったが——、

「——ん」

すっと、姿勢正しく眠っていた桜が瞼《まぶた》を開ける。

寝つきが良ければ寝起きも良いのが桜の睡眠の特徴だ。瞼を開けた直後には意識の覚醒《かくせい》が始まり、自分が見慣れない天井、寝慣れない寝台にいるとすぐ察する。

そうして、自分が自宅ではなく、浜松基地の女子寮にいるのだと思い至った。

直前の、夢の内容は思い出せないが、昨日のことははっきりと思い出せる。選抜試験の開始と体力測定、その後の大浴場での固めの杯——という名の悪ふざけ。

未成年者に飲酒させる悪い大人たちの画策で、ひどい目に遭ったものだ。

「結局、園香《そのか》ちゃんはあのあと、一回も起きられませんでしたし……」

年齢と体質、二つの面からノックアウトされ、園香は湯船でダウンしてしまった。その彼女を連れ、宿舎の部屋に戻り、慌ただしくも初日を終え——、

「——新しい朝。しっかりと、始めましょう」

少なくとも、昨日のように不良自衛官たちにペースを握られることがないよう注意しなくては。彼女らの毒牙《どくが》から、園香を守ることも重要だ。

そう考え、桜はゆっくりと体を起こすと、身支度を整えようとして、気付く。

「……あれ？」

「すぅ、すぅ……」

寝台で身をよじったところ、妙に温かくて柔らかいものが体に当たった。その感触に振り向くと、桜のすぐ隣、掛布団を抱きしめて眠っている少女の姿がある。

それは、昨日出会ったばかりの少女、園香だった。

「え、あ、え？　何故、園香ちゃんが私のベッドに……？」

「むにゅ……」

「可愛い……いえ、そんなこと言っている場合じゃありません。こんなところ、あの二人に見つかっては……」

丸くなり、天使の寝顔を見せる園香に母性本能がくすぐられる。が、桜はその庇護《ひご》欲を

抑え込み、状況を整理しようとした。

「――見つかっては、なんだって？」

しかし、桜の行動よりも、悪魔たちがそれを嗅《か》ぎつける方が早かった。

「あ」と振り返った桜の前、二人が一緒にいるベッドを覗《のぞ》き込むのは、早朝にも拘《かかわ》らず、しっかりと着替え終わっている弥生《やよい》と晃《あきら》の二人だった。

そして、二人の先任は桜と園香が一緒に寝ていた状況を確認すると、

「なるほど、昨夜はお楽しみだったッスね」

「……ひどい誤解ですっ」

「おお、器用に怒鳴るもんだ。園香を起こさないために健気《けなげ》だねえ」

小声で怒鳴った桜の様子を、弥生と晃が揃って笑う。そんな二人の視線に唇を曲げ、桜は不条理を嘆くように「どうしてなんですか」と呟《つぶや》いた。

「お二人の性格なら、神宮寺《じんぐうじ》さんはともかく、天塚《あまつか》さんは朝は弱いはずじゃ……？　それなのに、こんな早朝から……」

「なかなかイメージで物語るじゃないか。ま、間違っちゃいないけどね。実際、あたしは朝は苦手だよ。ただし、その朝に楽しみがあるとすりゃ話は別さね！」

「ズバリ、寝起きドッキリッス！」

「ろくでもなさそうと思いましたが、本当にろくでもありませんね……」

そんなことのために早朝からスタンバイしていたのかと、桜は頭を抱えたくなる。

なお、宿舎では候補生は四人部屋での寝起きが決められている。桜と園香、そして何の因果か弥生と晃が同室だ。最初の夜と最初の朝で、すでに先が思いやられる。

と、そんな風に三人が騒いでいたからだろう。

「ううん……」と小さく呻《うめ》いて、それから園香がゆっくりと体を起こした。彼女は寝ぼけ眼で桜たちの顔を見渡すと、

「……おはようごまいあふ」

全然言えていなかった。しょぼしょぼした目を擦《こす》りながら、園香はうつらうつらと頭を前後に揺する。その危なっかしい頭を支えてやり、桜はため息。

「はい、おはようございます。……園香ちゃん、どうして私のベッドに？」

「……？　わたしの、ベッド……」

むにゃむにゃと呟きながら、園香がボーっとした顔を桜に向ける。それから数秒、ゆっくりと園香の意識が覚醒に向かい、目が開いていく。

「あ、あれ……？　さくら、さん……？　それに、ここ……」

「私のベッドの上です。起きたら、園香ちゃんが一緒に寝ていて」

「――っ！　ご、ごめんなさい！　わたし、家と勘違いしちゃって！　きゃんっ」

顔を赤くして飛び起きた園香が、頭をベッドの天井にぶつける。二段ベッドになってい

て、本来なら上のベッドが園香の寝所だったのだが。

「夜、トイレに起きて……それで、戻ってきて寝ぼけちゃったみたいです……」

「そんなに慌てなくて平気ですから。ああもう、頭は大丈夫ですか？」

涙目で頭をさする園香。幸い、たんこぶができるほどではなかったようだが、この寝ぼけ方だと、二段ベッドの上の段は危ないかもしれない。

「それは早急に話し合う必要があるとして……なんです、お二人のその顔は」

しばらく口を挟んでこなかった弥生たちを睨《にら》み、桜がそう問い質《ただ》す。すると、弥生は晃と顔を見合わせ、「いやなに」と前置きして、

「この分だと、今日の寝起きドッキリは園香に軍配が上がったねえ」

「そッスね。昨日からソノっちにはやられっ放しッス。あーしらも負けられませんよ」

「いったい、お二人は何に意欲を燃やしているんですか……」

何やら小道具を背中に隠している弥生たちを見て、桜は心底呆《あき》れる。そうして、寝癖のついた園香の髪を手で一度梳《す》いてやってから、

「昨日のことがあるから、今日はペースを乱されないようにしようと思っていたのに」

悪気のない園香と、悪気しかない弥生たちによって、早くもその目論見《もくろみ》は崩された。

本格的に始まる選抜試験を前に、桜はひどく気の重い朝を味わったのだった。

2

「沖田《おきた》・桜です。特別自衛官候補生として、本日からお世話になります」

「わ、渡来《わたらい》・園香です。わたしも、桜さんと同じで、お世話になります」

朝、いささか不本意な目覚めを迎えたあと、桜は園香と共に着隊の挨拶《あいさつ》へ出向く。そこで事務方から制服を受領し、自室で着替え、食事をするよう指示を受けた。

「候補生とはいえ、自衛官の制服……ですか」

自室に戻り、受け取った制服を広げて、桜は感嘆の吐息をこぼした。

やや野暮《やぼ》ったい濃紺の制服だが、桜の目にはそれが輝いて見える。尊敬する父や里見《さとみ》の仕事場に足を踏み入れる許可証、それを手にした気分だった。

「あ、可愛くないから不満ッスよね？　いや、あーしもそう思うんスよ。姉御も含めて、みんなきゃわゆい子揃いなのに、これじゃ素材が活《い》かし切れないって」

「……何の話ですか。それに、私はこの制服で……いいえ、この制服がいいんです。ずっと、この制服に袖《そで》を通す日を待ち望んでいましたから」

「なるほど。桜っちは制服フェチなんスね」

「違いますが！」

不名誉な納得のされ方に怒りながら、桜は自分の制服に袖を通した。

しっかりと厚みのある制服は、初夏の陽気を感じる今日の気候だと少しだけ暑い。しかし、自衛官生活の初日と意識すれば、身の引き締まる思いで何ほどでもない。

着替えた自分の姿を鏡に映し、桜は静かな感慨で胸を一杯にした。

「やっぱり制服フェチ……」

「ですから、違います。もっと真面目にしてください、神宮寺さん」

「いやいや、桜っちにリラックスしてもらいたいなーって。そんな肩肘《かたひじ》張った態度と顔つきだと、せっかくの美人さんがもったいないッスよ」

「リラックスと言われても……今日から始まるんです。緊張して当然でしょう」

晃の指摘を受け、自分の頬に触れながら桜はそう反論する。

普段から愛想のいい方ではない自覚はあるが、戦乙女《いくさおとめ》候補生としての始まりの一日。へらへらしていて背負える役目ではない、と思う。

それに――、

「あ、天塚さん、一人でちゃんと着られますから……っ」

「そうかい？　意地なんて張らずに、あたしを頼ってくれていいんだよ？」

「でも、恥ずかしいし……」

茶々を入れずにいられないのか、弥生の口出しと手出しに園香が困らされている。

ちょうど倍ぐらい年齢の違いそうな二人だ。どうやら、弥生は年少者にちょっかいを出すのが楽しくて仕方ないらしい。園香を構いたくなる気持ちはわかるが。

「どうして、お二人も当事者のはずなのにそんなに余裕があるんです？　私たちほどではなくても、もっと真剣になってもいいはずでは？　あれはいくら何でも……」

「砕けすぎ、ッスかね？　実際、あれで実力が伴ってなかったら大顰蹙《だいひんしゅく》ってとこでしょうけどそうじゃないんで。だから、本庄《ほんじょう》ちゃんとかには評判悪いんスよね～」

「本庄さん、というのは？」

「候補生の同期ッス。あ、先任側で、あーしらの身内ッスね」

「そうですか。きっと真面目な方なのでしょうね」

思いの外、皮肉っぽい言い方になってしまい、それを聞いた晃が苦笑する。これではまるで、ペアの相手に不満があるような態度ではないか。

「いえ、全く不満がないわけではないんですけど……」

「葛藤《かっとう》中にあれッスけど、桜っちと本庄ちゃんは言うほど相性よくないと思うんで、この組み合わせで正解と思うッスよ。ほら、あーしは手がかかる方なんで」

「普通、逆ではないんですか？　……それと、失礼なことを言ってしまいました」

「あーしはあのぐらいで怒ったりしませんよ。他の人には気を付けた方がいいッスね」

態度こそ軽々しいが、晃の言葉は正論だった。意外にも、晃にはペアとして桜を教え導こうという自覚があるらしい。素直に忠告を受け止め、桜も頷く。

　そうして、桜と晃がペア関係の地盤を順調に固めている一方――、

「あれ？　あたしの上着はどこやった？　あれ着てないと、まーた高屋敷《たかやしき》教官にどやされちまうじゃないさね」

「天塚さん、昨日、車の中で暑いって脱いでたから……」

「げっ！　そしたら助手席か！　ええい、あたしとしたことが……晃！　あたしは上着取ってくるから、二人を案内してやんな！」

　バタバタと飛び出していく弥生の背を見送り、桜は大きくため息をつく。

　晃の話では、昨日の迎えに遅刻したのも弥生の寝坊が原因だったとのことなので、すでに弥生は桜の中でルーズな自衛官としてカテゴライズされている。

　体力測定で見せた体力と洞察力には感心したが、日常の態度の減点が大きい。その弥生と組まされ、慣れない寮生活を強いられる園香が不憫《ふびん》だった。

「園香ちゃん、何かあればいつでも私や神宮寺さんを頼ってください。ああした不本意な形でしたが、私たちは固めの杯を交わした仲です」

「桜っち、結構根に持つタイプッスね～」

「誰のせいですか、誰の！　まったく、園香ちゃんは――ぁ」

「ふふっ。ありがとうございます、桜さん。……桜さん？」

自覚のない悪を糾弾し、桜が嘆息する。すると、出ていく弥生を見送った園香が、はにかみながら振り返り、それから首を傾《かし》げた。桜が硬直していたからだ。

その硬直の原因は明白、園香の姿だった。着慣れない自衛官の制服に袖を通した幼い少女――それが、桜にはあまりに健気で、儚《はかな》い存在に見えて。

「頑張りましょう、園香ちゃん。私たちは、大事なウイングメイトです……！」

「さ、桜さ……もがもがっ」

「あー、桜っち。感極まってるとこあれッスけど、その調子で抱きしめてると、ソノっちが息できなくて殉職しちまいますんで……」

使命感が溢《あふ》れ出し、思わず桜は園香を抱きしめていた。その胸の中で呼吸困難になる園香を助け出し、晃は苦笑しながら二人を眺め、

「うんうん、いい感じッスね。新品の候補生……く～っ、絵になるッス！　被写体として抜群にそそるッスよ！」

「そ、その言い方は少し気になるのですが……」

腕を組み、品定めするような発言の晃。その視線に不純なものを感じて、桜はどことなく恥ずかしげに自分の体を腕で抱いた。

「その体の庇《かば》い方、絶妙にやらしいツボを押さえてるッスね！」

「知りません！　今、ちょっとだけ神宮寺さんを見直したところだったのに……」

「それをはっきり言っちゃうあたり、桜っちも嘘がつけない子ッスねえ」

苦笑した晃の答えに、桜はやはり彼女も弥生の同類なのだと警戒を高める。と、そんな二人のやり取りに、純朴な顔をした園香が「あれ？」と目を丸くし、

「被写体って……神宮寺さん、お写真撮るんですか？」

「お、よく聞いてたッスね、ソノっち。そうそう、あーしの趣味なんスよ。美しいものの一瞬を切り取る美の探究者……神宮寺・晃と、お見知りおきをッス」

「美の探究者……なんだかすごそう！」

素直に目を輝かせる園香だが、桜の心証は微妙だ。

以前、街で男性に「写真に興味はないか」と声をかけられたとき、牽制《けんせい》してくれた吉乃《よしの》がいかがわしい目的だったと主張していた誘い文句、それに似ていて。

「と、桜っちの視線が怪しんでるっぽいんで、ちゃんと証拠を見せるッス。これがあーしの相棒の一眼レフッス！」

「わあ、おっきいカメラ！　高そう！」

「ふふふ、生の声って感じの感想ッスね」

手を叩《たた》いた園香の前で、晃が取り出したのは本格的なカメラだった。一眼レフとは、こうしたものに疎い桜でも聞いたことがある代物だ。

そして、晃はそのカメラを手慣れた仕草で構え、桜と園香を並んで立たせる。

「理想を言えば場所にも凝りたいッスけど、これから過ごす宿舎の部屋ってのもそれはそれで趣があるんでよしとしましょう。ほーら、二人とも笑って笑って」

「まだ撮影していいなんて一言も……」

「桜さん！　腕組んでもいいですか？」

「——。いいですよ」

　マズい。一人っ子だった反動なのか、桜は自分が年下に弱いことを自覚した。意識して自制しないと、園香の言うことなら何でも聞いてやりたくなる。

　とりあえず今回は例外として、桜は園香と腕を組んで、仲良くフレームに収まった。

「よしよし、いい感じの写真が撮れたッス。あとで姉御に自慢したら悔しがること間違いないッスよ」

「……本格的なカメラですが、どこかで勉強を？」

「んやー、下手の横好きッスよ。高校生のときから写真が好きで……さっきも言った通り、あーしは美の探究者。で、世の中、綺麗《きれい》なものが溢《あふ》れ返ってるッス」

　撮影した写真を確かめながら、そう答えた晃が「それに」とふと声を低くして、

「ピラーのせいで、綺麗な景色も人も色々危ういッスからね。アルバムに残しておけるうちに残しておかないと、あとで悔やんでも遅いッスもん」

「——」

一瞬だけ垣間見《かいまみ》せた寂しげな色、それが晃の本心だったのは疑いようがない。

写真を撮ると言われ、なし崩しに園香に付き合ってしまった形だったが、確かに記念すべき戦乙女候補生としての初日、記録に残しておくには十分な日取りだ。

——否《いや》、きっと何かを形に残すのに、かしこまった理由なんて必要なくて。

「……ちゃんと、私や園香ちゃんを撮るときは一声かけてくださいね」

「それじゃ、桜っちの油断した自然体が撮れないッスよ？」

「油断したところを撮らないでください！　それさえなければ、いいですから」

視線を逸《そ》らし、桜はそう伝える。それを聞いて、園香と晃は顔を見合わせて笑った。笑ってから、晃が時計を見て、「おっと」と声を上げる。

「マズいマズい、時間がないッス。早く朝ご飯食べないと、課業に遅れるッスよ～」

「ち、遅刻はいけません！　写真なんて撮ってる場合じゃなかったじゃないですか！」

呑気《のんき》な晃の言葉に桜が慌てる。無遅刻無欠席は、桜の数少ない自慢の一つだ。ましてや大事な初日、遅刻なんてもってのほかである。

桜に言われ、てきぱきとカメラを片付ける晃の後ろで、桜は園香の身嗜《みだしな》みを整えてやり、頼れない先任を急《せ》かして、宿舎から飛び出す。

「もう、普通は足を引っ張るのは新任の役目でしょう。あべこべではありませんか！」

「いやぁ、桜っちがしっかり者で助かるッス。ソノっちもそう思うッスよね？」

「はい！　桜さんが一緒で心強いです！」

悪気のある晃に扇動され、悪気のない園香に称賛される桜は複雑だ。とりあえず、園香の言葉には感謝し、晃には「次はありません」とはっきり伝えておく。

「でも、課業ってなんなんですか？　授業みたいな響き……」

「お、ソノっちのその考えで正解ッス。まぁ、自衛官が毎日やる授業とか訓練とか、それをまとめて課業って呼ぶッスよ。一日の時間割も似たようなもんッス」

「へえ、そうなんだ。……学校みたいなんですね」

「そうそう。だから、学校とおんなじで怖い先生もいるッス」

園香の速度に合わせて早歩きしながら、食堂へ向かう道中、晃がそう二人を脅す。

怖い先生と言われ、身を硬くする園香の隣で、桜は「大げさな」と眉《まゆ》を寄せた。いくら一日の時間割が学校と似ていても、怖い先生とは現実的ではない。

「もちろん、厳密には教官って扱いッスよ。あーしらの今の立場は教育隊預かり……そこのベテラン勢は、学校の先生なんて目じゃないくらい怖いッス」

「では、私たち戦乙女候補生を担当される方は……」

「高屋敷教官ッス。――鬼教官って言葉があの人ほど似合う人を、あーしや姉御は知らないッスよ。だから、怖くても二人も泣いちゃダメッスからね」

と、待ち受ける課業を前に、晃はそんな言葉で再度二人を脅したのだった。

3

「――今、世界はピラーと呼ばれる正体不明の存在に脅かされている。お前たちは、その敵性存在に対抗する唯一の手段、『戦乙女《いくさおとめ》』となるべく集められた候補生だ」

四十名の候補生が集められた一室に、ピリピリとした緊迫感が張り詰めている。

その緊迫感の原因は、教壇に立って候補生を見渡している一人の女性だ。

高屋敷と名乗ったその女性教官は、まさしく直前に晃から名前を聞いていた人物。その所作の隅々まで洗練され、規律が全身を巡っているような女性だった。

『鬼教官』などと晃から聞かされていたが、直近の参考となる自衛官が弥生と晃の二人だった桜にとって、ようやく待望の自衛官らしい自衛官である。

高屋敷は銀縁眼鏡の奥の瞳《ひとみ》を細め、席についた桜たちを見渡しながら続ける。

「この場にいるお前たちにははっきり言っておく。戦乙女の選抜試験なんてものは国内初の試みだ。だから、試験内容も教練プログラムも手探りで進められることになる。そのあたり、現役から候補生に選ばれた連中には言うまでもないな」

「はい、教官。つまり、あたしたちは実験動物、モルモットってわけですね？」

「聞こえが悪い。それではまるで、我々がモルモットを不当に扱っているように聞こえるだろう。珍しく上着を着ていると思えば、品のないジョークはやめろ、天塚」

「はい。了解しました、教官」

高屋敷に茶々を入れたのは、課業開始寸前に教室にきた弥生だった。

その弥生の一言に、教室の中に小さな笑いが生まれる。笑ったのはいずれも現役の自衛官たちで、笑いどころのわからなかった桜たち新任は困らされた。

そんな桜たちの様子に、高屋敷は「やれやれ」と首を横に振ると、

「お前たちを軍人に仕上げるのが目的なら、上官のジョークのいなし方から叩《たた》き込んでやるところだが、生憎《あいにく》と目的は戦乙女の育成だ。これが難題でな」

「はい、教官。難題とはどういう意味でしょうか？」

「話を進めるのに協力的だな、本庄。その調子でせいぜい私に楽をさせてくれ」

本庄と呼ばれたのは、柔和な顔立ちをした真面目そうな女性だ。彼女も現役自衛官側の一人だが、その名前は課業前に晃が口にしていたものだった。

ぴしっと背筋を正した模範的な姿勢から、弥生と相性が悪いという前評判もわかる。教室内でも前の席に座っており、どことなく目を引く雰囲気を纏《まと》っていた。

「さて、本庄の質問の答え合わせだ。何故、この選抜試験が難題とされているか。それはな、正解がないからなんだよ」

「正解が、ない？」

「日本は戦乙女の育成において後進だ。欧州ではピラー災害への対抗手段として国際平和維持機構が結成され、多数の国が参加している。だが、我が国はそうではない。国が重い腰を上げてくれない限り、戦乙女の育成は手探りで進めねばならん」

　言いながら、高屋敷は眉間《みけん》に深い皺《しわ》を刻む。その根深い皺こそが、彼女が様々なしがらみと戦ってきた歴史そのものに思えた。

　その高屋敷の苦悩の証《あかし》に、桜は見覚えがあった。

　桜が今回の選抜試験に参加する切っ掛け、その一言を発した里見の眉間にも、世界的脅威に対する国家の甘い考えを案じる皺が刻まれていた。

　しかし、そうした条件下でも最善を模索する。それが桜の信じる自衛官としての矜持《きょうじ》であり、それは里見も、そして高屋敷も持ち合わせている資質だった。

　その証拠に、顔を上げた高屋敷は眉間の皺を消し、不敵な笑みを浮かべていた。

「実際のところ、この選抜試験にゴーサインを出した国のお偉方は、日本も国際社会の一員であるということを表明するためのパフォーマンスぐらいの考えだろう。お前たちが戦乙女として完成し、ピラーとの戦いで戦果を挙げることは期待されていない」

「――――」

「だが、私はそれでは満足しない。他の教官もそうだ。政治屋の思惑がどうだろうと、お前たちを見世物のパンダに仕立てて、やっつけ仕事をするなど御免だ」

教卓に手をついて、高屋敷がそう宣言する。瞬間、教室の中の空気が熱を持ち、桜は自分が身震いしていることに気付いた。

高屋敷の意気込みは、桜が指導教官に望んでいた情熱そのものだ。その情熱を抱く存在が教官であってくれて、桜の使命感は眩《まばゆ》く燃え上がる。

「さあ、返事をしろ、ひよっこ共。私の教導がお前たちを戦乙女とできるかは保証しないが、お前たちをただの『乙女』で終わらせることは絶対にない」

「——はい！　どうぞ、ご指導ご鞭撻《べんたつ》のほど、お願いいたします！」

「ほう」

その教官の熱に急《せ》き立てられ、思わず立ち上がった桜に高屋敷が眉を上げる。だが、桜はその視線に狼狽《うろた》えず、むしろ強く胸を張った。

「候補生、沖田・桜です。高屋敷教官の指導の下、必ずや役目を果たしてみせます」

「なるほど、威勢がいい。そうか、お前が沖田・桜か」

「——？　はい、そうです」

「そして、ペアの相手は……相変わらず、お前は引きがいいな、神宮寺」

「はい。日頃の行いッスかね～」

桜の隣の席で、名指しされた晃がとぼけた返答をする。しかし、高屋敷は晃のその態度を咎《とが》めず、代わりに桜の方に視線を向け直した。

「まず最初の教えだ。しっかりと先任に倣え。そのために、現役の自衛官とひよっこにペアを組ませた。それがお前たちの最初の道しるべだ」

「はい！」

　高屋敷の訓示を受け、桜は踵《かかと》を鳴らし、父や里見に倣った敬礼をする。すると、それを見た高屋敷が目を細め、ゆっくりと教壇の前に進み出た。

　そして、敬礼する桜の隣に立つと、その手を横から取り、

「自衛官としてならそれでいい。だが、お前たちが目指す戦乙女には、専用の敬礼のやり方があるんだ」

　そう言いながら、高屋敷は桜の手を動かし、その右手で右目を隠させた。片目を掌《てのひら》で覆うような不思議な敬礼、それをさせて高屋敷は頷《うなず》き、

「──瞳を汝《なんじ》に」

「……瞳を、汝に？」

「それが戦乙女流の敬礼の仕方だ。小学校でも中学校でも、どこの学校でも最初に挨拶《あいさつ》を教えるだろう？　さあ、全員立て。礼の仕方を教える」

　高屋敷の指示に、弥生たち先任が一斉に席から立つ。その動きに一拍遅れ、慌てて園香や他の候補生たちも立ち上がった。

　そうして背筋を伸ばした候補生たちを見て、高屋敷は何度か頷くと、

「全員、着席」

再び座るよう指示されて、園香ら新任が「え？」と困惑する中、弥生や晃は迷いなく着席する。そこでまた、先任と新任の間の意識の差が浮き彫りになった。

そしてそれは、高屋敷に肩を摑《つか》まれ、席に座らされる桜も同じこと。

「まず、ここが一糸乱れず合わせられるようになるのが午前中の目標だ」

「――――」

「いいか、ひよっこ共。私は有言実行が信条だ。私は、お前たちを『乙女』から卒業させてやると明言した。だから、そのつもりで指導する。手抜きはしない。全員の動きが揃うまで続ける。――昼食と、午後の課業には間に合わせろ」

ごくり、と誰かが息を呑《の》む音が聞こえた。間近で聞こえたそれは、ひょっとすると自分のものだったかもしれない。だが、それを確かめる暇はない。

「――起立！」

椅子を蹴る音を立てながら、候補生が全員その場に立ち上がる。

起立し、姿勢を正し、敬礼とやめを繰り返し、体に規律を染み込ませていく。――その一連を一糸乱れず行うこと。午前中の目標と、そう定めた高屋敷は正しかった。

ただ、敬礼を合わせる。それだけの教練が数時間がかりで行われ、心身共に余計な思惑を削《そ》ぎ落とす。そして、時を忘れた教練の果てに――、

4

「くたくた……」

と、疲れた顔と声でこぼして、園香が夕食を前にぐったりとしていた。

午前中の教練——全員の敬礼を揃えるというシンプルな課業に始まり、その後は昼食を取る間もなく午後の教練へ突入。施設内の案内があり、戦乙女として、自衛官候補生としての基礎教養の勉強など、非常に内容の濃い一日だった。

ただの挨拶の練習でと大げさに思われるかもしれないが、一回一回に求められる集中力の密度が桁外《けたはず》れに大きく、正直、午前中が終わった時点で桜もくたくただった。午後の教練も含め、園香が疲労困憊《こんぱい》になるのも無理はない。

それだけに——、

「いやぁ、夕食抜きも覚悟してたッスけど、桜っちたちは優秀ッスねえ」

「だね。あたしなんか朝飯も抜きだったから死活問題だったよ。助かった助かった」

などと、平然と食事を楽しむ弥生と晃には舌を巻く。——否《いや》、体力があり余っているのは彼女たちだけではない。先任全員がそうだった。

当たり前の話だが、現役自衛官たちとの間には埋め難い差が横たわっている。

昨日の体力測定の結果も、あくまで桜の記録は新任の中の二着に過ぎない。先任たちと記録を競えば、すぐに埋没するのが関の山だ。

「より気を引き締めてかからなくては……」

「お、燃えてるッスね、桜っち。そしたら、晃お姉さんから人参《にんじん》を進呈するッス」

「へえ？　じゃあ、あたしからはブロッコリーのプレゼントだ。栄養満点だよ」

桜の独り言を聞きつけ、これ幸いにと弥生と晃が自分のプレートから野菜を押し付けてくる。それが善意を装った、嫌いな野菜の押し付けなのは一目でわかる。

「ですが、この人参とブロッコリーの分だけ、天塚さんや神宮寺さんよりもプラスなものを体内に取り込むということになるのでは……」

「――！　わたしも、野菜、頑張って食べます！」

「おお、偉い！　よしよし、そしたら園香にはあたしのトマトをやろう」

桜の発想に感化され、挙手した園香に弥生からトマトが贈られる。そのトマトが苦手だったのか、園香は辛《つら》そうな顔をしながらそれを受け入れた。

と、そんな調子で野菜の一方的な送り付けが行われている場面に――、

「二人とも、ペアの子たちをからかって遊ぶのをやめなさい。可哀想でしょう」

「うん？　本庄か」

後ろの席から声をかけられ、顔を上げた弥生が相手の名前を呼ぶ。その響きに聞き覚え

があって、「本庄」と口の中で呟《つぶや》きながら桜も相手の方を見た。

　桜たちが集まった席の後ろ、四人掛けのテーブルでこちらを振り向いているのは、やはり見覚えのある人物――本庄・美智《みさと》だった。

　彼女は優しげな容貌《ようぼう》の眉尻《まゆじり》を下げ、桜と園香の方を見ると、

「うちの問題児がごめんなさい。二人には迷惑かけてるでしょう」

「そんなことは……迷惑ではなく、心労と言い換えたら否定できなくなりますが」

「おいおい、桜、あたしたちを売るのかい？　なんて情が薄い子だよ。園香、あんたはそんなことないだろ？」

「え⁉　え、ええっと、どう、かなぁ……」

　本庄と桜のやり取りを揶揄《やゆ》する弥生に、園香が困った顔で言葉を濁した。その様子を見て、本庄はますます呆《あき》れたようにため息をつく。

「そんな調子だと先が思いやられるわね。せっかく、有望株の子たちとペアなのに」

「品行方正な軍人が育てたいなら、そもそもあたしらが選ばれて、おまけにペア制度なんてのが採用された時点で破綻《はたん》してるさね。自分で言うのもなんだけどさ」

「さすが、姉御。全然、自慢できる話じゃないッス！」

　無責任に囃《はや》す晃の声援に、弥生がかしこまった仕草で一礼。それを眺める本庄の諦《あきら》めた顔つきから、これがお約束のやり取りなのだと桜も感じ取った。

「本庄さんは、天塚さんや神宮寺さんと長いお付き合いなんですか？」

「というより、二人が有名人……主に天塚の方なんだけど、有名人なのよ。私とは同期だけど、同期の中でも特に目立っていたし」

「目立っていた。……なるほど」

「なるほどー、です」

本庄の答えを聞いて、桜と園香が何事か納得し合う。

この傍若無人な姿勢からすれば、弥生が悪目立ちするのはわかる話だ。それに付き従う晃も、セットで悪名高くなっていくのだろうと。

しかし、そんな桜たちの納得に本庄は首を横に振った。

「天塚が有名なのは、二人が思っている理由だけじゃないわよ？」

「え？」

「おっと、そこまでにしな、本庄。あんまり人の恥ずかしい話を言い触らすんならこっちにも考えがある。同期なんだ。相手の頭に銃を向けてるのは自分だけじゃないって、そう覚悟しといてもらわないとね」

「はいはい」

意味深な発言の釘《くぎ》を刺され、本庄が弥生に肩をすくめる。それから彼女は桜と園香に微笑みかけ、「改めて」と前置きすると、

「戦乙女《いくさおとめ》選抜、頑張りましょう。あなたたちには期待しているから」

「――。ありがとうございます。ご期待に添えるよう、鋭意努力させていただきます」

「わ、わたしも、えいって努力しますっ」

桜に続いて、園香が可愛い覚悟で返答する。それを受け、頷く本庄が「じゃあ」と自分のテーブルへと向き直る。そうして会話が一段落したところで、

「お二人の悪名はそんなに知れ渡っているんですか？」

「悪名は言いすぎじゃないッスか？　せいぜい、伝説ってとこッスよ」

「伝説……ゲームみたいですね、桜さん！」

「ごめんなさい。私はゲームはやらないものですから……」

イマイチ、桜にはピンとこない例えだ。が、そもそも答えになっていない。はぐらかされるのは好きではないと、桜は視線で弥生たちに訴える。

だが、そんな桜の口へと、弥生はハンバーグの切れ端を放り込み、黙らせる。

「もごっ」

「そんな目ぇするんじゃないさね。心配しなくても、あたしらの素行が問題であんたたちに不利になるこたぁないよ。高屋敷教官だ。そこは公正さね」

「……ごくん。いえ、そこは心配していません。私が心配なのはお二人のことです！」

突っ込まれたハンバーグを呑《の》み込み、桜が毅然《きぜん》と意見する。それを聞いて、弥生は眉を

上げ、晃も細い目を丸くして驚いた。

「あーしと姉御の心配、ッスか？」

「そうです。お二人が能力のある方々なのは、昨日と今日の二日間だけでも十分にわかりました。それなのに、その振る舞いが理由で正当に評価されなかったらどうするんです。そんなの、お二人にとっても、世界にとっても損失です！」

「世界……」

　スケールの大きな話になり、園香がぼんやりとそれを口にする。その園香に、桜はくわっと振り返り、「そうです！」とより重ねて強く主張した。

「今日一日……まだ一日ですが、ここで学ばせていただいたことで確信しました。私はまだまだ未熟だったと。そして、その未熟さを思い知らせてくださった皆さんには、確かに護国の意志が宿っていらっしゃると」

「――――」

「望外のことです。私は、そうあってほしかった。だから、そうあってくれたことに心から感謝していて……ですから、ちゃんと認めてほしいんです！」

　だん、と熱を増した桜はテーブルに手をつき、立ち上がる。そして、自分を見上げる弥生たちの視線を感じながら、今日何度も練習した敬礼を見せる。

　ビシッと背筋を正し、右手で己の右目を隠しながら、

「瞳《ひとみ》を汝に。——その覚悟は、称賛されるべきものなんです！」

言い切って、桜は自分が興奮に息を荒げていることに気付く。直後、勝手に盛り上がってしまったと恥ずかしくなるが、顔を伏せるどころではなくなった。

何故なら、桜の所信表明は自分たちのテーブルだけではなく、食堂中の全員の耳に届いたものだったからだ。その証拠に、立ち尽くしている桜へ向け、周囲のテーブルからゆっくりと拍手が広がり、やがて食堂の全員がそうし始める。

「——ぁ」

「まぁ、これがうちの可愛い後輩の心意気だよ。立派なもんで泣かせるじゃないか。まさか巡り巡って、あたしらの心配までしてくれるとはね」

「……ど、努力が正当に評価されないのは悔しいじゃないですか」

何たることを、と自分の所業に呆然《ぼうぜん》となりかけた桜。その桜の肩に腕を回し、弥生が大恥を肩代わりするように立ち上がってくれた。

その思いやりを感じ取り、桜は静かに息を整えながらそう応じる。その答えに、弥生は「わかってるわかってる」と満足げに頷《うなず》いた。

「まだまだ始まったばっかりだが——沖田・桜、『枯れない桜』に乞うご期待だ！」

「——っ!?　そ、それをどこで!?」

「言っただろう?　あたしはあんたの調査書はちゃんと目を通してんだよ」

弥生にウインクされ、桜はパクパクと口を開閉する。

その調査書が、桜の学生時代の成績だけにとどまらず、学校生活のことまでつぶさに記載されているのだとしたら、いったいどれほどの代物なのかと。

そして、物臭に思われた弥生がそれを把握しているということは――、

「じ、神宮寺さんや本庄さんも……？」

「もちのろんッス」

「私は……ノーコメントって言っても、もう慈悲にならないかしら」

にんまりと笑った晃と苦笑する本庄が、桜の疑問をそう肯定した。その反応に、桜の顔を再び朱が昇り――、

「そんじゃま、最後に一言、何かあるかい、桜」

「み……」

「み？」

「――皆さんで一丸となって、世界を守りましょう！」

いっそ、と破れかぶれの勢いで桜が声を上げ、弥生を始めとして全員が驚く。が、それぞれが顔を見合わせ、桜に一拍遅れて――、

「――おう！」

と、そう力強く戦友の求めに応じたのだった。

5

「思わぬ……思わぬ恥を晒《さら》してしまいました……」

「そんなこと……カッコよかったですよっ」

「園香ちゃん……」

食堂での一悶着《ひともんちゃく》を終えて、まだ顔の火照りが冷めない桜を園香が励ましてくれる。

その年少の同期に慰められながら、桜は何とか気持ちの立て直しを図った。そして、今日一日の経験を総括し、一つの結論へ至る。

「まだまだ、私は実力不足です。このままでは、戦乙女として立派にお役目を果たせるかどうかわかりません」

「――。じゃあ、どうするんですか？」

「……夕食後、就寝までの時間は自由とされていますから、思ったよりも使える時間は与えられています。なので、自学自習と鍛錬に充てるのが得策かなと」

戦乙女候補生の一日は、一部を除けば基地で任務に当たる一般の自衛官と共通だ。すなわち、午前と午後の課業、就寝までの自由時間――その限られた時間の中で、どれだけ己を磨き上げられるか。それは個人の裁量が大きい。

少なくとも、与えられた課題をこなすだけでは他の候補生より秀でた成果は望めない。

だとしたら、自由時間をどれだけ有意義に使えるかが焦点だ。

「天塚さんや神宮寺さんは、本当に自由に過ごしているようですが……」

「大人にも、クラブ活動ってあるんですね。知りませんでした」

宿舎の四人部屋の中、弥生と晃の不在を指し、園香が感心している。

クラブ活動——厳密には同好会といった扱いだが、自衛隊内には隊員同士が日々のレクリエーションとして参加する集まりがいくつかある。音楽隊や運動部、文系部と種類は様々だが、弥生たちが出向いているのもそうした集いのいずれかだ。

無論、訓練生扱いである桜たちにそうした集まりに参加する自由はなく、ほとんどの候補生が疲労を癒《いや》すのに時間を使うことになるだろう。

「だからこそ、ここでの頑張りが未来を分けるのではないかと」

「……桜さんは、すごく体力もあって、自衛隊のことにも詳しいのに、それでもまだ頑張らなくちゃいけないんですか？」

ベッドに座り、拳《こぶし》を固めた桜を隣から園香が見上げる。反射的に「もちろんです」と答えかけ、桜はその真剣な眼差《まなざ》しに息を詰めた。

制服の上着を脱いで、ゆったりとした姿になっている園香。ようやく肩の力が抜けた幼い少女の顔には、色濃い疲労の痕跡《こんせき》が残っている。

敬礼の練習でも、午後の訓育でも、園香の評価は順風満帆とは言えない。

体力測定の一着扱いとて、最後まで諦《あきら》めなかった精神力が評価基準に適《かな》っただけで、実質的な体力の評価としては最下位を争う結果だっただろう。

まだ一日、されど一日。――現状の成績で、園香が戦乙女の選抜試験に合格できる可能性は、桜の目から見ても決して高いとは思えない。

だがしかし――、

「わたし、桜さんみたいになりたいです。桜さんみたいに、一生懸命頑張りたい」

「園香ちゃん……」

「桜さんは、どうして戦乙女になろうって思ったんですか？」

真剣な眼差しのまま、問いかけが重ねられる。

それは昨日、桜が医務室で園香へと投げかけたのと同じ質問だ。

――何故、戦乙女になりたいのか。何故、この浜松基地へやってきたのか。

「今回、集められた候補生のほとんどがそのはずですが、私も身内に自衛官が……父が、自衛官なんです。子どもの頃から、父を尊敬してきました」

「お父さんが……」

「父の力になりたい。だから、力の足りない自分が悔しかった。その思いは、二年ほど前に放送されたテレビ映像を見て、より強くなりました」

「テレビの……それって」

思い当たる節があったのだろう。丸い瞳を大きく見開いた園香に桜は頷く。

二年前、初めて出現したピラーがカメラに捉《とら》えられ、これまでの世界の常識が音を立てて崩れ去ったとき、桜は父を支えなくてはならないと強く思った。

わけのわからない衝動に打ちのめされたのだ。そして、それを何とかしなくてはならないと溺《おぼ》れる気持ちでいたところへ、『戦乙女』という道が示された。

「それを、摑《つか》まなくてはいけないと思いました。摑んで、引き寄せて、機会を自分のものとする。私の中のたくさんの私が、そう訴えるんです」

幼い頃から、何度となく『大人になれば』と自分を説得してきた。その、聞こえのいい言葉に説得されてきた過去の桜が、機会を前にした桜の背を押すのだ。

「——待ち望んでいた明日がきたと」

「——っ」

はっきりと、それを自覚した朝のことを思い出し、桜の唇がそれを紡ぐ。

すると、それを聞いた園香が頬を硬くし、自分の胸を押さえて俯《うつむ》いた。その様子に桜は驚いて、「園香ちゃん」と彼女の細い肩に触れる。

途端、園香は肩に触れた桜の手を両手で取り、

「桜さん！　わたしも……わたしも、頑張らせてください！」

「え？」

「わたしも、その、たくさん頑張りたいんですっ。でも、何をどう頑張ったらいいのかわからなくて、教わったことをやるのも精一杯で、でも……」

「――――」

「でも、ちゃんとしたい。絶対、戦乙女《いくさおとめ》にならなくちゃいけないんです」

両手を強く握り、園香が涙目になりながら訴えてくる。

誰かのためになりたいと、医務室で抽象的な使命感を語った園香。だが、そこに嘘は感じられなかったし、今、この瞬間、彼女の眦《まなじり》に浮かぶ涙も嘘ではない。

何より、桜も昨夜の時点で願っていたではないか。

――不貞腐《ふてくさ》れかけた自分を救ってくれた彼女を、ウイングメイトと呼びたいと。

「……朝も夜も、他の候補生より大変な苦労をします。ついてこられますか？」

「――っ！　頑張ります！」

それは、体も心も未成熟な園香には辛《つら》く苦しい日々となるだろう。しかし、ここで躊躇《ちゅうちょ》せずに答えた園香を、桜は力の限り支えようと心に決めた。

すぐ隣で、目指すべき未来を見据えて瞳を燃やしている園香。

それは、力不足を嘆いて未来に希望を託した、かつての桜と同じ姿。――あの日の自分に手を貸せる日を、桜もずっと待ち望んでいたみたいに思えた。

「では、まずは明日からの訓練に備えて、しっかりと体の疲れを取りましょう。ストレッチをしておくだけでも、かなり違うはずですよ」

「はい！　あ……それと、もう一個だけ聞いてもいいですか？」

　明日に備えてストレッチ、と床に足を伸ばしたところで園香が桜を見た。その前置きを聞いて、桜は「何でもどうぞ」と微笑む。

　そして、続く言葉に微笑んだことを後悔した。

「あの、天塚さんが食堂で話してた、『枯れない桜』って何のことなんですか？」

「うぐっ」

「桜が枯れないなんて、すごいですよね。神宮寺さんはお写真を撮るって言ってましたから、聞いたら喜ぶんじゃないかなって」

　思いがけない一撃を受け、苦しむ桜に園香は気付かない。

　悪気はない。悪気はないのだ。『枯れない桜』と聞いただけで、それが沖田・桜の高校時代の異名であるなどと気付ける方がおかしい。

　ただ、それは直近だが、紛れもなく桜の黒歴史であったので――、

「桜さん、『枯れない桜』って……」

　そう、好奇心旺盛《おうせい》な園香をどう誤魔化すか、疲れを癒すためのストレッチをしながら、桜は不用意な疲れを溜《た》め込む結果となったのだった。

——そんな園香との一幕があり、この日も就寝時間を迎える。

明日も、朝から慌ただしい教練が待っている。速やかに眠り、疲労を癒す。それができるのも、戦乙女候補生としての大事な資質だ。

もちろん、桜もそれをわかっている。わかっているが——、

「——夜中のトイレは、規則の抜け道ですね」

女子寮、トイレの個室に入った桜は、誰もいない静寂の中にそう呟《つぶや》く。

すでに消灯時間を回り、寮内の関係者が寝静まった時間だ。世間的にはさほど夜の深い時間帯ではないが、自衛隊の朝は早い。当然、夜も早い。

そんな時間帯にトイレの個室に入ったのは、生理現象を催したからではない。

「……吉乃」

と、便座に腰掛けた桜はスマートフォンを手に、学友の名前を口にする。

園香の無邪気な追及は躱《かわ》したが、『枯れない桜』と聞かされた事実は揺るがず、別れのときにも桜をそう呼んだ吉乃の存在が、どうしても頭から消えなかった。

あの別れの日以来、桜は吉乃と連絡を取っていない。吉乃も空気を読んでいるらしく、桜に対して鬼のように電話攻勢を仕掛けてくることをしなかった。

だから、もし仮に吉乃と連絡を取り合うことになるなら、それは桜の方から連絡を入れ

た場合だけ。――それが、二人の間の暗黙の了解。

そして、そんな日が訪れるのは何年後かと、そんな考えでいたにも拘《かかわ》らず、

「もう連絡を入れるというのは、いくら何でも辛抱弱すぎませんか、私……」

激しい葛藤《かっとう》に揉《も》まれながら、桜はスマートフォンの画面を見つめ続ける。

メッセージのやり取りをするアプリを起動し、何百、何千、何万と言葉を交わした吉乃とのトーク画面を表示。あとは文字を打ち込めば、話はできる。

しかし、実家を離れてたったの二日で、早くも連絡していいものなのか。

――ただ、この基地で味わった得難い感情を、桜は親友に報告したかった。

「――まさか、いてくれるとは思わなかったんです」

期待はあった。だが、同じぐらい不安でもあった。実際、期待と不安なら、不安の方が勝ってしまった結果だとも言えるだろう。

戦乙女候補生、桜と同じ立場の新任の大部分は志が低く、桜が抱いているような強い覚悟と信念を持って試験に参加しているわけではなかった。

だが、園香の存在が、敵《かな》わない弥生や晃の背中が、期待に応《こた》えてもくれたのだと。

ひょっとしたら、桜は一人で戦っていかなくてはならないかもしれないと思っていた。

護国の意志を体現するため、過酷な環境に身を置く必要があるのではと。

そのためには、拠《よ》り所となり得る吉乃の存在も邪魔になるかもしれないと。だから、彼

女と連絡を取り合う可能性が浮上するのは、ずっと先だと思っていて。

「吉乃……もしかすると私、ものすごく現金な女なのかもしれません」

これまで、そんな風に自分を思ったことなどなかったが、苦笑してしまう。

一人で挑む悲壮な覚悟もしていたのに、それがもう、はるか遠い日の出来事のようで。

「……友達ができました、と」

気付けば、桜の指はたどたどしく動き、文字の入力を終えていた。そして、わずかな躊躇《ためら》いをおいて、ゆっくりとメッセージを送信する。

送る瞬間の躊躇いは、送ったあとの長い長いため息が押し流してくれる。

このメッセージを見たら、吉乃は「都合のいいことを！」とか「今さら何よ！」と怒るだろうか。そう思われても仕方ないと、桜は首を振る。

そして、部屋に戻ろうとして、スマートフォンが微《かす》かに振動するのに気付いた。

まさかと思い、桜は改めてスマートフォンを開き、表示された画面を見て苦笑する。

「……返事が早すぎますよ、吉乃」

まるで、桜が音を上げるのを待ち構えていたみたいな反応速度に、吉乃という親友の恐ろしい感性を思い知らされた。

スマートフォンのトーク画面には、たった一言、シンプルに。

『アタシを差し置いて!?』と、まるで変わらない親友の声が届いていた。

6

――そんな慌ただしい夜を乗り越えて、桜の戦乙女候補生としての日々が始まった。

「園香ちゃん、朝ですよ。起きられますか？」

「……ふぁい。おきまふ。おきてまふ」

朝、起床のラッパが基地内に響き渡るより早く、桜は園香を起こして身支度を整え、机に向かって座学の予習と復習を行う。

パリッとした自衛官の制服は、昨夜の間にアイロン掛けを行っていたおかげだ。毎夜の洗濯とアイロン掛けは、忙しい候補生生活の日課の一部である。

「園香ちゃんの制服、肩に少し皺《しわ》が残っていますね。アイロン掛けが甘かったかも」

「わたし、家でアイロンはやってなかったので……うう、練習します」

「はい、精進しましょう。私も改めて勉強し直しです」

素直な園香を励ましながら、学習意欲の高い彼女に説明する形で学んだことの地固めを行う。教えるには、教わる側以上の理解力がいるのは常識だ。

その点、園香は物覚えも悪くないし、素直で可愛い。生徒として最高の人材だった。

「天塚さん！　天塚さん、起きてください！　園香ちゃんは抱き枕ではありません！」

「むぐ、むきゅ〜っ」

「ん〜、あと五分……いやさ、ギリギリまで、ギリギリまで……」

「なんて強欲な！　う、腕が剝《は》がせない……神宮寺さん！　手伝ってください！」

「いやぁ、ちょっとあーしは寝起きの姉御の相手とか怖いんで」

本来の起床時刻になると、基地内に起床ラッパの音が放送される。が、寝起きの悪い弥生はラッパで起きず、彼女を起こすために同室の総力を尽くすことになる。

　このとき、園香が弥生の腕に抱かれ、引き剝がせなくなるのがお約束。必死に剝がそうとする桜を、晃が巻き込まれないよう遠くから応援するのもお約束だ。

「朝食は一日の活力です。ですから、しっかり食べなくてはいけません。好き嫌いせずによく嚙《か》んで……天塚さん！　ちゃんと園香ちゃんの見本になってください！」

「好き嫌いしてちゃでかくなれないって？　けど、あたしのプロポーションを見なよ。人《にん》参《じん》以外、好き嫌いない晃がこの様《ざま》だよ。頑張る甲斐《かい》がないだろうに」

「もしかして、それが人参の差ってことですか？」

「グサッときたッス！　ぐぬぬ、オレンジ色の憎いやつめ……！」

　朝の点呼を済ませ、やいのやいのと騒がしい朝食で空腹を満たす。野菜の偏食で不毛な言い争いをしながら、昼食か夕食では是正してみせると息巻いて課業へ。

「いいか、ひよっこ共。選抜試験はたったの十二週間……実質、三ヶ月で成果を出さなくてはならない。丁寧に歩き方やついばみ方から教習してやる猶予はない。自ら成長する気概のないものは落第する。それを忘れるな」

　朝礼では高屋敷ら教官の訓示があり、それを受けての訓育が始まる。

　午前と午後、教練の内容は様々だ。座学や体力錬成、格闘訓練が主な内容だが、いずれは射撃訓練や、フライトシミュレーターの教習も含まれてくると。

「おいおい、晃、教本のこのページ見てみな。あちこちの基地のマスコットキャラクターが載ってるが……こんな奴、見たことあるかい？」

「いやぁ、現役でも知らないことって山ほどあるもんスねえ。桜っちとソノっちは、どのマスコットが一番好きッスか？」

「無関係なページの話を……いえ、教本に掲載されている以上、無関係ではない……？でも、話題としては間違いなく不適当で……」

「わたし、このツルっとしてる子たちが可愛いと思いますっ」

「おお、独特な感性……ジェネレーションギャップスかね？」

午前中の座学が終われば、間に昼食を挟んで午後の訓育。主に体を動かす訓育は午後に持ち込まれることが多く、格闘訓練などでは桜は積極的に先任に挑んだ。

「さすが、軍人の娘ってのは仕込まれてるもんだ。あんたの場合、それにしてもやるもんだって感心させられちまうが」

「天塚さんこそ、感服しました。天塚さんの勤務態度で実技の成績が悪かったら、とても目が当てられませんでしたし——きゃあ!?」

「言ってくれるもんだ。言ってる間、足下が疎《おろそ》かになってるよ」

元々、体力作りや護身の一環で格闘術は学んでいた。主に父の部下、里見や尾山《おのうえ》に仕込まれたものだったが、さすがに現役の自衛官相手には子どものように遊ばれる。それが桜にとっては刺激的で、ここぞとばかりに指南を求めに奔走した。

「桜さん、すごい……きゃんっ」

「ソノっちも、最低限の技術は身につけるッスよ。可愛い子には、その可愛さを利用されないための自衛手段がいるッス」

「自衛……神宮寺さんは守ってくれないってことですか？」

「うーん、一生かけて守りたくなる台詞《せりふ》ッス。……でも、あーしのいないところで、ソノっちに何かあったら悲しいッスから、そのために頑張ってほしいッス」

可愛さの抜けない構えの園香を相手しながら、晃は笑ってそう頼む。それを聞いて、園香は使命感に燃えた瞳《ひとみ》で「はいっ」と力強く答え、投げ飛ばされていた。


午後の訓育が終われば、再びやいのやいのと騒がしい夕食を取り、入浴へ。

一日の疲れを癒《いや》すべく、女性用の浴場で湯船に浸《つ》かるのが日課だ。

「っは〜！　さっぱりする！　ったく、このために生きてるって気がするねえ。……うん？　じっと見て、どうしたい、園香」

「あ、ごめんなさい！　……天塚さん、すごくスタイルがいいなって」

「おお？　そういうお年頃かい。そうさねえ。あたしからできるアドバイスがあるとすれば、あたしと桜の真似をして、晃の真似はするなってことだよ」

「またしても後ろから撃たれたッス！　桜っち、抜け駆けして何してたッスか？」

「し、知りません！　規則正しい生活と、健全な精神の成果です！　以上！　この話はここで終わり……な、なんですか、天塚さん。ちょっと、こないで——っ」

手をわきわきとさせた弥生の接近に、危機感を覚える桜が身を守ろうと逃げる。湯船をバシャバシャと揺らす二人に、園香と晃は笑い、我関せずを貫いた。


入浴後、就寝までの時間は自学自習に充てられる時間だ。桜はその時間を使い、園香と共に戦乙女《いくさおとめ》としての足りない部分を埋めるべく努力をしている。

　しているのだが――、

「――神宮寺さん！　天塚さんはどちらですか⁉」

「うおっとっとっと、どうしたッスか、桜っち。そんな剣幕《けんまく》で」

「どうしたもこうしたもありません！　先ほど、高屋敷教官に言われたんです。天塚さんが日誌を提出していないと……園香ちゃんに迷惑がかかるでしょう！」

　自室でカメラの手入れをしていた晃が、桜の勢いに目を丸くする。普段から目を閉じているように細めている神宮寺のレアな姿だが、その希少性に喜ぶ余裕はない。

「姉御なら、今は男連中とカード遊びでもしてるんじゃないッスかね？　古馴染《ふるなじ》みの松樹《まつき》とかがきてるんで……」

「と、殿方とカード遊び……まさか、破廉恥な賭《か》け事をしているんじゃ」

「それは桜っちの偏見ッスよ。姉御は……まぁ、健康的なエロさッスけど」

「不潔です！」

「偏見ッス！」

　顔を赤くした桜と、弥生の名誉のために立ち上がった晃。二人が連れ立って食堂へ向かうと、そこで男性自衛官とカード遊びに興じる弥生を発見し、

「どうして！　決められたことを守れないんですか！　たるんでいます！」

「うひゃ、委員長のお出ましだ。こりゃ参ったね」

「だ・れ・が！　委員長ですか！　ここは学校じゃありません！」

　手札を持ったまま耳を塞《ふさ》ぐ弥生、その不真面目な態度を桜が叱り飛ばす。その剣幕に、弥生とカード遊びをしていた自衛官たちも苦笑い。

　一瞬、その姿を彼らに見られたことを桜は恥ずかしく思うが、

「いいえ、私は間違っていません。悪いのは天塚さんです！」

「自分が正義だと過信すると、暴力を振るうのに躊躇《ためら》いがなくなってよくないよ？　あんたは傷付ける力が欲しいのかい？　守る力が欲しいんじゃなくて？」

「それは……って、少し考えてしまったじゃないですか！　そんな言葉で誤魔化《ごまか》されたりしません！　なんと不真面目な……見損ないました！」

「あちゃ、さすがにこれじゃ誤魔化されないか」


　観念した弥生を連れて戻り、自習中だった園香の隣でサボった分の日誌を書かせる。引き出しの奥の日誌は初日以外書かれていない、呆《あき》れた潔さだった。

「しかし、日誌って言われても、今さら思い出せやしないよ。二日目とか何があった？」

「だから日誌というんです！　その日の内に書いていれば、今の天塚さんのように苦しむ

こともなかったのに……因果応報です！」

「インガオーホー……」

「自分のやったことは自分に返ってくるってことッス」

「へえ。……じゃあ、勉強の成果がインガオーホーするようにしなくちゃですね！」

「ははは、聞いたかい。園香もあたしと一緒にサボるって考えみたいだよ？」

「小さい子の可愛い勘違いを悪用しないでください！」

不思議そうに首を傾《かし》げる園香と、そんな園香の発言を盾にしようとする弥生。その弥生の態度に怒る桜と、桜の剣幕を余所《よそ》に園香に勉強を教えている晃。

四者四様の在り方がそこにあり、そんな調子で同部屋の四人の夜は更けていく。


そうして消灯時間となり、みんなが寝静まった夜となると、桜はこっそりとベッドから抜け出し、夜の間も明かりの消えないトイレの個室でスマートフォンを開く。

あまり褒められたことでない自覚はあるが、自由時間も園香と一緒に自主学習へ充てているため、取れる時間がここしかないのも事実。

『今日はどうだった？』

『大変な一日でした。でも、園香ちゃんは教え甲斐《がい》があります。目に見えて成果を出してくれるので、とても鼻が高くて……』

『アタシ以外の女の話をしないで』

『周りに、あなた以外の女性しかいないのですが』

直接電話をするのではなく、あくまでメッセージ機能を使った文字のやり取り。

深夜の十五分だけと決まり事を作り、桜は毎夜、吉乃と連絡を取り合った。以前と変わってしまった関係を、以前と変わらないみたいに装飾して。

何気ない話を親友として、また明日と別れ、ベッドに潜り、眠りにつく。


――それが、戦乙女候補生として過ごす、沖田・桜の一日の一例。

それは桜の想像する候補生生活とはあまりにも異なるもので、一度も驚かず、声を荒げずに済む一日は存在しなくて。

天塚・弥生は奔放で、型に嵌《は》まらない不良自衛官の鑑《かがみ》のような人材。

神宮寺・晃はそんな弥生を陰に日向《ひなた》に支え、だらしなさを増長させる悪い参謀。

渡来・園香は素直で可愛らしいが、素直すぎる性格が将来を危ぶませる心配因子。

「……まったく」

寝床につきながら、桜の気苦労は絶えない。本当に絶えない。

だから、明日こそはと意気を高め、眠りにつく。

――それが、沖田・桜の現実だった。

第四章　『先任と新任』

1

桜《さくら》たち戦乙女候補生は、『特別自衛官候補生』扱いで教育隊の預かりとなっている。受ける教練の多くは自衛隊の新隊員教育と共通しており、十二週間という試験期間もそれに準じたものだ。つまり、弥生《やよい》たち現役の自衛官にとっては、過去に一度経験した訓練を再び受けている場合も多い。

「なんで、入りたての弱っちかった頃の自分を思い出すのさ」

「弥生お姉ちゃんも、最初は大変だったの？」

「そりゃもちろん。何べんも仮病使って逃げようとしたもんさ。一回、トイレに立てこもったことだって……あ、それはあたしじゃなかったや」

けらけらと笑いながら、弥生が自分を見上げてくる園香《そのか》の頭を撫《な》でる。

弥生の新人時代の話に園香は興味津々で、それに答える弥生も上機嫌な様子だ。それが二人の良好なペア関係を証明していて、傍《そば》で眺める桜はため息をついた。

「弥生お姉ちゃん、ですか。すっかり、園香ちゃんを手懐《てなず》けていますね」

「手懐けたって、動物じゃないんスから。そりゃ、ソノっちは兎ちゃんみたいに可愛いッスけど。まぁ、姉御の方はあの性格ッスからねえ」

「人好きのされる方なのはわかります。……私も、嫌いではありませんから」

視線を逸《そ》らし、桜は弥生の自然体で人を引き付ける人徳に触れる。

決して真面目な人柄とは言えないし、目も当てられない欠点も多い。しかし、不思議と嫌いになれない愛嬌《あいきょう》と、見放せない魅力が弥生にはあった。

「それが今日の天塚《あまつか》さんを作り上げてしまったと……」

「ちなみに、トイレに立てこもったのは新人時代の本庄《ほんじょう》ちゃんッス。あと、姉御にか弱い可愛げがあったってのは嘘ッス。姉御は最初から姉御だったんで」

「晃《あきら》、聞こえてるよ」

「聞こえないように話してないッスもん」

こちらの会話に気付いた弥生が、晃の返答に唇を曲げる。そんな二人のやり取りに口元を押さえて笑う園香が、ふと何かに気付いたように桜を見た。

「桜さん、変な顔……何か考え事ですか？」

「変な……いいえ、そうじゃないんです。そうじゃないんですが……」

純粋さが刺さる園香の問いかけに、桜はそわそわとしながら答える。

と、そんな桜の強張《こわば》った頬が、後ろに回った晃の手で「むきゅっ」とほぐされる。

「変な顔ってのはあーしも同感ッス。ほらほら、せっかくの美人が台無しッスよ〜」

「か、からかわないでください！　第一、私は……」

「そんなに、賭けに負けて休日に連れ出されたのが不本意なんスか？」

「うぐ……っ」

頬をこねる晃の手を振り払ったところで、桜の表情が再び強張った。その桜の反応を見て、「なんだいなんだい」とからから笑ったのは弥生だ。

「往生際の悪い子だねえ。せっかくのデートなんだ。楽しまなくっちゃ損じゃないさね。第一、賭けの話を持ち出したのはあんたの方だったろうに」

「……ぐうの音も出ません」

がっくりと肩を落とし、桜は自分の軽率な判断を呪った。

そうして自戒する桜の格好は自衛官の制服ではなく、私服姿だった。そして、私服姿なのは桜だけではない。一緒にいる三人、弥生と晃、園香もそうだった。

それもそのはず、彼女たちが立っているのは基地の敷地内ではなく、その最寄りのショッピングモール内——週末の休日、外出を楽しんでいる真っ最中。

——それが、桜が愚かにも賭け事に負け、支払った代償なのであった。

2

カシャカシャと、シャッターを切る音が響き渡り、桜は頬を引きつらせる。

慣れないポーズと、苦手な愛想笑い。何より、羞恥《しゅうち》心が限界を迎える一歩手前で。

「はいはい、もっと笑顔！　笑顔ッス、桜っち！　いいッスよ！　可愛いッスよ！　ほらもっとぐっとあざとく！　この世で一番可愛い自分になあれッス！」

「ど、どんな状態ですか、それは！　私に何をしろと……」

「あーっ！　その顔！　怒った顔もいいッスよ～！　ぷんすかって言ってーっ！」

「絶対に嫌ですっ！」

そう悪ノリ全開で指示しながら、カメラを構えて桜を撮影している晃。その晃の過激な要求に応《こた》えながら、顔を赤くして桜は言いなりになるしかなかった。

場所はモール内のブティック、その店内の試着室を占領しているところだ。

流行《はや》りものから往年の人気の品々まで取り揃えた店内で、桜は服をとっかえひっかえ試着させられ、ファッションショーじみた真似をやらされている。

当然、店側にも迷惑だと、普段なら晃の暴挙をペアとして叱責《しっせき》するのだが——、

「でも残念！　今日の桜っちはあーしの言いなり……！　この服を着て微笑めと言えば着

替えて微笑み、脱げと言われれば肌を晒《さら》す……ああ、快なりッス！」

「脱ぎません！　勝手なことを言わないでください！　言いなりではありません！　あくまで、言うことを一つ聞くだけで……」

「だーかーらっ！　ここでファッションショーの最中はあーしの言いなりッス！」

「う、うう、ううう～っ」

興奮に小鼻を膨らませる晃、前のめりな彼女を桜は止められない。何故なら、晃の言い分は正しい。そしてそれは、他ならぬ桜から言い出したことだった。

賭《か》け事に負けた側が、勝者の言うことを一つだけ聞くという勝負を。

「フライトシミュレーター、弥生お姉ちゃんも神宮寺《じんぐうじ》さんもすごかったもんね」

「まぁ、あれぐらいはやってのけないと、あたしも晃も面目丸潰《まるつぶ》れだからねえ」

と、そんな桜と晃の攻防を見守りながら、弥生と園香が楽しそうに話している。素直な園香の称賛に、弥生は自慢げに豊満な胸を張っていた。

前述の通り、戦乙女《いくさおとめ》候補生の扱いは新隊員教育のそれと近い。つまり、土日や祝日の休みは保証されており、申請を出せば外出することも可能だ。

今日、桜たちがショッピングモールへきているのもその一環である。

ただし、これまで桜は休日も自己鍛錬に費やしており、園香もそれに付き合っていた。

だから、外出を申請する機会などなかったのだが――、

「まさか、よりにもよってあーしたちにフライトシミュレーターで勝負を挑むなんて、桜っちも勝負師すぎるってもんッスよ」

「不覚も不覚、大不覚でした……。ようやく同じ土俵だと、そう勇んでしまい……」

苦笑した晃の言葉が、こうして桜が休日に連れ出されている理由の全てだ。

選抜試験も開始から四週間が経過し、課業の内容も徐々に高度なものへ切り替わりつつある。その一端が、シミュレーターを利用した飛行操縦訓練だ。

操縦訓練、それは戦乙女となり、いずれ英霊機を賜る想定の桜たちにとって、避けては通れない重要な課題。本格的な戦乙女訓育の第一歩であった。

そして、その訓練が始まる前、桜は弥生たちへと勝負を挑んだのだ。

いかに現役の自衛官といえど、兵科が違えば求められる技能は異なる。ましてや航空機の女性パイロットは、戦乙女に勝るとも劣らない狭き門だ。

故に、ようやく対等に競える土俵が整ったと、桜はそう考えたのである。

「私が勝った暁には、普段の生活態度を改めてもらって、ちゃんと私や園香ちゃんの規範となる善なる天塚さんと神宮寺さんが生まれるはずだったのに……」

「まるで今のあたしらが巨悪みたいに言うんじゃないよ。大体、下調べが甘いからそんなことになるんだろう？　実戦なら死んでても不思議じゃない大ポカさね」

「でも、まさか天塚さんが戦闘機操縦課程の経験者なんて思わないじゃないですか！」

と、桜が勝負の決定的な敗因となった事実を叫ぶ。

　戦闘機操縦課程とは、読んで字の如く戦闘機パイロットとなるために修了する必要のある訓練であり、弥生はその訓練課程に進んだパイロット候補生だったのだ。

　つまり、横並びと思っていたスタートラインは全く横並びではなかった。その下調べを欠いたのが、挑戦状を叩《たた》き付けた桜の敗因だった。

「吉乃《よしの》に、吉乃に焚《た》き付けられた私が愚かでした……。たまにはぎゃふんと言わせてやれなんて、真に受けてしまって」

「ぎゃふんて。まぁ、あーしとしてはこれで桜っちを好き放題激写できるんで大満足ッスけどね！　あー、疲れた体が癒《いや》されるッス！　失われたＢＰが回復する〜」

「ＢＰ？　ＨＰとかＭＰじゃなくて？　ＢＰってなんだろ……」

「たぶん、美少女ポイントとか別嬪《べっぴん》ポイントだろうさ。美の探究者なんて言ってるけど、早い話が美少女に目がないんだよ、晃は」

　首を傾《かし》げる園香に、弥生が呆《あき》れた様子で肩をすくめる。と、そんなペアのやり取りに「ちょっとちょっと」と晃が唇を尖《とが》らせた。

「この晃さんを、そんじょそこらのカメラ野郎と一緒にされたら困るッス。大いなる誤解ッスよ。ソノっちも、あとで写真撮らせてくださいッス」

「舌の根も乾かないうちから、何を言ってんだい、あんたは……」

抗議の間も、カメラのシャッターを切り続ける晃の執着心は本物だ。その晃の誘いを、

「時間があったらね」と園香は軽くいなしつつ、

「でも、戦闘機操縦……何とかじゃないけど、神宮寺さんも弥生お姉ちゃんとおんなじ勉強をしてたんですよね？」

「あーしの場合、戦闘機乗りってより、ヘリとか輸送機のパイロットが目標だったんスけど、そッスね。おかげで他の子や桜っちにもリードッス。ぶいぶい」

園香の言葉にピースサインで晃が答える。それが、桜の敗因その二である。

早い話、晃も弥生と同じく、戦乙女候補生となる以前からパイロット課程を進んでいた女性パイロット候補――結果、弥生と晃が操縦訓練のワンツーフィニッシュだ。

そして、驚くべきことにシミュレーター成績の第三位は――、

「まさかでしたけど、驚きました。園香ちゃん、あの操縦技術はどこで……？」

「ぶいです。家でやってたゲームとおんなじ感覚でできたので」

「最近のゲームってのも侮れないもんだ。子どもの頃からやってると、ちょっとした英才教育ってやつになるんじゃないかい？」

晃の真似をして、ピースサインを作った園香の頭を弥生が後ろから撫でる。

そう、そうなのだ。経験者である弥生と晃が成績上位になるのはわかる。しかし、それに次ぐ成績三位につけたのが、まさかの園香であったから驚きだ。

なお、桜の成績は決して悪くはなかったが、候補生全体を見渡しても平均に収まる。これに関しては、桜もかなりの危機感を抱いていた。

規律の順守や知識の蓄積も重要だが、戦乙女に求められるのは空で戦う実力だ。

そうした意味で、桜のスタートは順風満帆とは言えなかった。

「まさか、ゲームと無縁の生活がここで響いてくるだなんて思いませんでした。お父様、これは教育の敗北である気がします……」

「それはちょっと大げさな気が……桜さんも、今度一緒にゲームしましょう！　レースゲームとか、たくさん人を追い抜くと楽しいですよ」

意外とアクティブな趣味を楽しむ園香だが、実際に成績に反映されている以上、頭ごなしに否定していい助言ではない。桜は真剣にゲームの導入を検討する。

「ふー、桜っちを堪能《たんのう》したッス……余は満足ッスよ」

「お、お疲れ様でした……うう、一生分の写真を撮られた気がします」

「いやいや、なんのなんの。次の勝負であーしが勝ったら、また別の撮影会ッスよ」

「もう、こんな無謀な勝負なんてしません！　やりません！　賭けません！」

「ちぇーッス」

カメラ片手に、心なしか顔がつやつやしている晃が残念がる。桜としては、もう二度と同じような目に遭うのは御免なので、勝負事には慎重を期したい。

「じゃ、桜っちは疲れちゃったみたいなんで、次はソノっちの番ッス。晃お姉さんとファッションショーッス！」

「え～、でも、わたし、神宮寺さんと勝負してなかったのに……」

「してなくてもいいじゃないッスか。ほら、ソノっちに似合う服選ぶッスよ～」

　やや強引な晃のお誘いに、園香が「仕方ないなぁ」とついていく。桜と違い、園香は写真に撮られることの抵抗はさほどないようだ。

　ただ、晃に連れられて服を見にいく直前、

「わたしは桜さんに何をお願いしようかな……」

　と、そう呟いていたのは気掛かりだった。

「園香ちゃんと勝負していたつもりはなかったんですが……」

「じゃあ、園香は仲間外れってことかい？　それは可哀想じゃないさね。可愛い妹分のおねだりぐらい、ドーンと聞いておやりよ」

「……園香ちゃんには、失望されたくなくて」

　園香が晃に連れ去られ、何となく桜と弥生とが二人きりになる。その、ぽろっとこぼれた桜の本音を聞いて、弥生は眉《まゆ》を上げ、すぐに口の端を緩めた。

「可愛いこと言うじゃないさ。これもデートの魔力ってやつかね」

「デート……どうして、今日は外に私たちを連れ出したんですか？」

「見ての通りさ。ペア同士のダブルデートだよ。本当なら最初の週末にでもやっとくつもりだったのが、あんたたちが頑張り屋なせいで先延ばしになってたからね」

ダブルデートの響きはともかく、弥生の指摘に桜は目を見張った。確かに、週末となると目の色を変えて自学自習に勤《いそ》しんでいたのが桜だ。

当然、外出に誘われても、素直についていったとは考えにくい。

「だから、渡りに船だったってわけさ。……園香のガス抜きもさせてやりたかったしね」

「——ぁ」

前半と後半で笑みの質を変え、そう語った弥生に桜は息を詰めた。

店の奥、晃と服選びを楽しんでいる園香、その背中はこの数週間でほんのりとたくましくなった。それは外見的なものではなく、内面から滲《にじ》み出る自覚によるものだ。

努力を続けていることの成果が、幼い少女を一回り大きく変えたのだと。

「桜、あんたは園香の事情はどこまで聞いてる？」

その園香の背中を見守る桜の横顔に、不意に弥生がそう問いかけてきた。

「園香ちゃんの事情、ですか？　ええと、それは……」

「なんであの子が戦乙女の候補生に選ばれたのか。……いくら才能があっても、園香の歳で候補生に選ばれるなんておかしい。それはあんたもわかるだろ？」

「……もちろんです。ただ、それも仕方のないことと」

桜も、十一歳の園香が戦乙女の候補生である事実を良くは思っていない。当人になりたい意志があり、そのための努力をしているとわかっていてもだ。

「最終的に園香ちゃんが合格できるかはわかりません。でも、選ばれたのは、今回の徴募の対象者となる立場だったからで……」

「徴募の対象者……現役の自衛官と、自衛隊関係者の身内か」

「――？　ええ、そうですが」

どこか引っかかる弥生の物言いを桜が訝《いぶか》しむ。そんな桜の前で、弥生はちらと視線を周囲に向け、誰も近くにいないことを確かめてから、

「これから話すことは内緒の話だ。誰かに話すんじゃないよ」

「ずいぶんな前置きですね。……お聞きします」

「――園香は、あんたやあたしらとは事情が違う。あの子は、自衛隊関係者の身内だから選ばれたんじゃない」

「え……？」

思いがけない弥生の発言に、桜は目を見開いて唖然《あぜん》となる。

聞き間違いを疑う内容。しかし、弥生は今一度、頬を歪《ゆが》めながら重ねる。

「あの子を選んだのは神様だよ。あたしらが戦乙女になった暁には、お父様って呼ぶことになる神様。……それが、あの子を戦乙女に選んだのさ」

3

——神に選ばれ、戦乙女《いくさおとめ》として招聘《しょうへい》された少女。それが、渡来《わたらい》・園香。

それ故に園香は、まだ十一歳という年齢にも拘《かかわ》らず、浜松基地の戦乙女選抜試験への参加を要請されたのだという。

「その、神様というのは……オーディン、ですよね」

「ああ、そうさ。何でも、そのオーディンから直接、国のお偉方に連絡があったらしい。園香には戦乙女の強い資質が眠ってる。だから、確保するようにってね」

驚愕《きょうがく》しながらも、何とか情報を咀嚼《そしゃく》しようとする桜。そんな桜の驚きを解していながらも、弥生は意識して淡々とした口調で続きを話してくれる。

オーディンが園香を見出《みいだ》し、今回の試験へ加えたという事実を。

「それは、よくある話なんですか？」

「さあね。少なくとも、園香以外に同じ事情の子はいないよ。ああ、例外があった。あんたもそうだったんだろ、桜」

「……はい。夢枕に、オーディンが立ちました」

隠していたわけではないので、弥生の確認に桜は静かに頷《うなず》いた。

夢枕にオーディンが立ち、戦乙女の資格があると嘯《うそぶ》かれたのは確かな事実だ。そして実際、桜には戦乙女の適性検査をパスする資質があった。

微妙に事情は違うが、桜と園香はそういう意味でも同類と言える。

「でも、どうして園香ちゃんだけ……」

「詳しくはわからない。ただ、オーディンは東洋の島国だと思って後回しにしてたとか、ちゃんと隅々まで見ないとダメだとか、よくわからんことを言ってたそうだよ」

「東洋の、隅々まで……ぁ」

頭を掻《か》きながら、忌々しげに神様の都合を推量する弥生。彼女の話を聞いて、不意に桜の脳裏を過《よぎ》った考えがあった。

それは、桜の夢枕に立ったオーディンがこぼしていた言葉。

『奥ゆかしい。お国柄というやつか？　倭国《わこく》……いや、大和？　違うな、日本か。これは見落としていたことを反省しなくてはなるまい。やはり隅々まで観測しなくてはな』

桜を見出したことで、オーディンはそんな調子のことを話していた。

それが本音で、事実として手抜かりなく観測を行ったのなら、その結果として引っかかったのが園香だったのかもしれない。つまり――、

「私が見つかったから、園香ちゃんも見つかった……？」

その是非はどうあれ、その因果関係が成立する可能性が高いように思われた。

「神様の都合はどうでもいい。けど、お偉方はその話を鵜呑《うの》みにして園香を呼んだ。大人と世界の都合で振り回されて、だからあの子にはよくしてやりたいのさ」

「天塚さん……」

「土日も休まずあれこれ頑張ってちゃ、いずれパンクしちまうと思ってね。お姉さんとしちゃハラハラし通しだよ。なんで、今日は大人しく付き合わされな」

ポンポンと背中を叩《たた》かれ、桜は今日の外出に込められた弥生の真意を知る。そして、その弥生の考えには桜も同感だった。

やる気と向上心が高く、休日返上で研鑽《けんさん》を続ける桜に付き合う園香。だが、神に見出されようとも彼女は十一歳。——弥生の懸念は、桜もして然《しか》るべきものだった。

「言っとくが、そのための先任だよ？」

こちらの心中を察し、笑いかけてくる弥生に桜は押し黙る。

そんなにわかりやすいだろうかと、桜は自分の頬をぐにぐにと触った。

「年の功ってやつさ。それでどうだい？　これでデートに集中できそうかい？」

あっけらかんとして見えて、弥生はあれこれと考えを巡らせている。その事実を知り、桜は小さく息を吐いた。肩から、入りすぎていた力が抜ける。

これまでずっと、どうして連れ出されたのかと不満ばかりが大きくて。

「楽しんではいけないと、そう思い込んでいました」

「へえ、そりゃよくない。楽しむのが一番だよ。明るく楽しくが一番だ。あたしらは人の笑顔を守るのが仕事なのに、自分が笑えないでどうすんだい」

「素敵な考えですね。――わかりました。私も、大人しく切り替えます。ちょうど、外出したらしなくちゃと思っていたこともあったので」

頬に両手の人差し指を当て、弥生がわざとらしい笑顔を桜へ向ける。その笑顔にさらに脱力感を味わいつつ、桜も唇を綻《ほころ》ばせた。

すると、そんな桜たちの様子に気付いて、園香と晃の二人も戻ってくる。

「あれ？　桜さん、弥生お姉ちゃんと何かありましたか？　そんな顔してる」

「私って、結構色んな顔をするんですね……じゃなかった。ええと、悪いことではありませんよ。どちらかと言えば、いい話が聞けたと思います」

「ほーん。でもそれ、あーしの味わった幸福感より上ッスかね？」

「あんたはあんたで何にマウント取ろうとしてんだい」

カメラを掲げ、ずいっと前に出ようとした晃の襟首を弥生が掴《つか》む。そのまま「ぐえー」と下がらされる晃を余所《よそ》に、弥生が「それで」と桜を見た。

「外出したらやろうと思ってたことってのは？　何か欲しいものでもあるなら、弥生お姉さんと晃お姉さんが奮発してやってもいいよ？」

「わ、ホントですか？　わたし、新しい下着が欲しくて……」

「な、何となくソノっちの成長著しいと思ってたッスけど、そこまで……晃お姉さん、新しい三脚が欲しいから懐が厳しいんスけど！」

　買い物に対して、三人が三者三様の反応を見せる。特に晃の情けない反応は、自分が桜のペアであることの自負が理由だろう。

　しかし、桜はそんな晃の悲痛な様子に「大丈夫ですよ」と首を横に振った。

「何か買いたいものがあるわけではないんです。安心してください」

「そうなんですか？　じゃあ、何を……」

「ええ。——この髪を、短くしたいと思っていただけですから」

「え……」

　自分の長い黒髪を撫《な》でて、そう答えた桜に園香が絶句した。

　だが、驚いていたのは園香だけではない。弥生と晃も、桜の突然の決断に瞠目《どうもく》し、お互いに唖然とした顔を見合わせていた。

「髪を切る……ッスか？　桜っちの？　その、綺麗《きれい》な黒髪を？」

「はい。——覚悟の、証《あかし》として」

「断固反対ッス！　そんなの、世界の損失ッス！」

　ぐあっと前のめりになり、晃が血相を変えて桜にそう訴える。その勢いに若干気圧《けお》され

ながら、桜は「お、落ち着いてください」と晃を押しとどめ、

「必要なことなんです。感情的にならず、ペアの先任として意見を……」

「じゃあ、先任として断固反対ッス！　理由？　可愛いから！」

「お、お話にならない……」

　普段はもう少し理詰めのはずの神宮寺が、感情論全開で反対にかかってくる。が、その主張では桜の考えは曲げられない。

　と、使い物にならない片腕の傍《かたわ》ら、弥生が「桜」と名前を呼びかけ、

「なんで髪を切るんだい？　綺麗で、あんたによく似合ってるのに」

「……基地で暮らし始めて、何日かした頃から思っていました。私がこうしているのはとても、とても無神経なことじゃないかって」

　弥生の問いかけに、桜は胸に手を当てながらそう答える。

　切っ掛けは基地での暮らし、その端々ですれ違うことになる一般の自衛官たちだった。一応の配慮として、候補生と自衛官との生活は分けられているが、それでも同じ基地で過ごしていれば、接触する機会は何度となく発生する。

　そうしてすれ違う自衛官の中には当然、現役の女性自衛官も含まれていて。

「とても、複雑な思いをしてらしたと思います。現役の自衛官の方々から見たら、私たちは弱く、覚悟も不足していて。それなのに、重宝される」

戦乙女としての資質の有無、桜と彼女たちとを分ける要因はただそれだけだ。

ただそれだけで、彼女たちは誰かを守るという自分たちの覚悟を譲らなくてはならなかった。それは、どれほど悔しい気持ちだっただろうか。

園香のような幼い少女を含めた候補生、それが長い髪をなびかせて歩く姿を見るのは。

「想像しかできません。でも、想像するだけでも辛《つら》かったはず」

自衛隊に入隊する際、男女問わず髪を短くするのは常識だ。

入隊後、六ヶ月が経過すれば髪の長さはある程度の自由が利くようになるが、そうなるまでは女性であっても短く切り揃えるのが鉄則。

新隊員と同じ教練、同じ生活を送りながら、待遇面でだけ差をつける。それはどんな言い訳を並べたところで、偏った優遇としか言えないだろう。

「私はいずれ、父の足跡を追って自衛隊に入隊していたはずです。今回のことでそれが早まりましたから……早いか遅いか、それだけの違いだったんです」

「……いいのかい？」

「いいも悪いもなく、私の決断です。……ですから、園香ちゃんは自由にしていていいんですよ。こんなことまで私に付き合わなくても」

「あ……」

薄く微笑み、桜は自分のお下げ髪に触れている園香にそう伝える。

桜と共に頑張ることを誓ってくれているこのウイングメイトは、桜がそうした決心で髪を切ると話せば、自分もそうしようと言い出す可能性が高い。

しかし、長い髪を短くするのは女性にとって一大決心だ。それを、桜がそうするから自分もそうするなんて、人真似で決断してはいけない。

「これはあくまで私のケジメのお話ですから。ですので、私はこのままモール内の理容室へ向かいます。少しだけ、皆さんと別行動になりますが……」

「理容って……せめて、美容室って言っとくれよ。あー、もう、わかった！」

　別行動を提案しようとした桜に、弥生が自分の頭を掻きながら吠《ほ》える。そして、何事かと驚く桜へと向き直ると、

「あたしが付き添う。晃、園香のことは任せていいね」

「あーしは大丈夫ッスけど……え、本気で短くするんスか？　本気で⁉」

「くどいね。あたしもクソ真面目が過ぎると思うけど、桜の決断だよ。それを外野がやいのやいの言って止めるのは違うじゃないさね」

　まだ食い下がろうとする晃が、その弥生の言葉を受けて苦しげに唸《うな》る。

　一方、園香はどんな顔をしていいのかわからない様子で、じっと桜を見つめた。

「園香ちゃん、本当に気にしないでいいですからね。ちょっと、生まれ変わってきます」

「桜さん……もし、短いのが似合ってなかったら、なんて言えば……」

「神宮寺さんの言葉より、よっぽど気が変わりそうになる一言ですね……」

桜自身も髪を伸ばし始めてから長いので、髪の短い自分はイメージが湧かない。もし似合わなかったら、そのときはお通夜ムードで出迎えてもらうだけだ。

「では、合流は一時間後に……」

「馬鹿、女の髪を短くするのにそんなすぐ済むもんか。二時間後だよ」

勝手のわからない桜の目安を、そう言った弥生が書き換える。

そうして合流時間を決めると、桜は弥生と共に美容室へ。園香と、ハンカチを嚙《か》んでいる晃とは別行動だ。

「――桜さん！　ええっと、気を付けて！」

別れ際、そう言って見送ってくれる園香が、何とも健気に思われた。

なんと声をかければよかったのかわからなかった結果、まるでこれから長い長い旅にでも出るような声援になってしまっていたが。

「基地の近くだからね。女子隊員が通ってる行きつけがある。そこにしよう」

「そう、ですね。慣れてらっしゃる方にお願いできると助かります」

文字通り、後ろ髪を引かれるような思いはありつつも、またしても文字通り、それを断ち切るために髪に鋏《はさみ》を入れにいく。

そう、心に決める桜の手は、ずっと自分の黒髪を名残惜しげに梳《す》いていた。

4

桜が髪を長く伸ばし始めたのは、母が亡くなった小学校三年生の頃からだ。

元々やんちゃで活発だった桜は髪を短くしていて、同学年の男子も顔負けの暴れん坊だった。そんな桜が変わった切っ掛けが、優しかった母の病死だ。

病床に伏した母に、桜は父と支え合うことを託された。

そうは見えないが、父は寂《さみ》しがり屋だから一緒にいてほしいと、そう頼まれたのだ。

それを、桜は母との最期に交わした約束だと思っている。

父を一人にしない。――そう誓い、桜は髪を長く伸ばし始めた。

たぶん、それは父のためではなく、自分自身のためだった。

まだ幼かった桜が母との約束を証明するには、目に見える成果が必要だったのだ。

その、わかりやすい証明こそが長い髪――桜にとっての、優しい母の象徴だった。

綺麗な髪だと、そう褒められることはよくあった。告白してくれた男子や、褒め言葉に躊躇《ためら》いのない吉乃からも、髪を褒める言葉は頻繁に聞いた。

あまり容姿を褒められるのが得意でない桜も、髪を褒められるのは嬉《うれ》しかった。

長い黒髪を褒められるのは、亡き母が褒め称《たた》えられているように思えたから。

「ほ、本当によろしいんですか？」

「――はい。どうぞ、よろしくお願いいたします」

美容師との押し問答を終え、カット台に体を横たえた桜が目をつむる。

その桜の注文――長い黒髪をバッサリ切ってほしいと言われた女性美容師は、人生の重大な岐路に立たされたような頼りない顔をしていた。

もちろん、彼女も美容師だ。長い髪の女性を担当した経験は数え切れない。だが、店の入口を潜った桜を見たとき、美容師はその黒髪に思わず見惚《みと》れた。

幼さを残しつつ、凛《りん》とした佇《たたず》まいの桜の美貌《びぼう》と、その長く艶《つや》やかな黒髪は芸術的なまでの調和を実現していたのだ。だから、喜び勇んで桜の担当を買って出た。

この黒髪に恐れ多くも鋏を入れるなら、自分がやるべきだと思ったのだ。

「髪、大変お綺麗《きれい》にされていますね。惚《ほ》れ惚《ぼ》れします」

「あ、お褒めいただいて恐縮です。私も、気に入っているんですよ」

「ええ、そうでしょう。それで、今日はどうされますか？」

「はい。――バッサリと、短くしていただきたくて」

「え」

それが、蓋《ふた》を開けた結果だった。

桜の意志は固く、美容師は残酷な注文を自らの手で実現せざるを得ない。

「あの、毛先を整えるだけでも気分はだいぶ変わるものと……」

「いえ、短くしていただきたいんです。浜松基地の、女性自衛官の方々のように」

「あ……え、自衛官の方ですか？」

「――はい」

深く、強い自負を込めて頷《うなず》く桜。それを聞いて、美容師の表情が諦念《ていねん》に満ちた。

近くに基地がある関係上、この美容室を訪れる女性自衛官は多い。護国のために奮闘する彼女たちは、仕事に支障の出ない範囲のオシャレしか楽しめない。

桜にも、そうした望みがあるのだと美容師は解釈した。

故に――、

「――。――――。――――――。わかりました」

わかるのに時間がかかった。

さらに、美容師は桜の同行者――待合室で腕を組んでいる弥生の方に救いを求める。しかし、弥生は美容師の視線に、頭の上で腕を交差して×を作った。

どうやら、すでに髪を切る切らないの問答は決着がついてしまっているらしい。

断頭台ならぬ断髪台を前に、美容師は覚悟を決めるしかなかった。

誰かに壊されるぐらいなら、自分の手で芸術品を破壊する。――そんな悲壮な覚悟を。

「――。――。――。わかりました」

苦悩の果てに美容師がそう言ったのが見えて、弥生は彼女に大いに同情した。

美容師なんて職業を選ぶのだから、多かれ少なかれオシャレに関心があって、美しいものを、ひいては美しい人物を作り出すのが生きがいのはず。

そんな相手に、最も美しいものを壊せと命じるのは悪魔の所業だろう。

「とはいえ、桜本人が決めたことだからね……」

良くも悪くも覚悟の据わった娘だけに、その意思は外野には曲げられない。当人の決断を周りがとやかく言うべきではない、というのは弥生の哲学でもあった。

弥生自身、色々な自分の判断の果てに今の立場に辿《たど》り着いている。選択の責任を自分が負うなら、たとえ行き着く先が崖下《がけした》だろうと無理やり止める権利はない。

「崖下は言いすぎか。奇跡的にショートが似合う可能性もあるし」

美人はどんな姿でも美人、というのも弥生の哲学だった。それも自分が実践している自信があるので、ある程度は世界の真理だとも思っている。

「あとは鬼が出るか蛇が出るか、それとももっと別の何かが出るか……」

そう言いながら、弥生は腕を組み、桜から預かっている上着を抱え直す。

カット台へ向かう前、桜に渡された薄手の上着だ。彼女の長い黒髪には似合っていたが、生まれ変わった彼女にまで似合うかは未知数。

「どうせイメチェンするんなら、いっそ髪を染めるまでやっちまったらいいんじゃないか。黒髪の大和撫子《なでしこ》から、銀髪の戦乙女《いくさおとめ》とか……とと」

頭の中で桜のカラーバリエーションを試していると、ふと抱え直した上着の懐からパスケースが足下に落ちた。

それを拾い、弥生は何の気なしにパスケースの中を見る。中には身分証明のための、すでに中退してしまった学校の学生証と、一枚の写真が入っていた。

色褪《いろあ》せ、皺《しわ》や傷もついてしまっている古い写真。——家族写真だ。

「こいつは……」

写真の表面を指でなぞり、並んで写っている顔ぶれを見る。それから弥生は、カット台に寝そべり、頭を洗われている桜の方を見た。

写真と桜とを見比べ、弥生は長く深く、大きな息を吐く。

「……ったく、あたしもだいぶ馬鹿だね。気の利く世話焼きお姉さんなんて、そんな風に気取ってる場合じゃなかった」

珍しい自嘲《じちょう》を込めた呟きを漏らし、弥生は待合室の椅子から立ち上がる。

そして、その黒髪を泡だらけにしている桜を見ながら、

「あたしは馬鹿だ。けど、あんたはあたしよりももっと大馬鹿だよ、桜」

「――――」

熱いお湯で頭を洗われながら、桜は不思議な気持ちを味わっていた。

聞こえるのは、シャワーから流れ出るお湯の音。それから、桜の頭を洗っている美容師が鼻をすすり、ぐすぐすと泣いている嗚咽《おえつ》だった。

まさか、桜の髪を切ることに桜以上に苦しんでくれる人がいるとは思わなかった。

この女性美容師の心情は推し量ることしかできないが、心を強く持ってほしい。きっと将来的には幸せなことが訪れるに違いないから。

「か、痒《かゆ》いところは、ございません、か……」

「だ、大丈夫です……」

女性美容師の嗚咽まじりの問いかけに、桜は何とかそう答える。

惜しんでもらえるのは嬉しいが、これはケジメだ。――それで母との約束を忘れるわけでも、母の思い出を捨て去るわけでもない。

しかし、得るためには失わなくてはならない。これは、そういう儀式。

「――――」

濡髪《ぬれがみ》のずっしりとした重みを感じ、髪を短くしたら、この重みともお別れなのだと妙に感傷的な気分になる。

「お湯、熱く、ありませんか……うう……っ」

「だ、大丈夫ですから……」

頭をシャンプーされながら、お決まりの質問を投げかけられる。そのお約束の質問は、オシャレな美容室でも近所の理容室でも同じらしいと、おかしくなった。

おかしくなって、鼻の奥がつんとする。シャワーされているからわからないが、なんだか涙が出てきそうだった。

「──痒いところはございませんか？」

そんな風に考えていたせいか、美容師の質問に答えそびれてしまっていた。が、それは一度答えた質問だったはずで、目をつむる桜は眉《まゆ》を寄せる。

「ええと、大丈夫です。痒いところはありませんから、続けていただいて」

「そうかい。そいつは重畳だ。じゃ、シャンプーも終わってさっぱりしたとこで──」

「──？」

ふと、そこで桜は違和感に気付く。

美容師が嗚咽も、鼻をすすってもいない。それが当然なのだが、それが突然消えていたからおかしく感じたのだ。

と、仰向《あおむ》けの桜の顔にタオルが被《かぶ》せられ、カット台が勢いよく起こされた。

思わず、その乱暴な起こし方に「きゃっ」と桜は悲鳴を上げる。

「い、いったい……あ！　もしや、これが美容室の洗礼ということですか？」

「なーにを言ってんだい。そんなことあるわけないだろうに。ほら、とっとと頭と顔を拭いちまいな。乾かすからさ」

「え、え、え？」

　ぐしぐしと乱暴に顔と頭を拭かれ、桜は大いに混乱した。しかし、その混乱の原因である乱暴な接客の理由はすぐに明らかになる。

　目を開けた桜の視界、鏡に映り込んだのは美容師ではない。見慣れた顔だ。

「あ、天塚さん……!?　何故、私の髪のシャンプーを？」

「一度、あんたの髪を洗ってみたくてねえ……って、晃じゃないんだからそんなこと思っちゃいないさ。美容師がプレッシャーでグロッキーになったから交代したんだよ」

　そう言って、弥生が「ほれ」と指差す先、顔に濡《ぬ》れたタオルをかけた美容師が隣のカット台で仰向けに横たわっていた。

「そ、そんなに精神的な負担が……」

「それぐらい、あんたの髪を切るってのは美容師さん方には辛《つら》い話ってことさね。世界の損失って、晃の放言も馬鹿にしたもんでもなかったよ」

「い、いえ、ですが、そうはいきません。私は髪を切りにきて……」

「――桜、あたしからのお願いだ。髪を短くするのはやめとくれ」

理不尽な意見に噴火しかけた桜が、その弥生の言葉に息を呑《の》んだ。

弥生の『お願い』という発言の真意、それはつまり——、

「シミュレーターの成績、あたしの勝ちだっただろ？　勝者から敗者への願いを使う。あんたの髪は切らせない。それが、あたしの望みだ」

「なん、で、そんなことに……」

「気付けなくて悪かった。あたしは生粋の大馬鹿だよ」

そう、謝罪を口にした弥生が頭を下げる。

これがいつもの悪ふざけなら、桜は謝罪に対してむしろ怒りを覚えただろう。だが、頭を下げた弥生の態度にはそんな兆しがなく、声も視線も、真剣そのものだった。

それが、何に起因した真剣さで、謝罪なのか桜にはわからず——、

「これだよ。ここに写ってるの、あんたのお袋さんだろ」

「——ぁ」

困惑する桜の前に、弥生が差し出したのはパスケース——学生証や定期、そして桜と両親とが写った家族写真を入れていたものだった。

開かれたパスケース、目に飛び込んでくる古い写真には沖田《おきた》家の三人が写っている。若かりし頃の父と母、そして幼い桜の三人だ。

その、生前の若い母の姿は、桜によく似ているように見えて。

「この写真が、なんだというんですか。大事な写真ではありますが」

「あんたが髪を伸ばしてるのは、このお袋さんの真似じゃないのかい？　……あんたとよく似てる。そっくりだ。他人のあたしから見ても、そう思うんだよ」

「――」

「だから、おやめ。髪なんか切らなくても、問題なんてどこにもないから」

だから、という言葉と推論とが全く嚙《か》み合っていないと桜は思った。

確かに、髪を伸ばし始めたのは母との約束が切っ掛けだ。だが、それに固執しすぎてはいけないと、そこから離れる時期がきたのだ。

そのための切っ掛けとして、戦乙女選抜試験はこれ以上ない機会で――、

「あんたの覚悟は、色んなものを放り捨ててここにきた時点で、ちゃんと証明されてる。これ以上、あんたが自分の人生を寂しくする必要なんてない」

「――ぁ」

「あんたが差し出した青春だけで、ここにいる対価の支払いとしちゃ御釣りがくるよ」

そう言われた途端、桜は自分の頬に朱が昇っていくのを感じた。

それは、弥生に言われるまで無自覚だった羞《しゅう》恥《ち》心。――髪を短くすることで、桜は現役の自衛官たちへの敬意を示そうと、そう考えているとばかり思っていた。

だが、実際はそうではない。桜は、言い訳がしたかったのだ。

自分には、ちゃんとここでやっていくための覚悟があると、そういう言い訳が。

母との約束を守ると、髪を伸ばすことで目に見える証を立てようとしたのと同じ。今度は髪を切ることで、同じことをしようとしたのだと、そう気付く。

「……カットは、なさいますか？」

いつの間にか立ち上がった美容師が、改めて桜の考えを問い質《ただ》す。右手に鋏《はさみ》、左手にドライヤー。まるで分岐点のようにそれぞれの道具を手にした美容師を見て、桜は小さく息を吐いた。

「髪を……」

「どう、されますか？」

「――乾かして、ください。シャンプー、とても気持ちよかったです」

と、力なくそう伝えた途端、桜は自分の胸が軽くなったのを感じる。

いったい、どれだけ自分にとっても負担となっていたのか。それに気付かないでいたことも、我ながら大いに驚かされた。

「天塚さん、少々お待たせしますが……」

「ああ、いいよ。カットよりずっと待ち時間は短いし、それに……」

「それに？」

「待ってる時間もデートの内、だからね」

――結局、髪を切らずに戻ることになって、桜の気持ちは複雑だった。

待たせていた園香と晃は、変化のない桜を見てどう思うだろうか。美容室で起こった心変わりは、実際のあの場に居合わせなくては伝わるまいと。

しかし、そんな桜の考えは杞憂《きゆう》だった。

「――あ、桜さん！　弥生お姉ちゃん！」

約束の時間まで一時間以上も余らせて戻った桜と弥生を、園香は目を輝かせて出迎えた。

そして、駆け寄ってくる彼女はバツの悪い桜を見つめて微笑むと、

「桜さん、わたし、お願いしたいことありました！」

「お願い……わかりました。私でできることでしたら……」

「桜さんしかできません！　……実は、ゲームセンターでレースゲームを見つけたんです！　一緒にやりましょう、桜さん！」

笑顔で、堂々とそう言って、園香が逸《はや》る気持ちを抑えられないと桜の手を引く。その腕の力の意外な強さに驚きながら、桜は園香に引っ張られて走った。

弥生と晃も顔を見合わせ、頷《うなず》き合ってからペアっ子の二人を追いかける。

――ちょっと自分は恵まれすぎていると、桜はそう思った。

ALL

5

ブティックでファッションショーと撮影会、初めての美容室ではプロの腕前で頭を洗ってもらい、その後はゲームセンターでわいわい騒ぎながらレースゲームをプレイ。

つまるところ、休日を満喫したということなのだろう。

「――っ」

そんなことをしていていいのかと、内なる自分が問いかけてくる。

真っ当なご指摘に返す言葉もない。だから、桜はその声に無視を決め込み、代わりに外出から戻った残りの休日、全力で自分の体を痛めつけるのに使った。

今日ばかりは園香も付き合わせず、限界のその先まで肉体を酷使する。

選抜試験の前、目標なく自己鍛錬を続けていた日々では辿《たど》り着けなかった境地。心肺機能を始めとした、肉体のあらゆる機能を限界まで痛めつける。

「……やっぱり、以前とは違いますね」

スマートフォンの機能で時間を計れば、ほんの一月でずいぶんと基礎体力が向上したのがわかる。元々鍛えていた桜と比べ、園香などの伸び代はもっとだ。

この一ヶ月の確かな手応《てごた》えに拳《こぶし》を固め、桜は自分自身の変化を自覚する。

『私が、自分の人生を寂しくする必要なんてない……』

『いいこと言うじゃん』

『ええ、私もそう思いました。思ってから、不本意だと気付いたんですけど』

アプリのトークルーム、今日の出来事の報告を受けた吉乃の返事に桜も同意だ。もっとも、吉乃には髪の毛の一件は伝えていない。伝えたら面倒なことになるのは確実と、そう悲しいぐらいわかっていることだったから。

「園香ちゃんも、神宮寺さんも……二人とも、何も聞いてきませんでしたね」

桜と弥生が美容室でどんな言葉を交わし、どう結論へ行き着いたのか。

結局、髪を切らずに戻ってきた桜を見ても、園香も晃も平然としたものだった。それがまさか、桜に興味がないからというわけではないだろう。

思いやられたのだと、痛々しいぐらいに桜はそれを痛感した。それと同時に、自分が恵まれた立場にあることも自覚した。

その幸福に対して桜ができることは、せめて無駄にしないことだけ。——桜が戦乙女《いくさおとめ》となり、今日までの日々を無駄にしないことだけだった。

「でも、そろそろ引き上げる時間ですか……」

スマートフォンに表示される時刻を見て、桜は引き上げのために片付けを始めた。

トレーニングルームの使用と、グラウンドでの走り込み。短時間だが密度の濃い時間を過ごし、さっとシャワーで汗を流してから宿舎へ戻る。

部屋では園香が自習中のはずで、いつもの調子なら桜に答え合わせと助言を求めてくるはずだった。すぐに戻ってやらなくてはと、そう思う足が止まる。

それは、宿舎の入口に見かけた人影が原因だった。

「あれは……沢渡《さわたり》さん？」

遠目に見えた後ろ姿で、それが桜と同じ新任の候補生である沢渡だとわかる。

候補生たちが寝泊まりする宿舎だ。当然、沢渡も寝起きしている場所なので、彼女がそこにいることは不思議ではない。

ただし、彼女の足下に置かれた大きな鞄《かばん》さえなければの話だが。

「――――」

沢渡は私服姿で、大きな荷物を足下に置いていた。その様子を見れば、時間帯のことを無視しても彼女の目的はわかる。――選抜の辞退、基地を去るのだと。

選抜試験の開始から一ヶ月、桜が成長した手応えを得る一方で、この環境に耐えられずに道を断念してしまうものも少なからずいる。当初は四十名だった戦乙女候補生はすでに二十九名――実に、三分の一近くが脱落しているのだ。

それも、先任に一人の欠員も出ておらず、脱落者は全てが新任。つまり、桜の同期はすでに半分以上がリタイアしていて、沢渡が抜けるなら残りは八人だ。

「――」

一瞬、どうすべきか桜は足の進める先に迷った。

これまで脱落者は、その日の朝礼で知らされる場合がほとんどで、こうして直接同期が道を諦《あきら》め、基地を去ろうとするところに出くわしたのは初めてのことだ。

沢渡は桜より年上の二十歳で、ペアの先任は本庄《ほんじょう》・美智《みさと》――真面目に課業に取り組むペアという印象で、中途脱落する理由なんて桜には思い当たらなかった。

だが、その人の抱えるものはその人にしか価値を計れない。

「……都合のいいことを」

それは沢渡ではなく、自分に対する自嘲《じちょう》の言葉だった。

これまで桜は、朝礼で同期がリタイアしたと聞くたびに無念と軽蔑《けいべつ》を覚えていた。年少者の園香が必死に頑張る中、何故、年長者が先に心折れてしまうのかと。

それは、なんと傲慢《ごうまん》な思い上がりだったのだろうか。

まるで、桜は誰の手も借りず、一人で立てているかのような物の見方ではないか。

「私が、いったいどれほど偉いというんです」

言いながら、桜はまさに今日、誰かのお節介のおかげで切らずに済んだ髪に触れる。

桜が今日までやってこられたのは、ペアの晃の存在や、尊敬すべきウイングメイトである園香。そして、不真面目だが飛び抜けて優秀な弥生の存在に触発されたから。

　正直、桜は園香以外の同期からは遠巻きにされている。だから、沢渡とも必要事項以外の言葉を交わした覚えはない。だが、それでいいのか。

「――いいえ、そうではありません」

　内なる自分の声に真正面から答えて、桜は呼吸を整えると前に踏み出した。宿舎の入口へ、立ち尽くしている沢渡の背中に堂々と近付く。

「沢渡さん！」

「――っ、沖田さん？」

　意を決した桜の呼びかけに、宿舎を見上げていた沢渡が肩を跳ねさせた。

　どうやら彼女も、基地を去ることに思うところがあったのだろう。その眦《まなじり》に浮かんだ涙滴を慌てて手の甲で拭《ぬぐ》い、「参ったな」と桜に苦笑を向ける。

「……格好悪いところを見られちゃったみたいね」

「たまたま、戻ってきたところで沢渡さんをお見かけして。……その荷物は」

「ん、見ての通り。情けないけど、ここでリタイアってわけ」

　足下の手荷物に視線をやり、沢渡が照れ笑いする。その沢渡の浮かべた柔らかい表情を見て、桜は胸を衝《つ》かれたような衝撃を味わった。

　沢渡は、こんな風に笑える女性だったのだと、初めて見知ったことの衝撃。これまで、如《い》何《か》に桜が周りの候補生を蔑《ないがし》ろにしていたかの証左だった。

「――――」

これまでだって、チャンスはいくらでもあったはずだ。

自分で言うのもなんだが、桜は新任の候補生ではトップクラスの成績を維持し、現役自衛官である先任にも食い込む実力を示している。

そんな桜だからこそ、もっと周囲に気を配り、脱落者が出ないよう努めるべきだった。

声をかけ、悩みを聞き、共に改善を目指せばよかった。

それこそ今日、美容室で弥生が桜に手を差し伸べてくれたように――、

「――沢渡さん、考え直しませんか？」

「……意外だな。沖田さんが私にそんなこと言うなんて」

心変わりを求める桜の言葉に、沢渡は目を丸くして驚いていた。彼女には、桜が自分を説得するような人間だと思えていなかったのだろう。

当然だ。だって、沢渡はわかっていたのだから。

「沖田さん、私たちのこと嫌いだったでしょ？」

「――――」

真っ直ぐ、沢渡の言葉に突き刺され、桜は唇を噛《か》んだ。

櫛《くし》が欠けるように抜け落ちる候補生、その実態に桜はうんざりしていた。弱い覚悟しか持たずに門戸を叩《たた》いた彼女たちを、桜は軽蔑し、疎んでいた。

そしてそんな桜の考えは、当たり前のように彼女たちにも見透かされていた。

「否定は、しません。できないの方が正しいです。確かに私は、沢渡さんや他の方たちのことを疎んでいました。でも、嫌っていたわけでは……」

「ごめんなさい。そうね、言い方が悪かった。あなたは理想に燃えていて、努力家で、だから私たちを嫌ってたんじゃない。眼中になかった。それだけよね」

「――ぅ」

それが、桜を傷付けようという悪意に塗《まみ》れた言葉ならどれだけよかったか。

他者の嫉妬《しっと》や悪意、そうした感情を向けられることに桜は慣れている。慣れたくはなかったが、それは桜が桜として生きる上で避けられない障害だった。

しかし、沢渡の言葉は悪意ではなく、ただただ純粋な諦念《ていねん》と憐憫《れんびん》でできていた。

諦めと憐《あわ》れみに、いったいどんな言葉なら太刀打ちできるだろうか。――あるいは、桜には無理なのかもしれない。だとしたら、誰の声なら届くのか。

沢渡の心を開かせるために、最も可能性の高い『誰か』がいるとしたら、それは。

「確かに、あなたの仰る通りです」

「――――」

「私には周りを見る目が足りなかった。自覚しても、簡単に取り返せる失点ではないでしょう。私を頼れないという沢渡さんの意見はもっともだと思います。でも、それなら私じやなくてもいい。それこそ、あなたのペアの本庄さんだって！」

「――本庄さん」

その名前に、沢渡の頬が微《かす》かに反応した。

それを確かな手応えと受け止め、桜は「そうです！」と前のめりになる。

選抜試験へ参加し、右も左もわからない状態だったのは候補生の全員がそうだ。教官の高屋敷《たかやしき》も言っていた。――ペアの先任が、最初の道しるべなのだと。

正面から感謝を伝えるのはこそばゆくとも、桜も神宮寺に感謝している。園香と一緒に見守ってくれている弥生にも。ならば、沢渡だって同じはずだ。

「本庄さんは誠実な方とお見受けしています。きっと、沢渡さんが抱えている不安や悩みを受け止めて、親身になってくださるはず。ですから……」

「……としても？」

「――え？」

沢渡を心変わりさせようと、言葉を尽くす桜の勢いが止まった。

掠《かす》れた沢渡の声は聞き取りづらく、だから意味が正しく呑《の》み込めなかったのだと思う。

そう、だと思う。そう思いたい、というのが本音だ。

だって、そうでなかったら――、

「――私に辞めるように言ったのは、その本庄さんだとしても？」

6

心臓が早鐘のように鳴り続けていて、耳元でどくどくと血の流れる音がする。

全身の血流が倍速になったみたいに手足が動いて、桜は走ってはならない廊下を意趣返しのように早歩きで通り抜け、目的の部屋を訪ねた。

「本庄？　部屋にはいないわ」

同室の先任に不在と言われ、桜は探し人を求めて宿舎の中を彷徨《さまよ》い歩く。

時刻は消灯時間を目前としており、外を出歩いている可能性は低い。まして、沢渡の見送りを済ませたあとなら、宿舎の中にいるのが自然だ。

脳裏に浮かぶ本庄・美智――優しげな風貌《ふうぼう》で、どんな課業にも真正面から取り組んでいた女性自衛官。深く話したことはないが、信頼できる人柄に思えた。

だからこそ、桜にはとても信じられない。――彼女が、沢渡の心を挫《くじ》いたなんて。

「辛《つら》い訓練を、一緒に耐え抜くためにペアを組んでいるはずなのに……」

右も左もわからない基地で、無知な雛鳥《ひなどり》が最初に頼れる相手となるのが先任だ。

規則を教わり、交流を深め、悩み事を相談し、挫けそうになる心を支えてもらう。もちろん、支えられるばかりではなく、新任も恩に報いるために努力する。

そうした健全な関係こそが、戦乙女選抜試験のペアに求められるのではないのか。

『ありがとう、沖田さん。……渡来さんにも、そう伝えておいて』

足下の荷物を拾い、背中を向ける沢渡に感謝の言葉と、伝言を託された。

彼女を翻意させることができず、切磋琢磨《せっさたくま》し合うライバルにも、支え合う友人にもなれなかった、なろうとしなかった桜への感謝。

『ただ、いてくれるだけで支えになることもあるの。これは、そういう気持ち』

小さく舌を出して笑い、吹っ切れたように沢渡は言った。

そう、吹っ切れたように。桜と話す直前まではわずかな迷いを残していた沢渡、その瞳《ひとみ》から迷いや躊躇《ためら》いが消え、彼女は吹っ切れてしまった。

だから、遠ざかる背中を引き止められず、見送るしかできなくて。

だとしても――、

「何も向き合わずに、終わっていい話なんかじゃないんです……！」

本庄と直接話したい。会って、何を話すのかは具体的には浮かんでいない。だが、沢渡の話がしたい。沢渡の話なら、何でもいい。

そのために、宿舎の中を手当たり次第に歩き回り、最後に向かったのが屋上だった。

確信はない。ただ、直感の囁《ささや》きに従い、冴《さ》えた夜気の支配する屋上へ――、

「――わかっているの、天塚。もう日程の三分の一を消化してしまっているの。私たちに

……いいえ、あの子たちには時間がないのよ」

「――っ」

屋上へ通じる扉、冷たいドアノブを握った瞬間、それと同じぐらい冷たい声が扉の向こうから桜へ届いた。思わず息を呑み、硬直してしまう。

聞こえた声には覚えがあった。だが、その声の調子には覚えがなかった。

桜の知る本庄・美智の声は、こんなにも冷たく、固く響くものではなかったはずで。

「聞いているの、天塚。……答えなさい！」

「……そう、ぴぃぴぃ騒ぐんじゃないさね。ちゃんと聞こえてるし、聞いてるよ。聞いてて色々考えてんのさ。そのぐらいわかるだろう？」

強く、糾弾の意思が込められた本庄の声と、それに応じるやはり聞き慣れた声。思いがけず、探し人と同席していたのは天塚・弥生だった。

責める本庄と、それをのらりくらりと躱《かわ》す弥生。そこだけ切り取れば、それはこの基地内でたびたび見られる日常の一幕に過ぎない。

しかし、扉越しの二人の会話の雰囲気は、明らかに日常を逸脱していた。

「――――」

それ故に、桜はドアノブに手をかけたまま、次の行動を迷った。

扉を開け、当初の想定通りに本庄へ詰め寄り、沢渡との話の真意を問い質《ただ》す。それが日的だったはずだが、桜は背中に嫌な汗が流れるのを止められない。

心臓の鼓動は速く打つのをやめ、いつしかゆっくりと、重く響くものとなっていた。

葛藤《かっとう》が生まれる。扉を開けるか否か、ではない。もっと根源的な葛藤——この場に残るのか、逃げるのかという選択肢の間の葛藤だった。

何の根拠もない、ただの背中を走る悪寒でしかなかったが、桜は直感する。

扉の向こうで交わされている会話は、桜の世界を決定的に変えてしまう何かなのだと。

「考える？　今さら、いったい何を考えることがあるの。もう、結論はとっくに出ていること……いいえ、最初に出していたはずじゃない」

詰問する口調の本庄が、葛藤する桜の退路を潰《つぶ》していくのがわかる。

ドアノブから手を放し、屋上に背を向けるなら今しかないと。しかし、桜の手はドアノブに張り付き、足は床に釘打《くぎう》ちされたように動かない。

そして、その葛藤の制限時間は残酷に、当然のことのように訪れた。

直接は見えない扉の向こうで、背を向けた弥生へ本庄が一歩踏み出し——、

「——この選抜試験、新任の子たちは全員失格させる。そのことは、現役自衛官である私たち先任が全員で同意していたことのはずよ」

そう、取り返しのつかない言葉が、桜の足下を容赦なく崩していた。

文字通り、取り返しのつかないほどに、残酷に——。

第五章　『叙翼式』

1

――先任全員が、桜《さくら》たち新任の候補生を失格させようとしていた。

本庄《ほんじょう》の言い放ったその言葉が、桜の思考を強烈に揺さぶった。

沢渡《さわたり》の辞退理由、その決定打を信じられなかったときと同じように、やはりこのときも桜の思考には靄《もや》がかかり、意識が理解を拒もうとする。

だが、沢渡のときのようにはいかない。聞き間違えるには、決定的すぎた。

その荒唐無稽《むけい》すぎる発言に理解が追いつかない。言葉を脳が処理することと、その真意を噛《か》み砕くこととでは使われる能力が別だ。だから、咀嚼《そしゃく》できない。

だって、そんなことが起こるはずがないではないか。

「意味が、意味がわかりません。そんなの、筋が通らない……」

青天の霹靂《へきれき》もいいところだ。何故、『戦乙女《いくさおとめ》』の選抜試験に参加し、新任を導く立場の彼女たちがそんな画策をするというのだ。

　そんなのは全く、筋道が通っていない暴挙で――、

「――悪い子ッスね、桜っち。盗み聞きなんて、不良のすることッスよ」

「――っ!?」

　混乱の只中《ただなか》にあった桜へと、背後からそう声がかけられた。

　喉《のど》の奥で悲鳴を殺し、肩を跳ねさせた桜が振り返る。すると、その桜の眼前に立っていたのは、見慣れた顔の眉尻《まゆじり》を下げた神宮寺《じんぐうじ》・晃《あきら》だった。

　屋上の会話と思考に集中するあまり、その接近に全く気付いていなかったのだ。

「ダメダメッスねえ。これが漫画とか映画なら、桜っちは背後からやってきたあーしにぶん殴られて、そこでおしまいッス。薬飲まされて、小学生に逆戻りッスよ」

「な、何を仰っているんです、神宮寺さん……いいえ、そんなことよりも」

「――そんなことよりも、姉御たちの会話が重要ッスか？」

「――――」

　微かに声の調子を落として、晃が的確に桜の思考を先回りしてくる。その指摘に桜が頬を強張《こわば》らせると、晃は「参ったッスね」と頬を掻《か》いて、

「今日のデートが楽しかったから、気が抜けちまってたかもッス。それは完全にあーしらの落ち度で……うん、残念ッス」

「……私も、今日のことは。でも、だから」

「混乱してると。……これはもう、隠し立てする方が無理な話ッスね」

決定的な場面を目撃してしまったと、震える桜の肩を晃が叩《たた》いた。その掌《てのひら》の感触に喉を詰まらせ、顔を上げた桜に晃が頷《うなず》く。

そして、彼女はそっとドアノブの、桜の手に自分の手を重ねると、

「姉御、本庄ちゃん、声がでかいッス。そのせいで、聞かれちまったッスよ」

そう言いながら、桜に代わってドアノブをひねり、屋上への扉を開放した。

夏の夜にしては涼しい風が屋内に吹き込み、その風に髪をなびかせながら、桜は開かれた扉の向こう、こちらへ振り返る二人の人影を見る。

驚いて目を見開く本庄と、その奥で苦い顔をしている弥生《やよい》の二人を。

「桜っち」

呼びかけられ、ハッとなる桜はおずおずと屋上へ出た。

高いフェンスに囲まれ、基地を広々と見渡すことができる宿舎の屋上。黒い空に星がちりばめられている夜の中、桜は三人の現役自衛官と対峙《たいじ》した。

「――――」

「……やれやれ、悪巧みってのはできないもんだ。因果応報ってやつだね」

己の肘《ひじ》を抱いて、言葉の出ない桜。その桜の登場に最初に口を開いたのは、苦々しい顔

つきのまま自分の頭を乱暴に掻《か》いた弥生だ。

「やっぱり、姉御は向いてないッスもん。さもありなんって感じッスね〜」

「言ってくれるじゃないさね。あとで覚えときなよ、晃」

その弥生の傍《かたわ》らへ並び、軽々とした口調でつつく晃とのやり取り。それが日常を切り取ったものと何ら変わらなくて、だから桜は泣きそうになった。

そんなやり取りなら、今日の日中、あのショッピングモールで何度も見た。

声を大にして怒り、戸惑い、笑い、そう過ごしたデートの中で、何度も――。

「……どうして、なんですか？」

「――――」

「どうして、お二人が……いいえ、先任の皆さんが、そんなことを……？」

毅然《きぜん》と胸を張り、弥生たちが仕組んでいた悪事を告発する。

そんな意気込みは微塵《みじん》もなく、桜は自分の声が涙声にならないことに必死だった。震える声は糾弾と程遠く、まるで幼児が縋《すが》るような弱々しさで。

肯定と否定と、どんな答えが返ってくるのを期待しているのか、自分でもわからない。

「沖田《おきた》さん……」

その桜の弱々しい姿に、痛ましいものを見るように本庄が呟《つぶや》く。扉越しの声に交えた苛《か》烈《れつ》な感情を引っ込め、少女を見守る大人の眼差《まなざ》しだ。

そんな、そんな人たちが何故——、

「本当、なんですか？　天塚《あまつか》さんや神宮寺さんが結託して、私や園香《そのか》ちゃんを脱落させようとしているなんて」

はっきりと、聞こえた情報を整理して、順番に並べて、笑いそうになる。

なんて馬鹿馬鹿しい話だ。子どもの作文だって、もうちょっと話の筋が通っている。こんなまやかしが事実なら、これまでの弥生たちの言動はなんなのだ。

「沖田さん、説明させて。私たちは……」

「——ホントの話ッスよ。それが、あーしら先任全員の取り決めだったッス」

脆《もろ》く儚《はかな》く、信じやすい現実へ揺れようとする桜と、その背を押そうとした本庄。だが、それら甘い夢を、晃は普段と変わらぬ話し方で容赦なく切り捨てた。

思わず、桜は絶句する。晃の、目を細めた飄々《ひょうひょう》とした顔は、変わらない。

「——、神宮寺！　そんな言い方をしなくても……」

「桜っちは賢いし、軍人の娘ッスよ、本庄ちゃん。変に誤魔化《ごまか》したって意味ないッス。適当にお茶を濁すには、タイミングが悪かったんスよ」

桜の表情を見て、本庄が晃を睨《にら》みつける。しかし、晃は同期の視線に首を振り、取り繕うことの無意味さを飾らない言葉で言い放った。

桜の疑問を、否定してほしかった事実を、否定しないという形で。

「何故、ですか」

「――――」

「何故、そんなことを？　自衛官であるあなた方が一番、これが世界を守るために……護国のために必要なこととわかっているはずなのに」

ピラー災害に脅かされる世界、各国の霊峰を支配した光の柱、それらに対抗できるのは大神オーディンの加護を与えられた戦乙女だけ。

　他ならぬ、そのオーディンの導きを得て、桜はこの地へ足を運んだのだ。

　園香もそうだと、弥生は今日、話してくれたばかりだった。それなのに、そんな自分たちをどうして彼女たちが間引こうというのか。

「どうして……！」

「――それは、私たちが自衛官だからよ」

　取り乱す桜を真正面から見据え、顔を上げた本庄がそう答える。

　思わず息を詰める桜に、本庄は自分の豊かな胸に触れながら続ける。

「私たちは、自分の意志で自衛隊に入り、民間人を守るための覚悟を決めた軍人よ。他の道もあったかもしれない。でも、望んでここへきたの」

　一言一言を噛みしめるような本庄の言葉、そこには実直な彼女らしい、自衛官としての使命に誠実に取り組む姿勢と、思いが込められていた。

その、自衛官としての自負と信条が、自分に行動させたのだと。

「私たちには誇りと覚悟がある。それは、子どもに戦争をさせないということよ」

「――っ！　ですが、自分で選んだというなら私もそうです！　私も、自分から望んでここへきました！　自衛官というなら、私だってその一員で……」

「予備で、候補生ッスよ」

桜の訴えを遮り、晃が彼女らしくない感情の凍えた声で言う。目を見張り、自分を見る桜に晃はまたしても首を横に振った。

「桜っちの覚悟は立派、ソノっちの度胸だって嘘じゃない。でも、候補生の看板を背負ってる間は、どこまでいっても二人の立場はあーしらの後ろッス」

「後ろ、って……」

「肩を並べて戦う同僚じゃなく、守るべき対象なんスよ。……言いたくないッスけど」

目をつむる本庄と、静かに告げた晃の言葉が重い。

それは、ひどく卑怯《ひきょう》な物言いだった。

彼女たちは決して、悪意や底意地の悪さから桜たちを遠ざけようとするのではない。

彼女たちの根底にあるのは、疑いようのない慈愛と使命感。

彼女たちは民間人を、桜たちを大切に思っているからこそ、遠ざけようとしている。

そしてそれは――、

「天塚さんも、同じ意見なんですか？」

「桜……」

「……答えて、ください」

言葉を尽くした晃と本庄に代わり、沈黙していた弥生に矛先を向ける。

沈黙を選んだ時点で、弥生の意見が晃たちと同じものなのはわかっている。だが、それが事実でも、桜は弥生の口からそれを聞かせてほしかった。

今日、母との約束の証《あかし》である黒髪を切らせず、思いとどまらせてくれた弥生には。

戦乙女となるために切磋琢磨《せっさたくま》し合えると、そう信じた弥生には。

「天塚さん……」

「……参ったね」

縋るような桜の呼びかけに、弥生が目を伏せながら呟いた。

長く、長く、沈黙があった。しかし、永遠はない。やがて、弥生は深い息を吐いて、

「――ああ。言い訳はしないよ。あたしも、本庄や晃と同意見だ。あんたや園香が戦乙女になることは反対だった。今もね」

「――――」

永遠が終わり、してほしくなかった肯定が投げかけられる。

今度は、働きの鈍い桜の思考も戸惑い、理解を拒んではくれなかった。わかりやすい言

葉で、誤解しようのない態度で、事実がゆっくりと浸透していく。

「……それが理由で、沢渡さんにひどいことを仰ったんですか」

「……果歩《かほ》とも話したのね」

打ちのめされた心地で、渇いた唇を震わせた桜に本庄が俯《うつむ》く。

果歩、とは沢渡の名前だ。沢渡・果歩が戦乙女《いくさおとめ》の辞退を決め、すでにこの基地を去ったことを本庄は知っている。それが当然だと、彼女は頷いた。

「ええ、そうよ。果歩と話したなら聞いたでしょう。それが全てよ」

「だとしたら、今まで辞めていった方たちは……」

「多かれ少なかれ、ペアの先任から説得された子たちッスよ。もちろん、自分から向いてないって辞めてった子もいますけどね」

その、自発的に辞めた候補生の方が少ないことは、晃の話し方からもわかった。

そして、この屋上で交わされていた会話の真意も。

「本庄さんは、私や園香ちゃんを諦《あきら》めさせるよう、天塚さんに説得を？」

「……ええ。ペアの相手が諦めさせるのが、一番話が拗《こじ》れない方法だから」

「もう……もう、十分に拗れています！　こんなの、卑怯ではありませんか……！」

泣きそうな顔と声で、勝手な言い分だと桜は弥生たちを睨みつける。

自衛官である彼女たちが、民間人を守りたいと考えるのはわかる。桜や園香が覚悟していると言っても、戦乙女候補生なんて民間人の枠とどれだけ違う。

だが、そう言われてしまったら、桜たちはどうすればいいのだ。

どんな努力や研鑽《けんさん》も、時間だけは動かせない。年下が年上を追い越せないように。

「それが、大人と子どもってもんさね」

「――っ」

桜の心を読んだように、弥生が非情にもそう告げる。

あるいはそれは、慈悲深さから出た言葉だったかもしれない。だが、結果は同じだ。

桜の努力や覚悟は否定され、共に戦いたいと願った相手に希望は踏み躙《にじ》られた。

「今日の、ことも……」

自分の、長いままの黒髪に指を通して、桜は唇を強く噛《か》む。

桜の覚悟は十分証明されていると、そう引き止めてくれた弥生の言葉は欺瞞《ぎまん》だった。あれは本音ではない。本音は、その裏側に隠れていた。

弥生はただ、桜を哀れに思っただけだ。

「戦乙女を諦めさせる娘が、髪まで短くしては不憫《ふびん》だと……そう思ったんですか？」

結果が見えていたから、それ以上を失わせまいとしただけで。

だから、その問いかけに弥生が静かに頷いた時点で、桜の話は終わりだった。

「……失礼、します」

これ以上、交わす言葉はない。

この屋上で、桜は賭《か》けに負けた。賭け事に弱いのだと、改めて証明してしまった。

「どうする気なの、沖田さん」

背を向け、屋上を去ろうとする桜の背中に本庄が問いかけた。彼女にしてみれば、この残酷な話を聞かされた桜が、試験の辞退を申し出るのが最善だろう。

しかし――、

「――私は、辞めません。たとえ、天塚さんや神宮寺さん、本庄さんがそれを望んでいなかったとしても、私の望みはここにある」

「沖田さん！　あなたは……あなたはまだ、十六歳でしょう⁉」

「そうです！　沖田・桜は十六歳です！　十六年、沖田・歳三《さいぞう》の娘として生きてきました！　覚悟と、それを磨く時間は十分にあった！　それはご存知《ぞんじ》でしょう⁉」

声を高くした本庄に、桜もまた声を大にして言い返した。

その悲鳴のような訴えに、本庄が、弥生と晃も頬を硬くする。

「私を、ただ守られる民間人と一緒にしないでください。私を仲間だと思えなかったとしても、排除しようとしないでください。私を……」

「――――」

「――どうか、沖田・桜を否定しないでください」

その勢いも失われ、最後には掠《かす》れた声で桜は懇願する。

その訴えに、本庄は何も言えなくなった。晃は、何も言わないことを選んだ。そして、弥生だけが自身の短い髪を指で梳《す》いて、

「そう言うと思ったよ。あんたたちの頑固さは、この一ヶ月で嫌ってほど見たからね」

桜だけではなく、もう一人の幼い少女のことも含めながらこぼした。

それを事実上の降伏宣言と受け止め、桜は今度こそ扉へ向かう。弥生たちと和解が成立したわけではないが、この場の説得では誰も曲がらない。

それは、お互いの共通認識となったはずだ。あとは――、

「園香にこのことは？」

「――。伝えられるはずが、ありません。あの子は、あなたを慕っています」

弥生が、桜たちの頑固さを嫌になるほど見てきたように、桜も弥生たちが園香と優しく打ち解けていくのを間近で見ていた。

短く息を吸い、桜はなおも名残惜しむように自分の髪を撫《な》でて、

「……私も、そうしていたかったです」

何もかも、ボタンを掛け違ってしまった夜から桜は逃げ出す。

唯一、自分の判断を誇れることがあるとすれば、本庄を探すために園香の手を借りなかったこと。――この夜に、園香を連れてこないで済んだこと。

あの、心優しい女の子に、こんな辛《つら》い現実を見せずに済んだから。

「――」

屋上から逃げ出し、その足で宿舎の自室へ向かう。

四人の共同部屋には、ああして別れた弥生と晃も戻ってくるだろう。だからといって逃げられない。園香は、桜が守らなくてはならないのだから。

「……園香ちゃん？」

時間をかければかけるほど、足が遠のくことを弱い桜は知っている。だから、逃げた足でそのまま部屋へ向かい、園香がいるはずの部屋を覗《のぞ》き込んだ。

平静を取り繕い、何事もなかったように接しようと、園香の姿を探して――、

「――すう、すう」

その園香が、机に突っ伏して寝息を立てていた。

机の上にはテキストが広げられていて、日課の自主学習中だったのだろう。桜や弥生が戻ってきて、答え合わせをしてくれるのを待つ間に眠ってしまったのだ。

今日は外ではしゃぎすぎたのもある。きっと、疲れていたのだ。

「――」

一瞬、園香が眠っていてくれた事実に安堵《あんど》し、安堵した自分に幻滅する。

決めた覚悟も、言い放った言葉も、こうも簡単に土台が揺らいでしまう自分に。

「……失礼しますね、園香ちゃん」

机に突っ伏したままではいさせられないと、桜はそっと園香を抱き上げる。眠りの深い子だ。手や頭を机にぶつけないよう、気を付けてベッドへ運び――、

「……おかあさん」

「――」

小さく、寝息に紛れてこぼれたのは幼子が母を呼ぶ声だった。

息を詰め、優しく寝台に園香を横たえると、桜はその寂しげな寝顔の頬を撫でる。

「十一歳で親元を離れて、辛くないはずがありませんね」

健気《けなげ》で、周りを気遣ってしまう少女だから、普段はそれをおくびにも出さない。

しかし、こぼれた本音は家族を思い、涙の流れる普通の少女だ。

「この子を……」

戦わせたくない。守りたいと、そう考える弥生や晃、本庄たちの何が間違っている。

桜も同じことを思うのだ。そして、桜にも同じことを彼女たちは思うのだ。

自分を棚上げにして、弥生たちの思いを踏み躙り、桜は自分の我を通そうとする。

「ああ、本当に……あなたの言った通り、私は欲張りだったんですね、オーディン」

そう、園香の寝顔を見つめながら、桜は夢枕に立った神の一言を思い出していた。

2

――同じ頃、桜がいなくなった屋上では。

「天塚、どういうつもりなの？」

フェンスに背を預け、夜空を仰いでいる弥生に本庄が詰め寄る。しかし、弥生は何も答えず、ますますいきり立つ本庄を見て、「まあまあまあ」と晃が割って入った。

「姉御だけじゃなく、全員のチョンボッスよ。姉御だけ責めても無意味ッス」

「他人事《ひとごと》みたいに……元々、沖田さんはあなたの担当でしょう、神宮寺。あなたと天塚が二人を外へ連れ出したのは、その話のためだと思ったのに……」

「ただ楽しく遊んできただけで拍子抜け、かい？　そりゃ悪かったね」

「笑い事じゃないわ！」

声を高くする本庄に、藪蛇《やぶへび》だったと弥生と晃が顔を見合わせる。その反省のない二人の態度に、本庄は「とにかく」と自分で自分の気を落ち着かせながら、

「……最初、新任のリストから渡来《わたらい》さんの担当を買って出たのはあなた自身でしょう。だったら、その責任を果たしなさい」

「ペアっ子をうまく追い出せた本庄と違って、あたしは根っから性格がいいみたいでね。なかなか園香が嫌ってくれないんだよ。こいつは誤算だった」

「馴《な》れ馴れしい上にだらしない相方……今どきの若い子なら嫌ってくれると思ったッスけど、それは姉御の見通しが甘かったッスね～」

本庄の糾弾と晃の茶々、そのどちらも否定できずに弥生は片目をつむった。

弥生たち先任の画策は、予定外の形で桜に知られてしまった。そして大方の予想通り、桜の気概は折れず、ただ関係を悪くしただけで――、

「半端な覚悟なら、鉛筆の芯《しん》みたいにポッキリ折れただろうが……」

「桜っちの頑固さは十六年の筋金入りッスよ。やっぱ、正攻法じゃダメでしたね」

「沖田さんはわかる。でも、渡来さんの方は……」

「そっちは、本気であたしの想定外なんだよ」

表情を曇らせ、嘆息する本庄に弥生も同感だ。

神様のお眼鏡に適《かな》い、わずか十一歳で戦乙女の候補生に選ばれた園香。彼女に参加を呼びかけたお偉方の発想も唾棄《だき》すべきだが、驚くべきは園香自身。

高屋敷《たかやしき》は誰に対しても平等に厳しく、公正だ。園香が幼いことは、彼女の厳しい目を掻《か》い潜る理由にはならない。なのに、今日まで彼女は残り続けている。

「……ただの、意地っ張りってんじゃ説明がつかないね」

「けど、お手上げッスよ。ソノっちのことは家族構成から学校のことまで何でも調査書で把握されてるのに、どっからどう見ても普通の女の子ッス」

優しい両親と、裕福すぎはしないが一人娘を育てるには十分すぎる家と環境。渡来・園香が今日の、タフな十一歳として仕上がる条件は何一つない。

「ワルキューレの資質と頑固さってのは比例するもんなのかね。……神様がわざわざご指名した二人が、抜きん出て腹が据わってるってんだから」

「さあ、どうなんスかね。全ては神のみぞ……オーディンのみぞ知るってやつッス」

「オーディン……」

肩をすくめた晃の皮肉に、本庄が目を伏せながら呟《つぶや》く。

それは、神がこの世に存在することを証明した、文字通り唯一の神の名だ。

世界中を脅かすピラーとの戦いで、無力な人類に救済の手を差し伸べた慈悲深き存在。

弥生や晃、本庄に戦乙女《いくさおとめ》としての加護を与えてくれるはずの、父なる神。

生憎《あいにく》と、この日本においては一人もそのご尊顔を拝したものはいないが——、

「どうして、神様はあの子たちを選ぶのかしら」

ぽつりと、嘆くようにこぼした本庄の言葉は、弥生たちの——否、この基地に限らず、事情を知る多くの自衛官たちの本音だった。

何故、桜や園香、新任とされたうら若き乙女たちを戦場へ駆り出そうとするのか。

「聞いた話じゃ、海外のワルキューレも軒並み桜ぐらいって話じゃないか。さすがに園香まで若い子はいないって話だが……」

「そういう子を投入しないといけない戦い……子どもを戦わせるってのは、大人としてどんな気分なんスかね」

「そうせざるを得ない大人が悪いのか、子どもを選ぶ神様が意地悪なのか、何もかも世界をどうにかしちまう光の柱が悪いのか」

　誰かのせいにできたなら、それがきっと楽なのだろうとは思う。

　だが、現実はそうはいかない。最悪の中で、ただなけなしの最善を尽くすしか。

「ともあれ、神様が性格悪いのは間違いないと思うね。――いっぺん、会えたらその面をぶん殴ってやりたいところだよ」

「姉御、いくらあーしでも神の怒りからは庇《かば》い切れないッスよ？」

「なんだいなんだい、弱気じゃないか。あたしがツーって言ったらカーって返す。それがあんたの信条ってヤツだろ？」

　小さく笑い、弥生が晃の頭を小突く。それに晃が「ちぇー」と唇を尖《とが》らせ、本庄がどこか不安げに己の肘《ひじ》を抱いて、夏の夜空を静かに仰いだ。


――夜空に浮かぶ星々だけが、そんな大人たちの憂い顔を見下ろしていた。

3

明けて翌朝から、沖田・桜は孤独な戦いを始める覚悟を決めた。

昨夜の屋上での出来事は、とてもではないが園香に聞かせることはできない。一方で、弥生たち先任が自分や園香を辞めさせようとしている事実も知った。

つまり桜は事実を隠し、園香の願いと心の両方を守らなくてはならないのだ。

故に、気合いを入れて翌日へ臨んだのだが――、

「……桜さん、弥生お姉ちゃんたちとケンカしたんですか？」

「え……ど、どうしてそう思ったんですか？」

朝食の席、もそもそとサラダを口に運んでいた園香に尋ねられ、桜は動揺した。

意気込みと裏腹に、出だしから園香に疑われたのだから当然だろう。そんな桜の狼狽《ろうばい》する姿に、園香は両手の指で自分の目元をなぞると、

「目の周り、クマがすごいですよ。ちゃんと寝れてなかったのかなって思って。それに、起きてからずっと、二人とお話ししてないですもん」

「あう……」

園香の指摘を受け、桜は自分の目元を触り、自らの不明を呪った。

寝付けなかったことも、弥生たちと気まずい関係になったのも事実だ。問題は、それをほんの一時間で園香に見破られたことにある。

「昨日は、お買い物してすごく楽しかったのに……また、弥生お姉ちゃんたちにからかわれたんでしょう。もう、悪い大人さんなんだから」

「おっとっと、とんだ誤解じゃないか。いやさ、濡《ぬ》れ衣《ぎぬ》って言ってもいいね。桜を怒らせたのはあたしじゃなくて、晃と本庄なんだから」

「わ、私!?」

正面、じと目で園香に睨《にら》まれた弥生が、そんな調子で晃と本庄を売る。ちょうど朝食のお盆を持って通りがかった本庄が、巻き込まれてわたわた慌てふためいた。

「ええと、違うのよ、渡来さん。私と沖田さんは……」

「大丈夫ですよ、本庄さん。また、弥生お姉ちゃんと神宮寺さんの悪ふざけなのはわかってますから。わたしも、ちゃんと成長するんです」

「おおー、ソノっちがでっかくなったッス。晃お姉さんも嬉《うれ》しいッスよ～」

「神宮寺さんと弥生お姉ちゃんは反省してください」

ぷいっと顔を背けた園香、彼女が大きく成長したのは自負している通りだ。そして、その成長にこの一ヶ月の日々と、桜や弥生たちの存在が寄与していることも。

「――――」

だからこそ、昨日までのようにこの会話に混ざれたらどれだけよかっただろう。

何の気掛かりもなく、園香のことで弥生や晃と笑い合えたらどれだけ——、

「ちぇー、ソノっちが冷たいッス。姉御からも言ってあげてくださいよ〜。……姉御？」

「——」

ふと、園香相手に軽口を叩《たた》いていた晃が眉《まゆ》を寄せる。彼女の視線の先、呼ばれて何も答えなかった弥生が、目つきを鋭くして食堂の外を眺めている。

その視線に釣られてみれば、何やら建物の外をバタバタと走る複数の人影——どこかピリピリとした空気が、基地に蔓延《まんえん》するのがわかった。

「なんか、いや〜な感じの空気ッスね」

「……こりゃ、何かあったね。園香、桜、二人とも急いで食べちまいな」

「——っ、天塚さんに言われる筋合いは」

ありません、と反射的に噛《か》みつこうとして、しかし言葉は続かなかった。

晃が顔をしかめ、弥生が桜たちの食事を急がせようとした理由の方が、桜のつまらない反論よりも強く速く、浜松基地に響き渡ったからだ。

『——欧州で、ピラーによる甚大な被害が発生。各員、所定の場所へ集合』

大きな音で館内放送があり、食堂で食事をしていた自衛官たちが続々と立ち上がる。弥生たちも、目を白黒させる桜と園香の腕を引いて立たせ、

「や、弥生お姉ちゃん……ヨーロッパで被害って」

「ああ、聞いての通りだよ。欧州は、ピラーとの戦いの最前線……嫌な予感がするね」

と、怯《おび》える園香の肩を抱いてやりながら、弥生が苦い顔でそうこぼす。

そして、弥生の不穏な呟きは、悪いことに的中した。


「状況が大きく変わった。欧州で出現が確認されたピラー……通称『ヤドリギ』は、都市を丸々一つ壊滅させ、一万人規模の犠牲者を出したそうだ」

「一万……」

館内放送に従い、自分たちの持ち場である教室へ向かった桜たちに、教卓の前に立った高屋敷が苦々しい顔でそう話した。

『ヤドリギ』と呼ばれるピラーは、危険な力を持った光の柱の中でも特に強大な力を持った存在であり、これまでにも各国で存在が確認されていた。そのたびに甚大な被害をもたらすピラーであったが、このほどの被害は中でも最大だ。

犠牲者が一万に届くと聞かされ、その被害の大きさに桜は絶句する。そして、そうした報告に義憤を抱く自衛官がこの場には大勢いた。

「教官、自衛隊の方針は？」

「ひとまず、災害支援を名目に現地へ隊員を派遣する。救援物資を届けるだけでも大きな意味があるからな。それと……」

「それと、なんです？」

　きびきびとした高屋敷が、珍しく言葉の続きを躊躇《ためら》った。その躊躇われた言葉の先を弥生が促すと、高屋敷は一度目をつぶり、それから——、

「——我が国からも、欧州へと戦乙女の派遣が検討されている」

「戦乙女の派遣……それは、まさか」

「そうだ。お前たち、戦乙女候補生のことに他ならない」

「それは無茶です！」

　高屋敷からの説明に、強く反論したのは本庄だった。彼女は教室の同期たちを手で示し、その優しげな顔を必死さで染めて、

「私たちはまだ訓練生……まだ、肝心の英霊機さえ受領していません。そんな状態で欧州戦線に加わっても、役に立てるとは……」

「そんなこと、みんなわかってるはずッスよ。……つまり、本当の目的は災害支援とか増援ってんじゃなく、むしろ逆なんじゃないッスか？」

「逆……？」

　正論で戦おうとした本庄が、そう口を挟んだ晃の言葉に眉を寄せる。

「元々、あーしらはお飾りの選抜メンバー。一応、準備して欧州の先輩ワルキューレ方か

らノウハウを教わる気だったッスけど……それを早めるってことッスよ」

「下手を打てば欧州が消えて、蓄積された戦乙女の戦術も消える。そうなる前に、多少無理をしてでも現地の人間から教われと……穴の開いたバケツの水汲《みずく》みだよ」

「お前たちは座学は不得意なくせに、こういうときばかり頭が回るな」

晃と弥生が組み立てた推論を聞いて、高屋敷が忌々しげに頬を歪《ゆが》めて笑った。その凄《すご》みのある笑みには怒りの色があるが、対象は弥生たちではない。

もっと大きく、手の届かない仇敵《きゅうてき》への怒りに思えた。

「今さら、お前たちにお為ごかしは聞かせん。今回の、この『ヤドリギ』出現の被害報告を受け、新たな通達があった。――戦乙女選抜試験は当初の日程を短縮し、十二週間の予定を九週間として、叙翼式を迎える」

「三週間の短縮……すでに、日程は四週間が経過しているんですよ!?」

「ああ、そうだ。つまり、残りの日程は半分と少し……ここから先、私はより容赦なくお前たちをしごく必要が出てきた。ワクワクしてきたろう」

事態の切迫が、桜たち候補生にとっても強い風を吹かせる。それが追い風なのか向かい風なのかは、まさしくここから先の桜たちの心掛け次第。

あと、たったの五週間で、戦翼を担う存在へと成長できるかどうか――、

「さあ、時間が惜しい。課業を始める！　今日から、密度は倍以上になると思え！」

「――はい！」

声を大にした高屋敷の激励に、桜を含めた全員が反射的に返答していた。

しかし、そうして立ち上がったところで、桜は青い顔をしている園香に気付く。怒涛《どとう》の勢いで動くめまぐるしい事態に、園香は明らかに怯えていた。

訓練や勉強とは違う、明確に血と硝煙の香りが漂ってくる気配。それを肌で感じたのは桜も同じだった。園香の怯えは無理のないものだ。

「園香ちゃん、大丈夫ですから」

「――ぁ、桜さん。ご、ごめんなさい、わたし……」

「――――」

自分の震えを隠し、何とか気丈さを保とうとする園香。その健気《けなげ》な様子に唇を噛み、桜は自分が抱える様々な悩みを、全部無理やりに飲み下した。

そして、最後に残った大事なモノを、それだけは手放すまいと心に決める。

「大丈夫です、園香ちゃん。私が一緒にいます。一緒に、乗り越えましょう」

「桜さん……」

その細い肩をしっかりと支えて、桜は前を向いた。

弥生や晃、本庄たちが自分たちを見ている気配がしたが、構いはしない。どんな妨害も障害も、乗り越える。――大事なウイングメイトと共に、必ずやと。

4

そう心に決めてからの、桜の行動は明快だった。

切迫した状況、後ろが縮まった日程、そうした様々な要因が、結果的にいい意味で桜から懊悩《おうのう》し、判断を迷わせる時間を奪った。

やるべきことは変わらない。――園香に事情を知らせず、その心と志を守る。

その上で桜も園香も、戦乙女《いくさおとめ》に相応《ふさわ》しい実力を身につけるということだった。

『最近、話せてないけど大変な感じなのん？』

とは、そうした日々の中、深夜十五分の逢瀬《おうせ》も滞りがちになった吉乃《よしの》の心配だ。

本音を言えば、桜にとって戦乙女と無関係な吉乃は心の拠《よ》り所の一つであり、安らぎのために魂を預けたいとさえ思えてしまう。しかし、強く魂を武装することが求められる今の状況で、吉乃に縋《すが》れるという逃げ道は甘い毒だった。

『ごめんなさい。しばらく、連絡は取れなくなります。ものすごく真剣に打ち込まなくてはいけない状況になってしまって……』

もちろん、桜たちの活動や方針は軍の機密に当たる。

日々の内容を吉乃へ話すことはできないので、話はいつも曖昧《あいまい》にぼかしたものばかり。

それでも吉乃は持ち前の理解力で、桜を何度も励ましてくれた。

年下の園香と仲良くなれたのも、吉乃の助言の力がずいぶん大きい。

『忙しいのはリョーカイ。話したくなったら、いつでも相談に乗るからね』

意外なことに、屋上での出来事があった翌日から、弥生や晃が開き直って妨害を仕掛けてくる、なんて面倒な事態は起こらなかった。

さしもの弥生たちも、欧州の大打撃と訓練期間の短縮を受け、なおも桜と園香の進退に過干渉する余裕はなくなったのだと思われる。

あるいは考えを改めてくれたのか。そう期待する自分が、ひどく情けなかった。

『はい、わかりました。ありがとうございます、吉乃。ほんの、五週間ほどです』

残りの期間は、これまで過ごした時間と同じぐらいだが、詰め込まなくてはならない内容は倍では利かない。受験戦争も真っ青な、速成教育が始まるだろう。

つまりは、必要なことだけを詰め込み、戦乙女として研ぎ澄まされる時間の始まり。

それを思い、桜は静かに自分の心音を確かめ、理解した。

高屋敷のことを笑えない。——桜は、確かにワクワクしていた。


『嫌に具体的な日程！　でもわかった。それじゃ、車に気を付けて。男に気を付けて』


吉乃らしいエールを受け、桜は日々を戦い抜くことを改めて誓う。

待ち受ける敵は強大で、人類の未来は決して明るいものとは言えないだろう。護国のために仕上がっていく自分を思い、笑う桜は罰当たりだとも。

ただ、思うのだ。——今、自分は咲き誇ることを考えるだけでいい。

『枯れない桜』などと持て囃《はや》され、それを恥だと思っていたことがあったが、良くも悪くもあの呼び名は桜の本質を表していた。

だから、桜は『枯れない桜』と自分を呼んだ親友へと、親愛を込めて返信する。

『はい。——瞳《ひとみ》を汝《なんじ》に』と。

5

館内放送に呼び出され、宿舎の入口へ向かった桜はそこで懐かしい顔と遭遇した。

その長身痩躯《そうく》の男性は、小走りにやってくる桜を見ると笑顔で手を振って、

「や、桜ちゃん……いや、桜くんか。ずいぶんと見違えたじゃないか」

「――里見《さとみ》さん！」

驚く桜を出迎える男性、それは桜の古い知人である里見・一郎《いちろう》だった。

自衛官の制服を纏《まと》い、肩に階級章を付けた里見の来訪に桜は目を丸くする。ただ、驚いたのは里見の来訪だけではない。彼が談笑していた相手、本庄の存在だ。

本庄は一瞬、桜相手に気まずげに視線を彷徨《さまよ》わせ、

「里見三佐、沖田さんとは……」

「古い付き合いでね。彼女の父親……沖田空将補は俺の恩師でもあるんだ。なんで、桜くんのことも小さい頃から知ってるわけ」

その説明に本庄が納得した風に頷《うなず》くと、次いで里見は桜を振り返った。

「本庄は、この選抜試験に引っこ抜かれるまで同じ基地にいたんだよ。優秀な部下だったんで重宝してたんだが、まさか神様に横取りされるとはね」

と、桜の疑問を読み取り、里見が自分と本庄との関係をそう話す。その答えを聞いて、桜は子どもっぽい邪推を見抜かれたことに頰を赤くした。

　里見が親しげに本庄と談笑していた理由、それが妙に気掛かりだったと。

「では、沖田さんもいらしたことですし、私はこれで。三佐、また明日」

「ああ。夜更かししないように。本庄はわりと本番に弱いからね」

「よ、余計なお世話ですっ」

　最後に真面目の仮面を剝《は》がされ、本庄が「あ」と口を押さえて退散する。弥生たちに見せるのとはまた違った表情だったと、その背中が見えなくなるまで見送り、

「また明日、というのはどういう？　本庄さんと食事のお約束でも？」

「いやいや、そんな気安い話じゃないよ。というか、明日は本庄にとってもだけど、桜くんにとっても大一番のはずじゃないか」

「大一番……ぁ」

　肩をすくめた里見の言葉、大一番と聞かされた桜の心臓が一度強く打つ。

　明日の大一番、それは――、

「――選考試験の集大成である、叙翼式」

「当初より日程を短縮したのも、あくまで諸外国へのアピールなんて言われちゃいるけどね。それでも、この日にこぎつけた。明日の叙翼式、俺も出席させてもらうよ」

「里見さんもいらっしゃるんですか？」

知人の参加を思いがけずに聞かされて、桜は驚きに目を見張った。その桜の劇的な反応を見て、里見は「そうそう」と人好きのする笑みを浮かべる。

「実はオフレコなんだけど、俺も『戦乙女』と関わる部署を任されるかもしれなくてね。そういう意味でも、明日の叙翼式は他人事《ひとごと》じゃないんだ」

「そうなんですね。でしたら、明日はますます恥ずかしいところはお見せできません」

幼い頃から知られている里見には、みっともない姿なんて見せられない。何より、里見は桜にとっての恩人――初めて、『戦乙女』の存在を教えてくれた相手だ。

彼の一言がなかったら、桜はオーディンに見つけてもらえていたかわからない。その神との邂逅《かいこう》の立役者に、自分の集大成を見てもらえるのは光栄なことだった。

そう、自らの意気込みを高める桜だったが――、

「明日は、沖田空将補もいらっしゃる。君の、努力の成果を見せるときだ」

「――え」

その里見の一言は、彼の突然の来訪以上の驚きを桜にもたらした。

目を見張り、硬直する桜を見て、里見はやれやれと苦笑いを浮かべる。

「やっぱり、桜くんにも話してなかったか。空将補らしい」

「お父様が……」

「空将補の考えは何となくわかるよ。桜くんが空将補をどう説得したのか、おおよそのところは聞いているからね。父と娘、そういう見方から切り離しているんだろう」

「……はい」

里見の考えに桜も同意見だ。

真面目で実直、そして不器用な桜の父親は公私の分別をつけられる人物である。

故に、彼は公私を分けたのだ。――『戦乙女』の選抜試験に参加する沖田・桜を、娘ではなく一人の候補生として見ると、そう決めて。

「それが、お父様らしい結論です」

「……桜くん。実は、俺は君に謝らなくちゃならないと思ってたんだよ」

「里見さんが、私に謝る……ですか？」

胸に手をやり、歳三の判断を受け止めた桜は、続く里見の言葉に首を傾《かし》げた。

謝罪したいと、そう眉尻《まゆじり》を下げる里見だが、桜にはその心当たりがない。そう訝《いぶか》しむ桜に、里見は「君はそう言うと思ったけどね」と嘆息し、

「あの日、俺は迂闊《うかつ》に君の前で『戦乙女』のことを話した。この選抜試験へ参加する糸口を与えた。……それが、責任感の強い君から学生生活を奪ってしまった」

「そんなことは……」

「――ない。そう言い切れるかい？」

片目を閉じ、そう問いかけてくる里見に桜は口を閉ざす。

里見の想像は正しい。桜がこうして選抜試験へ参加した切っ掛けは、あの日の里見の一言にある。それが桜に、吉乃や学友と過ごす学生生活との別れを決断させた。

だが――、

「謝る必要なんてありません。私は、私の意志でここに立てていることが誇らしい」

「桜くん……」

「私は、お父様や里見さんと同じものを見たかった。同じことを望みたかった。それが叶《かな》えられている今、恵まれていると思っています。これで、お話はおしまいですよ」

気負うことなく微笑み、桜は里見の考えを否定した。

里見が思い悩む必要などない。桜は、今の道を選んだことに満足している。

もし仮に二ヶ月前に戻れても、もう一度吉乃との別れを経験することになったとしても、桜はやはり同じ選択をして、この場所へ戻ってくるだろう。

「私は、大切なものを守るために空へ上がります。どうか、里見さんもそのことを覚えておいてください。むしろ、胸を張っていただかないと」

「おいおい、胸を張るだって？」

「ええ、そうです。だって、日ノ本の守護者をここへ遣わしたのは、里見さんの功績ということになるかも……いいえ、なるんですから」

桜は胸を張り、殊更に大げさに自分のことを吹聴《ふいちょう》した。それを聞いて、里見は一瞬だけ呆気《あっけ》に取られ、すぐに「くく」と喉《のど》を鳴らした。

「はは、そうか。日ノ本の守護者とは大きく出た。でも、うん、そうだな。俺の知ってる桜くんは優秀な子だった。そのぐらい、やってしまうのかもしれないな」

「――。はい！」

その里見からの言葉は、桜にとってこの二ヶ月に報いる最大級の激励だった。

明日、歳三がやってくる話には驚かされた。だが、そのことで怖気《おじけ》づく気持ちより、この二ヶ月の成果を見せなくてはという気概の方が強い。

「大事な日の前日に悪かったね。明日も忙しいだろうし、これで失礼するよ」

「はい。いいえ、激励ありがとうございました、里見さん。では、また明日」

「ああ、また明日。桜くん、頑張って」

手を振る里見に別れを告げ、桜は気合い十分となってその場を去る。

里見の激励と、父の参列。明日の叙翼式へ向け、様々なものが桜の背を押してくれる。

その、桜のモチベーションの大きな部分を担うのが――、

「桜さん、さっきの呼び出しの放送、大丈夫でしたか？」

「はい、大丈夫でした。知り合いの方が訪ねてくださって、明日の激励にと」

「へえ、そうだったんですね。……その人、桜さんの大事な人なんですか？」

「えっ？　それは、どうして？」

「戻ってきたとき、桜さんがなんだかうきうきしてたみたいに見えたから」

そう微笑む園香に指摘され、桜はほんのり染めた頬に両手を当てた。

浮かれていたつもりはないのだが、園香にそう言われるとそんな気がしてくる。まさか浮ついた娘だと、里見に思われたとは考えたくないが。

と、そんな桜の様子に園香が「よかった」と小さく呟いて、

「このところ、桜さん、ずっと浮かない顔してたから、心配だったんです……」

「園香ちゃん……」

「弥生お姉ちゃんたちともあんまり話してないみたいだったし、わたしにも……あんまり、相談はしてくれないから」

目を伏せ、寂しげにした園香の言葉に桜は雷に打たれた気持ちを味わった。

それはこの一ヶ月、弥生たちとのことをうまく取り繕えていたと、そう考えていた自分の甘さへの怒りと、その不安を見せなかった園香への驚きだ。

「……わたしたち、二人だけになっちゃいましたから」

「――――」

続けられる園香の声が、桜に言葉より雄弁な沈黙を選ばせる。

園香の言葉の意味、それは桜と園香——二人以外の新任が全員、試験の途中で戦乙女《いくさおとめ》を辞退したことを示している。

結局、弥生たちの思惑通りだ。桜には、園香一人を守るのが精一杯だった。

「はい。同期という意味では寂しい限りです」

「はい。あ、でも、今のは悪い意味で言ったんじゃなくて……えっと、他の人たちがいなくなっちゃったのはとても寂しいです。だけど、違うんです」

「違う？」

「……桜さんに、ちゃんとお礼が言いたいなって」

小さな手を握り、園香が上目遣いに桜を見る。その彼女の仕草に息を詰め、桜はほんの少しだけ身構えた。桜の取り繕いを見破り、しかしそれを悟らせなかった園香だ。あるいは彼女は、桜と弥生たちの水面下の諍《いさか》いにも気付いていたかもと——、

「ありがとうございました、桜さん。わたし、きっと桜さんが一緒じゃなかったら、今日まで頑張ってこられなかったと思うんです」

「——ぁ」

だが、そんな桜の考えは杞憂《きゆう》だった。

ぺこりと頭を下げた園香が口にしたのは、今日までを共に過ごし、励まし合いながらやってきたことへの純粋な感謝だった。

だから、桜は疑《うたぐ》り深い自分を恥じ、それから「いいえ」と首を横に振った。

「それを言うなら、私の方こそ、ですよ。園香ちゃんがいてくれて、恥ずかしいところを見せられないと奮起したから、今の私がいます」

「……ホント、ですか？　だってわたし、桜さんに助けてもらってばっかりで、弥生お姉ちゃんにも頼りきりだったのに」

おずおずと、自信なさげに目を伏せる園香がいじらしい。だが、それは紛れもない桜の本音だった。園香には、胸を張るだけの理由がある。

「園香ちゃんには、立派な力があります。それは戦乙女としての資質に限った話ではなく、もっと大きな……人として大切な、希望を与えるものが」

「希望、ですか？」

「大げさだと思うかもしれませんね。でも、少なくとも私はそう思っています」

最初の体力測定で、自分についてこられない同期生に桜はひどく落胆した。護国の意志を共に背負おうとする仲間たち、その力不足に失望したのだ。

その落胆と失望に呑《の》まれず済んだのは、足を止めない園香がいてくれたから。

その後も何度となく、理想と現実の違いは桜を苦しめた。しかし、そのたびに隣には園香がいてくれたし、彼女の視線を意識しないことはなかったから。

「だから、お礼を言うなら私の方こそなんですよ。園香ちゃん、今日まで一緒にいてくれてありがとうございました」

「――わ」

そう告げた桜の前で、園香の頬がゆっくりと朱に染まっていく。園香は自分に起きた変化に驚きながら、何度も「わ」と口を丸く開けて、

「……そんな風に言ってもらえるなんて、思ってなくて」

「やっぱり、この子、天使なのでは……」

照れたようにはにかむ園香に、桜は胸の奥がきゅんとなる感覚を味わう。耐えかね、桜が両手を広げると、少しの躊躇《ためら》いのあと、桜が胸に飛び込んできた。

ぎゅっと、小さく細く、しかし熱い園香の体を抱きしめる。

「明日、ですね」

「ええ、明日です。しっかりと、心と体の準備を済ませておきましょう」

このまま夜を越え、朝を迎えれば儀式が始まる。この二ヶ月の真価を問われる。

「お父様……」

明日、歳三は桜の父としてではなく、自衛隊の沖田空将補として参列するだろう。

決意を伝えたあの朝以来、桜と歳三との間に会話らしい会話はなかった。父と、これだけ長く離れて暮らした経験も、同じようになかった。

その集大成を見せるのだと、そう明日を待ち遠しく思える自分が心強かった。

6

「――桜、起きてるかい？」

その日の夜のことだ。

誰もが寝静まった深夜の宿舎、明日への緊張で寝付けずにいた桜を、同じ部屋のベッドに寝そべる弥生が蓮《はす》っ葉な声で呼んでいた。

一瞬、桜はその言葉を無視することも考えたが――、

「……起きています。何の用ですか、天塚さん」

「そう冷たい声を出すんじゃないさね。色々あって日程が短くなったとはいえ、あんたにとっちゃ待望の明日だろう？　緊張してると思ってさ」

「緊張は、してはいます。ですが、天塚さんに話すことなんてありません」

「嫌われたもんだねえ。……まぁ、仕方ない話ではあるけどさ」

お互いの顔を見ないまま、桜は苦笑のニュアンスがある弥生とやり取りする。

あの屋上での決別以来、桜は弥生や晃と必要最低限の会話しかしていない。もちろん、園香の前では円満を装うため、これまでと同じように振る舞ってはきた。

しかし、その心中の穏やかならなさは言うまでもない。

「残念でしたね。私と園香ちゃんが、こうして最後まで残ってしまって」

「おお、皮肉だ。残念……んー、残念なのかね。あたしも、自分で自分の気持ちがわかりづらい。あたしも、あんたの気持ちがわからないわけじゃないからさ」

「……どういう意味です？」

「あたしも、周りの反対を蹴《け》っ飛ばして今の自分になったからだよ」

　皮肉で会話の幕を引くつもりだったのが、思わぬ弥生の話に興味を惹《ひ》かれてしまう。

　桜が興味を抱いたのがわかったのだろう。弥生は「うん」と小さく喉を鳴らすと、

「見えないかもしれないが、あたしはこれでもいいとこのお嬢さんでね。ただ、昔から親や親戚《しんせき》との折り合いは悪かった。どうにも、借り物の人生って気分が抜けなくて」

「……裕福な暮らしと、余裕のある親族への反発ですか」

「そう言われるとガキっぽいけどね！　……ああ、でも、うん、間違っちゃいない。ガキだったんだ。だから、周りの言葉にも全部反発して」

　その結果、今の天塚・弥生が形作られた。実家を出て、自衛官となり、明日には戦乙女としての翼を得てゆくと、そういう話だ。

　そんな、自分の生い立ちを桜に話してくれたのは、

「子どもだったから、大人の言葉に耳を傾けられなかった。そういう、自分の反省を私に適用してもらいたいという話だとしたら……」

「うん？　あ、そんな話にも聞こえたか。違う違う、それはどうでもいい」

「どうでもって……」

「あたしが言いたいのは、あんたが頑張り屋だって話だよ」

話の展開が急すぎて、桜は困惑する。弥生が何を言いたいのかがわからない。

その困惑が伝わったようで、弥生は上機嫌に喉を鳴らした。

「この一ヶ月、あたしらのせいだが、あんたは気を張りっ放しだった。孤軍奮闘で園香を守って、自分の課題も必死でこなして……大したもんさ」

「……今さら、何を仰るんです」

本気で感心したような弥生の声が、桜の武装したはずの魂を傷付ける。

どんな悪罵や、非情な妨害にも耐えられるように構えていた。なのに、どうして急に優しい言葉をかけるのだ。そんなのは、予想していない。

予想していない攻撃に、桜は為《な》す術《すべ》なく鎧《よろい》を剥《は》がされてしまう。

「私だって、一人で戦いたくなんて、なかった。でも、仕方なかったじゃないですか。天塚さんや神宮寺さんが、そうさせたんじゃないですか……」

「――――」

「こんな気持ちになりたくありませんでした。一人で戦わされるなら、最初から一人にさせておいてくれたらよかった。それなのに……」

誰にも頼らず、自分の志だけを信じて空へ上がれたら、それでよかった。

それなのに、園香が、弥生が、晃が、桜を一人にしてくれなかった。笑いかけ、手を差し伸べ、温かなものに触れさせ、桜の考えを緩やかに溶かして。

「明日……」

「……天塚さん？」

涙声にならないよう、感情の氾濫《はんらん》を必死に堪《こら》える桜の下へ、弥生の静かな声が届く。

彼女は呼びかけに応《こた》えず、また、しばらくの間は言葉を続けなかった。そのまま、静寂の夜が長く続いて、話が終わったのかと不安にも駆られる。

だが、そんな長い沈黙も、聞こえよがしの吐息に押し流され、

「明日、叙翼式が無事に済んだら、仲直りしようか」

「——つ、都合がいいと、思いませんか」

「思うよ？　あんたは、都合のいい話は嫌いかい？」

「——っ、知りませんっ」

からかうような弥生の声に、桜はベッドの中で体勢を変え、声に背を向けた。

都合のいい話、本当にそうだ。自分たちの方があれこれと悪巧みをしておいて、それで桜の気持ちを裏切っておいて、どうしてそんな軽はずみに。

事実として、沢渡を始めとした新任の候補生たちはみんな辞めてしまって——、

「――」

　許せない理由を探そうとして、桜は自分の黒髪に触れる。

　許せない理由を探そうとして思い浮かぶのは、あの日の夜の屋上での出来事。だが、それを思い出すと、同じ日の日中のダブルデートも思い出される。

　裏切られたことと、優しくされたこととが釣り合うことなどあるのだろうか。仮にそれがあったところで、桜は天秤《てんびん》をどう見たらよいのか。

「――」

　目をつむり、自分の心と静かに向き合いながら、桜の意識はいつしか眠りへ落ちる。

　答えの出ないまま、揺蕩《たゆた》う自分の心に翻弄《ほんろう》されたまま。

　ただ、無性に吉乃と話がしたかった。彼女に、話を聞いてもらいたかった。

　自分が決めたことだからと、叙翼式を迎えるまでは連絡を絶っている親友と――一度は別れを覚悟し、そうしないでくれた親友と話がしたかった。

「どうして、あなたは私を許してくれたんですか……?」

　そう、聞いてみたかった。

7

――『ヘイズルーン』と呼ばれるその神器は、古い酒杯の形をしていた。

一見、真鍮《しんちゅう》製にも見える骨董品《こっとうひん》だが、その価値は計り知れない。何故ならその神器こそが、オーディンが人類に与えた『戦乙女《いくさおとめ》』を見つけ出すための鍵《かぎ》なのだから。

資格あるものが手にすれば、乾いた酒杯はたちどころに蜜酒《みつしゅ》によって満たされる。手に取った者の資質が優れているほどに、蜜酒は香り高く、溢《あふ》れんばかりに湧き出すという。

そして、それが事実であることは、今まさに目の前で証明された。


「渡来、もう十分だ」

「え、あ、はいっ！　えっと、申し訳ありません、教官」

高屋敷の険しい声を聞いて、慌てる園香がたどたどしい敬語で謝る。そして、彼女は手にしていた酒杯を傾け、器を満たした蜜酒を目の前の樽《たる》へと注ぎ込んだ。

途端、室内に溢れ出る甘い香りが、教室に集まっている面々を誘うように漂う。その蜜酒の味わいが極上のモノであると、そう誘惑するように。

――叙翼式を午後に控えた朝、いつものように朝礼に出席したところで、高屋敷が持ち込んだのが複数の樽と、真鍮製に見える古びた酒杯だった。

「叙翼式に備え、簡易的だが改めて戦乙女の資質を見る……と、そのつもりだったが」

「――？」

「いや、いい。……予定より短い九週間だったが、よくぞ乗り越えた」

「は、はいっ！　えいって、頑張りました」

「鋭意、だ」

園香の示した結果を見て、高屋敷がほんのわずかに唇を緩めた。厳しい教官が見せた微笑に目を剝いて、感極まったように園香が敬礼する。その、子どもらしい言い間違いを律義に訂正するところが、高屋敷の高屋敷たる所以《ゆえん》だ。

園香の努力が認められたことも誇らしいが、それ以上の驚きが教室を占めている。

前述の通り、『ヘイズルーン』は戦乙女の資質を確かめるための試金石――園香の前に挑んだ先任たちが、それぞれ蜜酒の多寡に一喜一憂する中、園香は圧倒的だった。

一口か二口、そうした酒量で競い合う中に、器を溢れさせせんばかりの酒が湧けば、それがどれだけの違いかは言うまでもあるまい。

そして、そんな園香の結果に追随したのが、次の挑戦者である弥生だった。

彼女もまた、輝く酒杯から溢れる蜜酒を手に浴びながら、

「これ一個あったら、一生飲む酒に困らなそうだけど……あたしはどっちかっていうとウイスキー派なんですよ。そっちが湧く酒杯はないんですかね？」

「生憎《あいにく》と、そんな酒杯があったら神の所有物でも私がいただく。お前の手には渡らんよ」

「とと、それは残念。じゃあ、不要になった教官の酒蔵からコレクションをせしめるぐら

いで我慢することにしますかね」

園香と同じように酒杯の中身を樽に捨て、濡《ぬ》れた手を舐《な》めようとして高屋敷にタオルを渡される弥生。職務中の飲酒に当たると言われて、渋々と手の酒を拭《ふ》いた。

これで暫定的に、『戦乙女』としての期待度は弥生と園香がツートップ。他の候補生は二人から大きく引き離されて同程度、桜が意外だったのは本庄の結果だ。

トップバッターとして挑んだ本庄は、酒杯の渇きをわずか数滴潤しただけだった。それでも、全く可能性がない男性や、高屋敷の手では酒杯は乾いたままなのだから、十分に奇跡の範疇《はんちゅう》ではあるが——志と素養は無縁、それが残酷な真実で。

「桜っち、あーしらの番ッスよ」

と、浮かない顔をしている本庄を窺《うかが》っていた桜を、そんな調子で晃が呼んだ。

その声で席から立ち上がり、桜は前を行く晃の背を複雑な思いで見つめる。——あの屋上以来、弥生以上に接し方がわからなくなったのが晃の方だった。

桜とペアの関係である以上、教練の過程で一緒に課題に取り組むことは多々あった。それでなくても同室、一日の大半を共に過ごすことになる。

だが、それを気まずく思う桜と裏腹に、晃の態度は一貫して変わらなかった。あの夜の出来事そのものがなかったみたいに、平然と。

そして、桜が一番警戒していた妨害工作も、正直なところ確認できなかった。

ただし、昨夜の弥生のように、仲直りの提案もされていない。

正直、とても、心の底から、もやもやする——。

「神宮寺、十分だ。お前も、相変わらずそつがないな」

ふと顔を上げれば、桜の前に酒杯の洗礼を受けた晃が高屋敷に称賛されている。彼女の手の中、底から湧き出る蜜酒がその酒杯をしっかり満たしていた。

晃もまた、園香と弥生に次ぐ資質を示したと、そういうことだ。

「そりゃ、それができなきゃ無軌道な姉御についてけないッスもん。道理ッス」

「かーっ！　言ってくれるね、誰が無軌道だって!?」

舌を出した晃のコメントに弥生が大声で野次《やじ》を飛ばす。と、さすがにそれには「天塚！」と高屋敷の厳しい目が向き、頭を縮める弥生に笑いが起きた。

園香も、他の面々も笑っていて、「いやぁ」と自分の頭を叩《たた》いた晃が、その様子に眉《まゆ》を顰《ひそ》める桜へと『ヘイズルーン』を差し出す。

そして、桜の顔を下から覗《のぞ》き込んで、

「ダメッスよ、桜っち。そんな怖い顔してたら、せっかくの美人が台無しッス。……この台詞《せりふ》、あーしから桜っちに何回言ったッスかね？」

「それは……わかりません。でも、よく言われたとは思います」

「でしょう？　怖い顔してても笑顔でも、ここまできたら結果は変わらないッス。そしたらあとは、神様に媚《こび》売った方がいい結果になりそうじゃないッスか？」

「私にはとても、そんな風には思えません」

以前までと同じ調子で話され、わずかな戸惑いを抱きながらも桜は応じる。それから、晃の差し出す神器を受け取り、彼女に代わって前に出た。

そうして、桜に立ち位置を譲る瞬間、晃の唇が微《かす》かな声で何事か呟《つぶや》く。

「――？　今、なんと」

「いやいや？　桜っちに頑張ってってエールッスよ。あ、これお酒のエールとかけてるわけじゃないんで、偶然ッス」

軽妙に言い置き、晃がさっと後ろへ下がった。その態度に閉口しつつ、桜は晃の頭の向こうに、小さく手を振る園香の姿を見て、顎《あご》を引く。

園香の応援を受け、桜は樽の前に立った。そして、樽の上に酒杯を掲げて、

「沖田・桜、『戦乙女』としての資質を示します」

「ああ、始めろ」

古びた真鍮製の神器、『ヘイズルーン』を握った手に祈りを込める。

祈りながら、脳裏に思い描くのは父のこと、吉乃のこと、園香のこと弥生のこと晃のこと、今まで出会った大勢の人々のこと。

そして、その桜の祈りを受けて、神器『ヘイズルーン』は――、

8

――同日午後、航空自衛隊浜松基地。

『叙翼式』とは、このほど戦乙女のためだけに新設された式典の名称だ。

英霊機という名の翼を授かり、戦場の空へ上がるワルキューレは自衛隊における新たな兵科の一種として分類され、運用されることになる。

現在、戦乙女だけに通用する新たな階級名も検討されており、順当に進めば『翼士』を基本とした呼び名が実用されていくイメージだ。

そんな、新たな兵科であり、新たな階級名をもらうこととなる第一次戦乙女選抜の合格者――日本初の国産ワルキューレ誕生を認める、叙翼式が開式される。

その式典に参列し、佐官の列の参加者として並んでいる里見は、入場してきた戦乙女候補生たちの整列を見て、怪訝《けげん》そうに眉を寄せた。

二十名弱の参列者は、叙翼を経て候補生の看板が外れ、『戦乙女』として期待を背負って巣立つワルキューレ――その中に、いるはずの少女の姿がない。

「桜くん……？」

美しい黒髪をなびかせ、凛々《りり》しく胸を張るはずの少女。

その、幼い時分から知る、志の高い少女の姿が会場のどこにも見当たらなかった。

――同日同時刻、航空自衛隊浜松基地、課業教室。

旧知の少女の不在に里見が困惑していた頃、沖田・桜は一人、教室に残っていた。

呆然《ぼうぜん》と、桜は机に項垂《うなだ》れ、瞬《まばた》きや呼吸さえも忘れてしまいそうな心地だ。そのぐらい、あってはならないことが桜を襲った。

それは――、

「どうして、反応してくれないんですか……？」

絞り出すような桜の声は、すでに教室から保管庫へ移された神器――戦乙女としての道を示すはずの酒杯、『ヘイズルーン』へと向けたものだ。

園香を、弥生を、晃を、他の候補生たちを『戦乙女』として認めた神の酒杯。それが、あろうことか桜の手の中に収まった途端、その光を失った。

酒杯は蜜酒に満たされるどころか、一滴の酒すら湧かず、乾いたままだった。

それはすなわち、沖田・桜には空へ上がる資格がないと吐き捨てるように。

「そんなはずが、ないのに。だって、私は……！」

夢枕にオーディンが立ち、他ならぬ神によって招聘《しょうへい》された戦乙女の一人。園香と何も立場の違わない、選ばれた一人であったはず。

むしろ園香の方が、オーディンが桜を見つけたことの余波で見出《みいだ》された存在だった。

それなのに、園香が合格し、桜が不合格なんてことになるのは——、

「とてもではありませんが……」

「——納得がいかない、か？」

「——っ！」

一人、我が身を嘆いていた桜は、その声に弾《はじ》かれたように顔を上げる。

すると、教室の入口、開けた扉に手をかけて立っていたのは、

「高屋敷、教官……？　何故ここに……教官は、叙翼式に参加されるはずで……」

「それを言い出せば、私はお前に部屋に戻るよう命じたぞ。にも拘《かかわ》らず、こうしてここに燻《くすぶ》っていて……気持ちは、察するに余りあるがな」

そう言いながら、ゆっくりと机に歩み寄ってくる高屋敷。彼女の言葉に顔を上げていられず、またしても桜は顔を俯《うつむ》かせる。

次の瞬間、目の前に立った高屋敷の手が桜の顎を摑《つか》み、強引に上を向かせる。

「——ぁ」

「下を向くな、沖田・桜。それでは、天塚や神宮寺たちの思惑通りとなるぞ」

声を震わせる桜に、高屋敷が眼鏡の奥の瞳《ひとみ》を細め、歯を剝《む》くように言い放った。その高屋敷の言葉に打たれ、桜は喉《のど》を引きつらせ、気付く。

高屋敷の言った、弥生や晃の思惑というのは何のことなのか。

「まさか、教官は……ご存知《ぞんじ》だったんですか!?」

「先任と新任、これだけ偏った結果になって気付かないと思うか？　第一、ペア制度を提案したのは私だ。奴らが考えそうなことぐらい、私にも想像がつく」

「で、では……高屋敷教官も、天塚さんたちと同じように？」

疑念を肯定し、高屋敷は弥生たちの画策——新任を不合格へ追い込み、自分たちだけが空へ上がるという目論見《もくろみ》に気付いていたと告白した。

それはつまり、高屋敷も新任を、桜たちを戦う資格のない民間人と——、

「納得……納得ができません!!」

強く首を横に振り、桜は顎を摑む高屋敷の手を振り払い、立ち上がった。そして、真っ直ぐに高屋敷の目を見て、向かい合いながら続ける。

「教官はどうお考えなんですか？　天塚さんや神宮寺さんと同意見で、私のような若輩者が、国や、誰かのために戦うなんて傲慢《ごうまん》だと？」

「それは、この戦乙女を取り巻く状況を包括しての質問か？　だとしたら、私の答えは単純明快だ。こんなことは馬鹿げたことだと思っている」

「——ぁ」

がくん、と桜の肩から力が抜ける。

それは、桜には最後通牒《つうちょう》も同然だった。弥生や晃の画策など、可愛いものだ。他ならぬ高屋敷が、桜たちの参戦に反対だったなら、努力や研鑽《けんさん》の意味など——、

「また視野狭窄《きょうさく》だ」

直後、絶望した桜の前で、高屋敷が強烈に手を打った。

空気の弾ける音と衝撃が、桜の混乱を根っこから吹き飛ばす。驚きに跳ねた心臓が飛び出さないよう胸を押さえ、桜は「え……」と高屋敷を見た。

「早合点に勘違い……その思い込みの強さは、空では命取りになるぞ。一瞬の判断ミスが生死を分ける戦場で、それが致命的なのはお前にもわかるだろう」

「……空では、命取り？　や、やはり教官は私が戦乙女《いくさおとめ》に不適格だと」

「やれやれ、難物だな。そうではない。——いずれ空へ上がる教え子に、致命的な欠陥を直させずにおく教官がいるものか」

「え……？」

その高屋敷の言葉に、桜は唖然《あぜん》と口を開けた。

いずれ空へ上がる、と高屋敷は言った。しかし、それは直前の発言と矛盾する。

「教官は先ほど、私が空を目指すのは馬鹿げていると……」

「それは本音だ。なら、お前は一度もおかしいと思わなかったのか？　お前自身はともかく、渡来のような幼い娘が命懸けの空へ上がるかもしれない状況を」

「――――」

高屋敷の指摘に桜が押し黙ったのは、それが図星に他ならなかったから。

桜も、園香と出会った初日――あの体力測定の最中まで、園香が『戦乙女』になるなんておかしいと思っていた。だって、まだ十一歳の少女なのだ。

「最初の挨拶《あいさつ》で話したはずだな。我が組織のお偉方や政治屋は、『戦乙女』なんて存在に欠片《かけら》も期待していない。ただ国内外に、日本も共にピラーと戦う仲間なのだと訴えたいだけのリップサービスなんだよ。私たちの試みは、誰にも期待されていない」

非情な現実を、高屋敷は包み隠さず桜へ叩《たた》き付ける。

それは選抜試験の初日に聞かされた話の、より救いのないバージョンだった。

だが、高屋敷は初日にも同じことを話し、そのあとの話を続けたはずだ。

「教官は、私たちを客寄せパンダで終わらせるつもりはないと、仰《おつしや》いました。……そのお言葉を、私はまだ、信じていてもよいのでしょうか？」

「自分の信じるものは自分で決めろ、というのは今の流れだと卑怯《ひきよう》だな。少なくとも、私は自分の言葉を違《たが》えるつもりはない。その言葉に関しても、だ」

「――――」

「これも最初に言ったが、私には『戦乙女』の育て方などわからん。私に教えてやれるのは、自衛官のなり方だけだ。心と体を鍛え、知識を与え、可能性を広げる。私の経験が神の望みに適《かな》うかはわからん。だが、私は他のやり方を知らない」

　そう言いながら、高屋敷は自分の眉間《みけん》に深い皺《しわ》を刻んだ。それは最初の挨拶のとき、やはり同じ話をしながら浮かべていた、不条理と戦うものの証《あかし》だ。

「沖田、お前の置かれた状況の経過は最悪だ。だが、まだ結果は出ていない。過程がどれほど悪くとも、結末まで悪くなるとは決まらない。確かに、今回は不合格に終わった。だとしても、次も同じ結果とは限らない」

「次……次が、あるんですか？」

「欧州の『ヤドリギ』、それ以外にも世界各国にピラーの勢力範囲は広がりつつある。今は海の向こうの出来事でも、いつ当事者になるか知れん状況だ。私は今後、戦乙女の徴募は一般に広く拡大すると見ている」

「――――」

「沖田、お前は挫《くじ》けず抗《あらが》えるか？　その覚悟が、お前にはあるか？」

　高屋敷の問いかけは、桜に諦《あきら》めを促すものではなかった。

　弥生や晃が、桜たちを守らなくてはならないと思ってくれているのはわかる。だが、その思いやりを足《あし》蹴《げ》にする覚悟なら、桜はとっくに決めていた。

　――あの朝に、沖田・歳三と話をした朝に、桜は魂を覚悟で武装したのだ。

「教官、お願いが。……今からでも、叙翼式への参列を許可していただけますか？」

「――。あくまで、参列者として式典を眺めるだけになるぞ」

「だとしても、です。――園香ちゃんの晴れ姿を、この目で見届けたいので」

大人も音を上げる辛《つら》い日々に耐え、最後の同期さえ失って、園香は『戦乙女』になる。

最後の最後、彼女を失望させてしまった桜だったけれど。

「私は、あの子のウイングメイトですから」

「――そうか」

桜の決断を聞いて、高屋敷が目を細め、静かに頷《うなず》いた。

その高屋敷を見つめながら、桜も己の心中と向かい合う。

――今も、落胆と失望は消えていない。しかし、下を向き続けるのはやめにしよう。

桜が諦めない限り、空へ上がる機会はある。園香のウイングメイトとして、弥生や晃の思惑を突っぱね、二人を諦めさせる日だってくる。

それが負け惜しみでも、歯を食いしばり、顔を上げる理由には十分だ。

「……式場へ向かいましょう。途中から入ると目立ってしまいますが、主役は叙翼を受ける園香ちゃんたちなんですから、少しくらいいいですよね」

手の甲でぐいっと自分の目元を拭《ぬぐ》い、桜は無理やり晴れ晴れした顔で言い放つ。それから教室の入口へ向かい、式典の行われている『会場』へ急ごうとする。

「私の言えたことではないだろうが……天塚たちを、許してやってくれ」

その桜の背中に、不意に高屋敷が投げかけた言葉があった。

それは常に威厳と覇気に満ちた高屋敷らしからぬ、縋《すが》るような声音だった。

「民間人を守り、奉仕する。それが自衛官の務めだと、そう天塚たちに教育したのは私だ。それが、異次元の侵略者が現れた途端、状況が変わったと都合よく曲げられるほど、あいつらの信念も安く鍛えたわけではなかった」

高屋敷にとって、弥生たちは二度目の教え子。——一度目と二度目で、それぞれ異なることを強いなくてはならない高屋敷の葛藤《かっとう》、それは想像もできない。

高屋敷にも、葛藤があったのだ。きっと、弥生や晃にも、同じものがあって。

「——はい、わかっています」

入口で足を止めた桜は、いくらかの沈黙のあとでそう答えた。

弥生にも晃にも、桜への敵意などない。悪意などない。あるのは思いやりだけ。

あとは、桜に彼女たちの思いやりさえ撥《は》ね除《の》ける、覚悟があるかどうか。

それを証明してみせようと、高屋敷に誓いを立てんとして桜は振り返った。

正面に立つ高屋敷に、覚悟を宣言する。——その、瞬間だった。

「————」

高屋敷の背後、教室の窓の彼方《かなた》、その青い空がゆっくりと揺らぎ、光が生じる。

——彼方の空に、光の柱が、生じたのだ。

第六章　『Fatal War』

1

――同時刻、静岡県コンサート会場。

　会場を支配する熱狂と一体感は、眩《まばゆ》い夏の暑気すらも呑《の》み込む勢いを持っていた。

　数万人が一堂に会したコンサート会場に響き渡るのは、この年の日本の音楽業界の話題を席巻《せっけん》した流行曲。五人の少女たちが歌って踊り、ステージ上を縦横無尽に行き交いながら手拍子を求めれば、観客は手を打ち、サイリウムを振り回す。

　この瞬間、熱狂の中心地であるコンサート会場は現実と切り離され、演出と没頭が生み出す非日常を展開し、観衆を魅せていた。

　煌《きら》びやかな光が日常を侵食し、色とりどりの画面演出が世界観さえ書き換える。そんな強烈な体験を味わいながら、観客たちはさらなる変化に声を上げた。

「おい、あれ見ろ！」

最初にそう言ったのが誰だったのか、熱狂の渦の中ではもはやわからない。ただ、それは会場中の各所で上がった声で、ほとんど全員が同時にそれを見た。

誰もが声を失い、目を見張る。——視線の先、そこにあるのは巨大な山だ。

この日本に生きるものの中で、霊峰富士《ふじ》の存在を、名前を知らないものなどいない。そんな日ノ本の御山の代名詞たる富士山に、変化が生じていた。

晴れ渡り、山頂の見える富士の頂——そこに、光の柱が立ち上っていたのだ。

驚きが伝搬し、それは次の瞬間には華やぐ歓声へと変わった。

思いがけないサプライズに、歌声に酔い痴《し》れる観客たちだけでなく、ステージの主役である煌びやかな衣装を纏《まと》った少女たちも手を打った。

この日のコンサートは、彼女たちのグループが結成されて三年目の記念日であり、それを祝うためのスタッフの粋な計らいと、演者と観客の感想が一体となる。

故に——、

「……あれ、なんなんだ？」

富士の頂に生じた変化を目の当たりにして、感動より驚きと疑念が先行したのは、そうした大掛かりなサプライズに心当たりのない会場スタッフだけだった。

互いに顔を見合わせ、誰かが内緒で企画した演出なのかと確認が行われる。しかし、スタッフはもちろん、責任者も含めて誰もあの光の柱に覚えなどなかった。

そして、その確認作業の遅れと、致命的な平和ボケこそが最悪の事態を招く。

「待って、光の柱って――」

と、スタイリストが不穏な気配に頬を歪《ゆが》めたのと、それは同時だった。

霊峰富士の頂に生えた光の柱、それが赤々と禍々《まがまが》しい色へと変わり始める。それに呼応するように空は血色に染まり、直後、『それ』が世界をこじ開けた。

光の柱を注視していた以上、誰もがその出現から目を逸《そ》らすことができなかった。

それは、ひどく禍々しい形状をしていた。

それは、ひどくおぞましい習性を隠さなかった。

それは、ひどく現実感を喪失させる、夢か幻からの来訪者。

それは――、

「――ピラー」

誰かが、ほとんど聞きかじりの知識を口にしたような調子の声だった。

それを口にしたのが誰で、それを聞いたのが誰か、それを追及する意味はない。だが、異形の存在はその呼び声を切っ掛けとするように動いた。

――放たれる無情の光が、コンサート会場の観客を容赦なく薙《な》ぎ払った。

2

霊峰富士に聳《そび》え立つ光の柱——のちに、世界で九本しか確認されていない特別警戒対象の一つとして認定されることになる、富士プライマリー・ピラー。

富士山を我が物顔で占拠し、空を赤く染めた光の柱の禍々しい自己主張は、ほとんど同時に日本中へ知れ渡る。その光の柱より溢《あふ》れ出す、異形の侵略者の存在も。

朱色の空を埋め尽くすのは、星形をした異形の存在。空を星々が瞬くのは自然なことだが、生憎《あいにく》とそれは不自然で、何よりおぞましい。

星形をしたそれは星ではない。——ヒトデに近い異形だった。

全身に無数の突起と、中心に赤い宝玉のようなものを宿したヒトデが空を舞い、自然や街並みを眼下にしながら、次々と光の粒子をまき散らす。

新雪のように舞い散るそれは、建物や人の上に区別なく降り注ぎ——破壊が生じた。

町が、人が、平和が、蹂躙《じゅうりん》される。

——ここに、日本中が享受していた平穏は破られ、戦いが始まる。

それは終わりの知れない侵略者との戦い、その前哨戦《ぜんしょうせん》となる歴史的一戦——、

――『第一次浜松攻防戦』の幕開けだった。

叙翼式に参列する自衛官――以後、国際平和維持機構の一員となり、その極東支部と呼ばれることになる組織の関係者は、光の柱の出現に対して即座に動いた。

「――情報を集めろ！　民間人の避難を急げ！」

「哨戒機を出す！　一刻も早く！」

「富士山だ！　ああ、そうだ、富士のてっぺんに現れた！　恐れていた事態だ！」

次々と怒号が上がり、全員の視線が彼方に見える富士へ向かう。赤々と染まる空の下、そこでどのような被害が生まれているのか、詳細はわからない。

だが、各所との連絡が飛び交い、事態の把握に努める自衛官の顔色は一瞬で悪化する。それが図らずも、取り返しのつかない事態の訪れを如実に示していた。

その緊張と混乱は、式典に参加する渡来《わたらい》・園香《そのか》にも伝搬し――、

「――園香！　しっかりおし！　ボケっとしてる場合じゃないよ！」

「――っ、や、弥生《やよい》お姉ちゃん」

硬直していた園香の肩を、隣の弥生が摑《つか》んで揺すっていた。その手の感触と声で我に返り、園香は周囲の喧騒《けんそう》を見回しながら、

「な、何があったの？　あの、富士山のてっぺんのって……」

「最悪のタイミングだよ。……あれが、あたしらの敵中の敵ってやつだ」

遠目に見える、禍々しい赤い光――それを指差した園香の言葉に、弥生が忌々しげに頬を歪めながら答える。それが、最悪の答えだった。

一目でわかる。――あれは、魂の根底から相容《あいい》れない敵なのだと。

「侵略者、ついに日本上陸ってか……園香！　あんたは避難だ。急ぎな」

「わたしはって……弥生お姉ちゃんたちはどうするの⁉」

「生憎、叙翼される前にこの状況だからね。いったん、前の立場に戻る……本庄《ほんじょう》！　避難誘導だろ！　園香を頼むよ！」

「お姉ちゃん！」

離れたくないと、弥生の腕を園香が掴む。しかし、弥生はその指を優しくほどくと、瞳《ひとみ》を潤ませた園香の頭を撫《な》でた。

そして、「いい子にね」と園香に笑いかけ、颯爽《さっそう》と背を向ける。

「晃《あきら》！」

「あいあい、わかってるッス！　ソノっち！　いい子にしてるッスよ！」

走り出した弥生に呼ばれ、晃も園香にウィンクしてから会場を飛び出していく。他の先任や、叙翼式に参加した基地の隊員たちも、素早く自分の持ち場へ走る。

そしてそれは、予備自衛官である園香も同じはずなのに――、

「渡来さん！　私と一緒にきて！　すぐに避難するわ！」

「本庄さん……でも、わたしも自衛官なのに……」

「――。ええ、そうよ。あなたも自衛官なら、上官の命令に従いなさい！」

逃げることに躊躇《ためら》いを覚える園香に、本庄は容赦なくぴしゃりと言った。その剣幕《けんまく》に反論を呑《の》み込み、園香は涙目になりながらも頷《うなず》く。

上官命令、この場合は弥生の命じた避難が、園香のやるべき仕事なのだと。

「大丈夫、あなたを傷付けさせはしないわ。そんなの、沖田《おきた》さんに顔向けできない」

「桜《さくら》さん……」

頷いた園香の腕を取り、避難誘導を始める本庄が厳しい顔で呟いた。その本庄のこぼした名前が、園香の心を富士山と同じぐらい揺すぶる。

沖田・桜、ウイングメイト、一緒に飛べると思った、優しくて温かい人。

酒杯が彼女を認めず、項垂《うなだ》れる桜に園香はろくな言葉をかけてあげられなかった。そのまま置き去りにしてしまった桜と、また話がしたい。

また、園香と会って話したいと、思ってくれているだろうか。

「渡来さん！」

思考に足が止まりかけ、本庄の呼びかけに園香は奥歯を噛《か》み、足を動かす。

今はひたすらに、避難という命令順守だけが、心を保つ園香の軍事行動だった。

3

防空識別圏への未確認存在の侵入、および日本国への領空侵犯。

非常事態を報《しら》せる緊急警報が鳴り響く中、F-15戦闘機がスクランブル。空へ上がった鋼の鷲《わし》は、最大速度マッハ2・5に達する蒼穹《そうきゅう》の覇者だ。

それが、日《ひ》出《い》ずる国《くに》を蹂躙せんとする侵略者に対し、鋭い嘴《くちばし》を差し向ける。

「――なんて薄気味悪い奴らだ」

コクピットで操縦桿《そうじゅうかん》を握るF-15のパイロットが、光の柱から出現した異形の敵――ピラーの存在を目視し、そう吐き捨てる。

生理的嫌悪感を催させる不愉快なフォルムと、単純な有機体と一線を画した質感。あるいは機械と見紛《みまが》う光沢を纏った敵は、その全身から破壊の雪をまき散らし、人々の日常を非日常へ塗り替え、その衝動を満たしていた。

「――――」

瞬間、パイロットの胸中を支配したのは、強い強い自責の念だった。

遊んでいたわけではない。片手間で勝ち取れるほど、F-15のパイロット――イーグルドライバーの座は軽いものではなかった。だが、それでもなお足りなかった。

想像力が、備えが、準備が、覚悟が、戒めが、足りていなかった。

「その報いを、俺と一緒に受けろ、ヒトデ野郎……！」

自身への怒りと、それ以上に相手への怒りを込めて、パイロットが機関砲の照準をピラーに合わせる。間近に迫る報復の一撃、それに気付かず優雅に飛行する恥知らずの土手っ腹へと、容赦なくF-15の火力が牙《きば》を剝《む》いた。

放たれる機関砲の直撃を受け、ピラーを中心に空に真っ赤な火花が咲く。

毎秒百発の攻撃を浴びて、無事でいられる生物など存在しない。火花と爆煙の向こう側に砕かれたピラーの残骸《ざんがい》を予期し、パイロットはF-15を旋回させる。

――そのF-15のコクピット内に、緊急事態を報せるアラートが鳴り響いた。

「――っ」

何事かと計器の反応を確かめ、パイロットは即座に異常の原因を察した。何のことはない。高速で飛行する戦闘機の各部が火を噴き、損傷を訴えていた。

そしてその損傷の原因は、先ほど機関砲を全身に浴びせたピラーによるものだ。機関砲の火力に砕かれ、バラバラに飛び散ったように見えたピラー。しかし、ピラーは近代兵器の破壊力に屈したのではない。自ら、分散したのだ。

そうして、獲物が勝利を確信した喉元《のどもと》へ食らいつき、致命傷を与える。

「――本部、こちらドラゴン3。敵の存在を確認、攻撃を実行した。だが、撃墜ならず」

『――――』

通信機越しの報告に、担当オペレーターが絶句する気配が伝わってくる。指揮所の方にも、このF-15が受けた被害は伝達されているはずだ。

帰投しろと、生きて帰れと命令があるのはすぐにわかった。だが、悲痛な色を帯びたその命令が、実行困難なものであるともすぐわかる。

平和だった日本、それを終わらせた憎き敵と最初に接敵した鋼の鷲――その選ばれたイーグルドライバーとして、男は自身の役目を果たすことを選ぶ。

最後の最後まで、この正体不明の侵略者の情報を指揮所へ伝える。

目に見えるものを。肌で感じたものを。経験からわかる情報を、可能な限り。

その悪足掻《わるあが》きのような戦いが、朱色に染められる空を切り開くために役立つと信じて。

「調子に乗るなよ、侵略者。――これで勝ち誇れるほど、俺たちの諦《あきら》めはよくないぜ」

中指を立てて言ってやりたいところだったが、機体の姿勢を制御するのに手一杯で、そこまで格好つける余裕がなかった。

ただ、最後まで涙声にならずに済んだ分、根性では勝ったと、そう言えただろう。

4

――F-15戦闘機がピラーと接敵、直後に被弾、撃墜される。

それが、日本とピラーの最初の戦いの戦績であり、その後も悲報は連続する。各基地からスクランブル発進した戦闘機が空へ上がり、富士を中心に被害を拡大するピラーを止めるべく攻撃を仕掛け、次々と撃墜されたからだ。

それは大きく俯瞰的《ふかんてき》な視点を持つものからすれば、ひどく喜劇的な過ちだった。

通常兵器の攻撃はピラーに通用しない。それが欧州での常識であり、日本でも共有されていたはずのピラーの特異性の一端だ。

それ故に、人類は神が与えた矛である、ワルキューレの力を借りるしかないのだと。

然《しか》るに、この日のピラーの侵攻は、戦術的に完璧《かんぺき》なタイミングだったと言える。――日本にワルキューレの存在しない最後の一日、それが今日だった。

今日を逃せば、ピラーは『戦乙女《いくさおとめ》』に手痛い反撃を受けていたはずだったのだ。

だが、機を逃さなかったことで、ピラーは人類に対して一方的に有利な立場を得た。

このとき、国防のために自衛隊ができたことは、通用しないとすでにわかっている通常兵器を差し向け、ピラーに対して最大火力を叩《たた》き込み、時間を稼ぐこと。

そして、作り出された時間を使い、民間人を避難させることだけだった。

それすらも、有事に備えて覚悟を決めていた士官たちの有能さの限界だった。

だから、決して彼らには責められる謂《いわ》れはない。

富士の山より四方へ散ったピラー、その狙いが自らを脅かす可能性を持った存在への攻撃であるなどと、この時点では察しようのないことだったのだから。

「――――」

白光が視界の端をちらついた瞬間、桜は衝撃に突き飛ばされていた。

脇目も振らずに走っていたため、とっさの抵抗をする余裕もない。軽く突き飛ばすだけの衝撃だったが、踏みとどまれずに横転する。

「高屋敷《たかやしき》きょうか――」

自分を突き飛ばした相手の名を呼び、桜は倒れる地面に手をつこうとする。しかし、その手は地面を空振り――否《いや》、地面の方が桜の手をよけていた。

光を浴びた大地が膨れ上がり、衝撃波に呑《の》まれた桜の体が宙へ浮かぶ。そのまま天地がひっくり返る感覚を味わい、桜の喉がか細い悲鳴を上げた。

反射的に頭を庇《かば》い、地面に激突する桜が苦鳴を漏らす。背中を強く打った。が、致命的な傷はない。手も、足も折れていない。

それを確かめて、桜は咳《せ》き込みながら体を起こして――、

「――え？」

桜の眼前、完全に倒壊した建物が道を押し潰《つぶ》し、景色が一変していた。直前まで桜が走

っていた道も破壊に呑み込まれ、その原形をとどめていない。

もしもここに人間がいれば、その末路など想像に難くなかった。

「高屋敷、教官……？　教官？　ど、どちらですか？　教官……」

教室で、富士山の頂に光の柱が聳《そび》え立つのを見た。

直後、混乱する桜の腕を引いて、味方との合流を急いだ高屋敷。彼女と一緒に建物の外へ飛び出し、式典会場へ向かおうとしたところで——先の、衝撃だ。

「——うえっ」

込み上げる嘔吐《おうと》感に腕をつき、桜はその場に胃液を吐き出した。

緊張で食事が喉を通らず、朝食は抜いてしまった。だから、吐き出せたのは胃液だけ。胃が絞られ、喉が焼ける痛みを味わい、桜は涙目で顔を上げた。

周囲、状況は変わらない。抉《えぐ》れた大地も、崩れた建物も、姿の見えない高屋敷も。

「——っ」

へたり込んだ桜の頭上を、轟音《ごうおん》を立てながら二機のF-15が通過する。

空を翔《かけ》る戦闘機が追い縋《すが》るのは、奇妙な形をした空飛ぶ敵性存在。それがこの破壊をもたらしたのだと察し、桜はようやく理解した。

攻撃を受けたのだ。そして、直前に気付いた高屋敷が桜を突き飛ばした。

「——」

高屋敷に救われたのだと、じわじわと実感が湧き上がってくる。

命を拾ったことの安堵《あんど》と、救ってくれた恩人が見つからない切迫感。高屋敷を探さなくてはと焦る反面、冷たい思考が助かるわけがないと現実的に結論する。

――このぐちゃぐちゃになった景色のどこに、人が生き延びる余地があるのかと。

「いや……いや、いや、待って……待って、ください」

嫌々と首を横に振り、桜は自分の黒髪を掻き毟《むし》るようにして慈悲を乞う。しかし、誰に許しを願えばいいのか、それさえもわからない。おぼつかない。

ただ、こんなはずではなかったと、後悔の念が胸を押し潰そうとしていた。

「私は、戦うために……」

この場所へきた。断じて、ここで泣き喚《わめ》くためではない。

最後の最後、戦うための試験で心を挫《くじ》かれ、再び立ち上がるために魂を武装して、先をいったウイングメイトを追いかけると、そう未来を見据えたはずだった。

それは、なんて甘ったれた考えだったのだろう。

明日が必ずくることを期待するなんて、今日を死ぬ気で頑張れないものの言い訳だ。

「――――」

絶句する桜の周囲、轟音が立て続けに起こり、基地の各所に黒煙が上がる。

桜は本能的に、それが『戦乙女』を狙った敵の先制攻撃だったのだと理解する。あの敵性存在は、自分たちを脅かす可能性を先んじて排除にやってきた。

つまり、ここで人が死んだのも、これから人が死ぬのも、全て桜の責任だ。

「――オーディン」

静かに、桜の唇が紡ぎ出したのは、自責や後悔の念ではなかった。桜の脳を、胸中を支配するそれらを上回り、溢《あふ》れ出したのは見えざる存在への渇望。

それは、我が物顔で空を占拠する卑怯《ひきょう》者と戦う力を与える、超常の神。

「オーディン、オーディン、オーディン。――オーディン!!」

強く地面に爪を立て、先端の割れる痛みを味わいながら、桜は吠《ほ》え、立ち上がった。膝《ひざ》が震え、声は嗄《か》れ、美しいと言われた顔を凶相に歪《ゆが》め、立ち上がった。

怒りだった。怒りが、沖田・桜を突き動かす原動力となっていた。

それは己への怒りであり、敵への怒りであり、不条理への怒りであった。その怒りに視界を赤く染めながら、桜は空を仰いで吠える。

「オーディン！　私は、ここに泣きにきたわけじゃない！　私は、戦うためにきた！　あなたが、私の背を押した！　それなら、責任を取りなさい！」

夢枕に立ち、資格あるものと桜を選び、父や親友との決別を経験させた大神。その後、音沙汰《おとさた》のない無責任な神へ向け、桜は容赦なく噛《か》みついた。

従順に、分別ある娘として生きてきた桜の、それは反逆だった。

「私を、戦わせなさい――ッ!!」

戦って死ぬのなら、本望だった。だが、戦わずして死ぬなら、何の意味がある。

返せ、返せ、返せ。――沖田・桜が、沖田・桜としてここへ立った意味を。

奪われずに済んだはずのものを奪われ、失わなくてよかったはずのものを失い、掬《すく》い上げることのできたはずのものを取りこぼした。

この手に、戦うための力を欲し、桜の伸ばした手が空をも摑《つか》む――。

「――オーディン!!」

血を吐くような絶叫が、沖田・桜の魂からの叫びが、大気を震わせた。

そしてそれはおそらく、この世で最も、神の望みに適《かな》った渇望だった。

故に、神はこの世で最も必死なるものの下へ、その奇跡の翼を遣わした。

「――――」

強い風が巻き起こり、桜の長く艶《つや》やかな髪がそれに躍った。

熱を孕《はら》んだその風は、爆発がもたらすそれとは違うと肌で感じる。不思議と、桜は一切の疑いなく、それが自分のための風だと理解していた。

――風が、この翼を運んできたのだと。

「桜色……」

風になびく髪を押さえ、振り返った桜は眼前に現れたそれに目を細める。

それは、この浜松基地で一度も見かけたことのない、旧時代の骨董品《こっとうひん》と呼ぶべき機体だった。――P-51と、その名で呼ばれた大戦中の名機。

そんな事実さえも桜は知らない。知らないが、それで十分だった。

名前を知らなくとも、役割はわかる。役割がわかれば、仕事を果たせる。

「――――」

今一度、倒壊した景色に目をやり、桜は唇を噛みしめた。目をつむれば、脳裏を過《よぎ》るあまりに多くの記憶――それを燃料として燃やし、魂が火を噴く。

体の痛みを無視し、桜は翼へと手をかけた。座席に飛び込み、前を向く。

桜を救うために、その命を懸けた恩師に報いるべく、この瞳《ひとみ》を汝《なんじ》へ捧《ささ》ぐ――、

「――沖田・桜、参ります」

5

浜松基地上空、飛空する敵性存在とのドッグファイトを繰り広げながら、F-15のパイロット――松樹《まつき》・元春《もとはる》は信じ難い衝撃と戦い続けていた。

松樹は、若くしてイーグルドライバーに選抜された優秀な軍人だ。

故に、人類を脅かすピラーに対して、自衛隊の中でも正しい認識を持っていた一人だ。通常兵器が通用せず、ジェット戦闘機と同等の挙動を可能とし、意思疎通の叶《かな》わない絶対の障害として君臨する侵略者、ピラーの存在は頭に叩《たた》き込んでいた。いずれ、奴らと戦う日がくると、平和を楽観視していなかった一人だったからだ。

その自分の認識さえ甘かったのだと、松樹は想像以上の脅威に奥歯を噛《か》みしめる。

「基地が……」

難敵の排除に出撃した松樹は、眼下に黒煙を上げる浜松基地を見る。

叙翼式が行われ、その努力の成果を世界に認められるはずだった戦乙女たち。彼女らの新たな一歩となる式典会場は、遠目にも惨憺《さんたん》たる有様だった。

情報が錯綜《さくそう》し、攻撃を受けた基地の被害の詳細はわからない。無論、それが戦闘中の松樹の雑音にしかならないことを通信士たちも理解している。

だから、松樹にできたのは祈ることと、抗《あらが》うことだけ。

「これ以上、やらせてたまるかよ!!」

『同感だ』

吠える松樹に同意したのは、入隊の頃から成績を競い合ってきた同期の竹内《たけうち》だ。同時にイーグルドライバーとなった戦友と、ピラー相手に国内初の波状攻撃を仕掛ける。

景色を置き去りにしていく高速戦闘の最中、松樹と竹内の操る二機のF‐15は上下から、切り裂くように異形の敵へ襲いかかった。

火を噴く機関砲、それがピラーの全身に食らいつき、容赦なく爆《は》ぜさせる。が、それで終わりでないことは、最期まで交信をやめなかった殉職者から伝わっている。

爆ぜたピラーはその体軀《たいく》を小さくしながら、なおも変わらぬ火力を維持し、粉雪のような破壊をぶちまけ、空を白く染めた。

「――ぐッ」

突如として空に出現した白い霧、それを躱《かわ》すのは雨粒を避ける神業に等しい。とっさに機体を傾け、被害を最小限にとどめるのが松樹の技量の限界だった。

衝撃に機体が揺れ、コクピット内に危険を報《しら》せるアラートが鳴り響く。通信士の声が悲痛なものを帯びる中、松樹は最善を求めて機体制御に集中した。

そして、何とか機体を墜落の恐れから立て直し――、

『――元春!!』

瞬間、届いた戦友の声は、聞いたことのない悲壮感に塗《まみ》れていた。

その声があまりに普段の彼と違いすぎて、思わず場違いにも笑いそうになってしまう。

そうする余裕があるくらい、意識と現実の速度が嚙み合っていなかった。

人生の最後に見るという走馬灯は、命の危機に晒《さら》された肉体の防衛反応で、脳がこれまでの人生経験の中から生き残る方法を模索する手段と聞いたことがある。

ならば、何もかもがスローモーションに見えるこれも、それと同じ現象だろうか。

コクピットの風防の向こう、高度を下げるF‐15にピラーが追いついてくる。ヒトデそっくりの形をしたピラー、その中心に光が集まった。

収束した光が放たれれば、それは終焉《しゅうえん》となって松樹の魂を焼き尽くすだろう。せめてもの抵抗に、機関砲の照準を合わせようとするが、間に合わない。

光が、松樹の視界を焼いて――、

「――」

――刹那《せつな》、上空から降り注ぐ無数の弾丸が、ピラーを直上から噛み砕いていた。

松樹へのトドメを優先し、完全に無防備だったピラーを襲った鉛玉の洗礼。それが竹内による援護だとしたら、ピラーの凶行は止められなかった。

通常兵器は、この人類の外敵に通用しない。その、魂に届くとしたら――、

「――Valkyrie」

松樹の唇が、導かれるようにそれを紡ぐ。

その直後、光の粒子へと変わっていくピラーを衝撃波で吹き飛ばし、颯爽《さっそう》と空を翔る時代遅れのレシプロ機――桜色のP‐51が、美しく戦場へ参戦す。

――『戦乙女《いくさおとめ》』の戦いが、日ノ本の空で苛烈《かれつ》に、華やかに展開する。

6

英霊機のコクピットに収まり、操縦桿《そうじゅうかん》を握る桜は昂揚《こうよう》していた。

他の、表現のしようがない。桜は昂揚していた。戦いに、空に、鋼の翼に――。

「――は」

牙《きば》を剝《む》くように息を吐いて、桜は眼前に敵を捉《とら》え続ける。

神か悪魔か、超常の存在から賜った英霊機は、まるで桜にとっての手足の延長のように自在に操れた。――否《いや》、手足の延長というのは正確ではない。翼だ。

生まれつき、翼の使い方を知らない鳥がいないように、桜にとって英霊機を駆ることは魂に紐《ひも》づいた当然の帰結だった。

古い映画の中でさえ見かけない骨董品然としたP-51の内装、ごちゃごちゃとした機内にある計器やスイッチ、あらゆるものの意図が本能的に理解できる。

この感覚を味わえば、この九週間がどれだけ的外れなものだったかすぐにわかる。

フライトシミュレーターの習熟も、覚えることの多すぎる専門用語の数々も、何もかもが無駄だった。不必要だった。羽ばたくためには、翼さえあればいい。

飛びたいという意志と、戦う覚悟さえあれば、それが『戦乙女』だ。

「見えます」

桜に追われ、星形の敵影が右へ左へ、軌道を変えながら逃れようとする。しかし、桜の駆るP‐51は敵の怯えを感じ取り、逃げ道を塞《ふさ》ぐようにして逃走路を遮る。獣じみた鋭敏な嗅覚《きゅうかく》が、ただ鼠を狩る猫の気分でいたピラーへの逆襲を敢行。逃がさない。逃がさない逃がさない逃がさない逃がさない逃がさない。

「――逃がさない」

このピラーが浜松基地を襲い、悲劇を生んだ。

桜の目の前で、恩師を奪った。式典会場が吹き飛んでいたのが眼下に見えた。基地の各所で火の手が上がり、大勢の命が、未来が、奪われていた。

園香は、弥生は、晃は、どうなったのか。――蛮行を、許してはならなかった。

叙翼式に参加するつもりだった制服姿で、ゴーグルとヘルメットも未着用。出撃のための許可を得ていないどころか、英霊機には指揮所と交信する無線も未搭載。

本来のP‐51には不可能なはずの規格外の軌道を描きながら、桜は空を舞い、ピラーへと追い縋《すが》り、その無礼な侵略者へと機関銃を叩き込む。

逃げるピラーの全身が鉛玉に食い破られ、バラバラの光となって風に散った。

射撃の衝撃がシートを通じて桜の全身に跳ね返る。甘美な感覚、戦いの証《あかし》、護国の敵を打ち滅ぼす多幸感、それらが混ぜこぜになり、視界が広がる。

まるで、三百六十度を絶えず目視できるような不可解な感覚に支配され、桜はその特権に溺《おぼ》れながら、空の青さを独り占めにする。

ピラーに追われ、危機的状況にあったF-15を救い、桜はなおも空の高みへ。

離脱していく二機の友軍を見送り、桜は深く息を吸い、吐いた。そして、眼下に続々と集まってくるピラーの群れへと、その爛々《らんらん》と輝く黒瞳《こくどう》を向ける。

仲間意識でもあるのか、あるいは集団が共有している本能的な反応なのか。星形のピラーが集い、国内唯一の『戦乙女』を滅ぼさんとやってくる。

十、数十、百へ迫る過酷な敵の増援。初陣には厳しすぎる戦場を委《ゆだ》ねられ、しかし、桜は絶望するどころか、口の端を歪《ゆが》めて笑った。

ここにこれだけ敵が集まるなら、その分だけ他が手薄になったはずだ。

友軍が、民間人が、誰かの大切な誰かが危険に晒されるのを防げるのなら、沖田・桜が空へ上がった理由はそれが全部だ。

だから――、

「かかってきなさい、侵略者。あなたたちの蛮行を、日ノ本の桜は許しはしない」

その桜の啖呵《たんか》が聞こえたわけではないだろう。だが、P-51を駆る『戦乙女』から危険な戦意を感知し、集うピラーが一斉に雲上の彼女へと迫る。

それらを一身に引き付けながら、桜の絶望的な初陣は続行された。

7

――そうして、無数のピラーと戦い続ける桜色の英霊機を、瓦礫《がれき》の下に横たわりながら天塚《あまつか》・弥生は見上げていた。

「あ～、ありゃ桜かねえ。わかりやすい機体に乗ってるじゃないさね。沖田・桜だから、桜色のピンクの機体……くく、P-51とは優等生のあの子らしい」

目を細め、大戦時の骨董品には実現できない速度で飛行、旋回するP-51を見やり、弥生は口の中に溜《た》まった血の味のする唾《つば》を吐き出す。

『戦乙女』――ワルキューレの賜る英霊機とやらが、旧時代のレシプロ機の姿をしているというのは有名な話だ。何故、そんな過去の遺物が近代兵器と同じような速度で飛び、ピラーとの戦いに比類ない戦果を挙げられるのか。

それは、その古臭い骨董品の強さを信じる、人々の信仰心が関係しているとか。

「ま、確かにあたしも最新の戦闘機より、レシプロ機の方にロマンは感じるね。今時の機体はどうも遊びが足りなくて、あたしみたいな女は満足させられないから……」

「……姉御、やけに口が回るッスねえ」

「お」

寝そべり、うわ言みたいに呟いていた弥生は、その聞き慣れた声に眉《まゆ》を上げた。窮屈な首を動かし、周囲を見回す。すると、少し離れたところに小さい手が見えた。

目を凝らすと、それが瓦礫の隙間から飛び出した相方の、晃の腕だとわかる。

「あんた、またうまいとこに挟まって……無事かい？」

「幸い、手足は全部くっついてるっぽいッス。けど、いい感じに腰が瓦礫に挟まっちまいまして……崩れたら、そのままお陀仏《だぶつ》ッスかねえ」

「そうかい。まぁ、あたしも似たようなもんではあるかな」

晃ののっぴきならない事情を聞いて、弥生も沈んだ声音でそう答える。そして、自分の感覚の鈍い足の方を見て、見るんじゃなかったと頬を苦くした。

崩れた建物の残骸《ざんがい》が重なり合い、幸いにも弥生を押し潰《つぶ》してはいない。が、その身動きを封じていたのは、飛び出した鉄骨に貫通された弥生の左足だ。

ざっくりと、その白い太ももを鉄骨に貫かれ、大量の血が制服を赤く染めていた。

「ぐ……見た途端、痛みがきやがるじゃないさね……！」

意識した途端にやってくる痛みに奥歯を噛み、弥生は自由な腕で瓦礫を叩《たた》く。残念ながら、痛みは紛れない。千枚通しを足に押し付けられるような痛みが脳を焼く。

動けない。それは、巨大な瓦礫に四方を塞がれた晃も同じことだった。

「……あーしから見えないんスけど、なんスか？　今、桜っちがどうとか言ってませんでした？」

「ああ、それが傑作なんだよ。あいつ、F‐15が手も足も出ないピラー相手に、古臭いレシプロ機で戦ってやがるのさ。――あれが、英霊機だね」

「英霊機……ってことは、戦乙女としての覚醒《かくせい》ってことッスか。そしたら、嫌われるの覚悟で小細工したの、意味なかったッスねえ」

「……ん、そうだね」

　雲上、取りついてくるピラーを引き剝《は》がし、錐揉《きりも》み回転する英霊機が翼で異形を切り裂く。再び加速と上昇を繰り返し、桜色の機体はピラーを翻弄《ほんろう》、手玉に取る。

間違いなく、その実力はピラーに比肩し、一体一体を圧倒している。

しかし、その数の差は歴然で、どちらが優位なのかもまた、明快だった。

「神様のコップは？」

「コップて。せめて杯でしょうに。……まだ、持ってるッスよ」

　弥生の問いかけに、晃が甲高い音と共に答える。おそらく、持っていたヘイズルーンを瓦礫にぶつけて鳴らした音だ。どちらが罰当たりだというのか。

　――叙翼式の前、教室で行われた資質検査で、弥生と晃が画策した計画。それは、桜が酒杯を手に取る寸前で行った、神器と偽物とのすり替えだ。

　桜の手の中、酒杯が無反応だったのも当然のこと。あれは、本物の神器によく似せただけの偽物で、本物はずっと晃の上着の中に隠されていたのだから。

「あたしがでかい声で注意を引いて、その間にそっくりな偽物とすり替える……あんたの写真趣味と、小器用さが役立ったね」

「初日の夜、徳利《とつくり》入れ替えたのと同じ手口ッスよ。……まぁ、この様《ざま》ッスけど」

そんな弥生たちの画策も、ピラーの襲来でご破算だ。

無駄に桜の心を傷付けた挙句、自分たちは瓦礫の下敷きになったまま、この国を守るために必死で抗《あらが》う桜を手助けしてやることもできない。

だが、それはあまりにも――、

「――大人として、情けない話じゃぁないさね」

「姉御？　いったい、何する気なんスか？」

笑みや余裕の響きが声から消えて、呟いた弥生を晃が訝《いぶか》しむ。その晃の問いかけに応《こた》えず、弥生は「晃」と彼女の名前を呼び、

「瓦礫の隙間から、神器をこっちに転がせるかい？　あたしの手元に投げ込めたら最高のアシストなんだが」

「……見えないってのに無茶を。適当でいいんで、声出しててもらえます？」

「あー、あー、あー、愛してるー」

「あーしもッス、よ！」

投げやりな愛の告白を頼りに、瓦礫の隙間から晃が神器――ヘイズルーンを弥生の方へと放り投げる。それは放物線を描き、一度床を弾んで、見事に弥生の下へ。

ただし、鉄骨に貫通された左足を直撃し、「ぐぎゃっ！」と悲鳴を上げさせたが。

「姉御？　届きました？　変な鳴き声がしたッスけど、ピラーッスか？」

「あ、あんたにとっちゃそれより怖い相手だよ……ッ。ああ、クソ、大したコントロールじゃないさ、あたしの相棒は！」

言いながら、弥生は転がった酒杯に指を引っ掛け、一気に引き寄せた。そして、真鍮《しんちゅう》製に見えるその酒杯を握り、目をつむる。

途端、空の杯を満たし始めるのは、得体の知れない奇跡が生み出した蜜酒《みつしゅ》――その、溢《あふ》れ出す酒に口を付け、弥生はごくごくと喉《のど》を鳴らしてそれを呷《あお》った。

甘く芳醇《ほうじゅん》な香りが鼻を抜け、思った以上に味がよかったのが妙に癇《かん》に障る。

そして――、

「ぬ、ぎ、があああ――ッ!!」

神代の酒で痛覚を誤魔化《ごまか》し、弥生は鉄骨に貫かれた足を強引に引き抜いた。瞬間、出血が大きくなるが、脱いだ上着を巻き付け、強引に止血する。不幸中の幸いなのは、太い血管を外れていたこと。場合によっては大量出血で一瞬でお陀仏だった。

「一個目の、賭《か》けには勝った……っ！」

「姉御！　今の悲鳴、絶対無茶したでしょ⁉」

「したよ、したさ。だが、いいじゃないか。——たとえ太陽が吹っ飛んだとしても、あたしが死ぬのは一回こっきりだ」

　血が足りず、頭がボーっとしているが、自由は取り戻した。瓦礫の下から体を引っこ抜いて、血で真っ赤に染まった足を震えさせながら立ち上がる。

　壁に寄りかかり、奥歯を噛《か》みしめ、弥生は空を仰いだ。

　守ろうと思ったはずの少女が、自分たちを守るために戦っている空を。

　戦友と、そう呼ばねばならない少女が一人で戦う空を。

「姉御！　ああ、クソ！　重たい！　どかない！　出られないッス！」

「あんたはそこで大人しくしてな。いつも思ってたんだが働きすぎなんだよ。たまにはサボっても罰は当たらない……神のご意思ってやつじゃないかい？」

「そんな言葉で……っ」

　納得がいかないと、瓦礫の下の晃が珍しく声を荒らげている。

　それさえ心地よいもののように聞いて、弥生は傷を押さえるのと反対の手を伸ばした。

　空に向かって、手を伸ばす。——あの、戦翼の舞い踊る空へ。

「——きな、あたしの翼」

8

――滴る水が頬に当たる感覚が、渡来・園香の意識を覚醒に導いた。

「――ぁ」

起きてすぐ、園香を襲ったのは怖いぐらい冷たく感じる耳鳴りだった。

まるで耳の中に氷漬けの鉄棒を突っ込み、それで鼓膜を掻《か》き回されるような不協和音。

もしも一生このままだったらどうしようと、そんな恐ろしい妄想が掻き消せなくて。

「……たらい、さん」

だが、その耳鳴りの向こうに、震える誰かの声が割り込んだなら話は別だ。

途端、集中力が声を聞き取る方へ移り、耳鳴りが遠くなっていくのを感じる。そして、硬い床の上に仰向《あおむ》けの自分に、柔らかい感触が乗っているのがわかった。

園香の胸の上、誰かがうつぶせになっている。抱き合う以上に体が押し付け合う形になっているせいで、相手の心臓の鼓動まで伝わってくるほどだ。

その、命の鼓動がやけに大きくて、速い。速すぎる。

「よかった……気が付いた、のね……」

「本庄、さん？」

すぐ目の前、息のかかるような距離の囁《ささや》きで、相手が本庄とわかる。だが、目を開けても、凝らしても、その本庄の顔が見えない。

真っ暗で、身動きもできない。何があったのか、園香は自分の記憶を探り――、

「――ぁ、叙翼式が」

あった。九週間の試験を乗り越え、叙翼式があって、園香は『戦乙女《いくさおとめ》』として任命されるはずだった。それが、桜がダメで、サイレンも鳴って、富士山が光って。

弥生と晃と別れ、本庄に連れられて避難していた園香。その途中、窓ガラスに白い光が反射するのが見えて、その後のことはもう、わからない。

衝撃に呑《の》まれ、意識が途絶え、それが戻った切っ掛けが、顔に落ちる水滴――、

「――っ、ちが、これ、血？」

「――――」

「ほ、本庄さん？　本庄さん！　わたし、血が、ううん、わたしじゃなくて」

全身、痛くないところを探す方が難しいぐらい痛い。だけど、上から降ってくる血が自分のものである道理はない。これは、真上にいる本庄の血だ。

「どう、して……！」

「だって……私は、自衛官だもの。人を守るのが、お仕事、なの……」

たどたどしい口調で、うわ言のようにお題目を口にする本庄。その彼女の答えに息を詰

め、園香は浅く短い呼吸を繰り返した。

胸中を占める疑問、目の前の本庄の献身だけではない。これまでの九週間、この基地で弥生が、晃が、何よりも桜が見せてくれた、園香への優しさだ。

園香は、己の内側に溢《あふ》れるそれらへの、『何故』の問いかけに潰れそうになる。

「どうして、わたしなんかのために……」

どうして、自分なんかのためにみんなが苦しむのか、悲しむのか、傷付くのか。

——自分のような、必要とされていない人間に。

「誰も、わたしのこと、なんか……だから、ちゃんとしなくちゃ、なのに」

ボロボロと大粒の涙が溢れ、嗚咽《おえつ》をこぼす園香。

その拙い訴えが、意識を曖昧にしている本庄にどれだけ伝わったかはわからない。ただ、本庄の意識をギリギリで支える自衛官の矜持《きょうじ》が、少女の涙を見過ごさせなかった。

覆いかぶさり、瓦礫《がれき》から少女を庇《かば》ったまま、本庄の手が園香の頬を撫《な》でて、

「泣かないで……大丈夫、ここから出て、ちゃんと、みんなと……」

「できない……っ！　みんなとも、会えない……！　このまま、誰にも……お母さんにも会えない！　わたし、何にもできないで、死んじゃう……」

それは、渡来・園香を根本から苛《さいな》み続ける原罪。——最初に必要とされなかった、決して消えることのない罪と罰、その履行だった。

嫌々と首を横に振る。いっそ、消えてしまいたい絶望に、園香は自らを浸し――、

「――いいや、そんなことはさせやしないよ」

そうして、何もかもを投げ出してしまいかけた園香へと、声が届いた。

「え」と、突然の声に園香は目を見開く。すると、金属質な音が周囲に響き、直後、轟音《ごうおん》を立てながらゆっくりと視界に光が差してくる。

誰かが隙間に廃材を入れ、瓦礫をどけたのだ。光の中、一人の男の顔が浮かぶ。

それは、園香の父親と同年代の、口髭《くちひげ》を生やした細身の男だった。

「本庄！　よく踏ん張った！　すぐに助け出す！」

「里見《さとみ》、三佐……はい、ありがとう、ございます……」

男の声に、本庄が相手の顔も見ないで名前を呼んだ。瓦礫がどけられて見えるようになった本庄、降り注いだ廃材やガラス片から園香を庇《かば》い、彼女は血塗《ちまみ》れだった。

「だが、無事だ」

「ぜ、全然、無事じゃないですっ！　どこ見て言ってるんですか！」

「君だよ、渡来・園香くん」

「――ぁ」

瓦礫が取り除かれ、本庄が里見と呼ばれた男に抱き上げられる。その里見の言葉通り、園香には擦り傷ぐらいしかない。無事だった。本庄が、庇ってくれたから。

「富士山のてっぺんにピラーが出て、そこから湧いた小型の群れが攻撃を仕掛けてきた。今、各基地が戦闘機を飛ばしてくれてるが、攻撃が通らない。このままじゃジリ貧だ」

「それじゃ……あ!?」

瓦礫の隙間から這《は》い出して、頭上を仰いだ園香は声を上げた。

風を打ち破り、空を飛び交う自衛隊のF-15、それが飛行の原理も不明な異形の敵と戦う光景が見える。――その戦列に加わる、桜色のレシプロ機も。

「――英霊機」

自然と、園香はその機体こそが、『戦乙女』に与えられる戦う翼と理解した。

誰かが、戦っている。桜色の機体を駆り、この空を守るために、誰かが――。

「……桜さん？」

「わからない。あの機体とは無線が通じないんだ。けど、叙翼式の参加者のはずで……」

「いいえ、桜さんです！　あれは、絶対！」

空を果敢に舞いながら敵を引き付け、最小限の火力でピラーを撃破。青空に光の粒子を散らしていくレシプロ機、そのパイロットが桜だと園香は確信する。

叙翼式への参加を見送ったはずの桜が、あの空で戦っている。

それが口惜《くちお》しかった。先を越されたからではない。桜を、一人にしていることが。

「渡来くん、我々は他にも救援を待っている人々の下へ向かわなくちゃならない。君も、ここにいては危険だ。避難するなら、一緒にきてくれ」

「避難するなら……それじゃ、避難しないなら？」

空を見上げる園香の背中に、本庄を抱いたままの里見の声がかかった。その、本来ならありえない二択を想起させる物言いに、園香は意地悪く問い返す。

振り返れば、父親も同然の年齢の男性が眉間《みけん》に皺《しわ》を作り、唇を噛んでいた。

その苦渋の様子を見ればわかる。――この里見という人は、可哀想な大人だ。

倫理観があり、正常な判断力がある。だが、それ以上に過酷な戦況が見えていて、それを覆すためにそうした前提を踏み躙《にじ》ることができてしまう。

そんな大人の表情に、園香はふっと微笑んだ。

「謝らなくていいですよ」

「……先に言われるとそれこそ立つ瀬がない。何か、できることは？」

「ええと、三佐さんって偉い人……ですよね？」

軍の階級については勉強中だが、叙翼式に参加していたなら偉い人のはずだ。弥生や、高屋敷よりも偉い立場。――園香に、命令を強いることができる立場。

そんな人間に園香が望むことがあるとすれば、貧乏くじを引いてもらうこと。

「――わたしを、必要だって言ってください」

「――――」

「みんなが、わたしを助けよう、守ってくれようとするんです。それで、本庄さんもボロボロになって……そんなの、ダメだから」

園香は年下だから、子どもだから、みんなが守ろうとするのはわかる。

だけど、園香は戦いたかった。――否《いや》、必要とされ、役目を与えられたかった。

だから、その貧乏くじを、傷付けられることを望んでいる大人へ求める。

「渡来くん、君が必要だ」

「……もっと、大きな声で」

「援護なしでは桜くんは長くもたない。君の力を借りたい」

「もっと！」

「――渡来・園香！　空へ上がれ！　この国を救うために、戦え!!」

園香の意を汲《く》んで、里見が吠《ほ》えた。

その里見の言葉に目をつむり、園香は全身に沸き立つ感情のままに手を伸ばした。

あの空で戦っている友の下へ、果たすべき役割を果たすために。

「――きて、わたしの翼」

9

——それは、奇跡的に同じタイミングで空へ乞われた願いだった。

相方を瓦礫の下に閉じ込められ、自らの足を貫通された不屈の女が。
幼い我が身を自衛官に救われ、倫理を踏み躙る大人に背中を押された少女が。
領空侵犯を受ける日出《ひい》ずる国《くに》の空を守らんと孤軍奮闘する、桜色の戦友の下へ辿《たど》り着くための、戦うための翼を欲した。

「————」

基地の二ヶ所で風が生まれ、存在しなかった場所に神からの贈り物が与えられる。
それは美しく、尽きぬ戦意を瞳《ひとみ》に宿した女たちを歓迎し、自分の娘へ迎え入れる。ここに人と神の間の契約は成立し、女と少女は神話の世界へ足を踏み入れた。

明るいブルーの英霊機、『Ｆ７Ｆ』の巨大な機体へ女が乗り込む。
桜色よりなお鮮やかなピンクの英霊機、『Ｍ.Ｃ.72』の特徴的な翼を少女が始動させる。

「――天塚・弥生、ぶちかますよ」

「――渡来・園香、飛びます」

二人の『戦乙女《いくさおとめ》』が覚醒《かくせい》し、二機の英霊機が示し合わせたように同時に空へ上がる。

その飛び立つ二機の英霊機を、基地の各所にいた自衛官たちが見た。やがて、絶望的な気持ちで空を見上げ、ピラーの脅威に怯《おび》える人々も見ただろう。

大戦時代の遺物であり、時代遅れの骨董品《こっとうひん》たるレシプロ機。

だが、『戦闘機』と聞かされて、多くの人間が思い描くモノこそが黴臭《かびくさ》い伝説。

思い込みとは理想であり、嘘とはそうあってほしい現実だ。

故に、思い込みという名の信仰心が、神ならぬ『戦乙女』に神話の時代の加護を賜う。

それが、英霊機が古い戦翼に宿る理由、この空をプロペラ機が守護する理由だ。

新たに戦列に加わる二機の英霊機、その参戦を予期していなかったピラーたちが、鼻面に銃火を浴びて砕け散る。

空を覆い尽くさんとする星形の群れは、光と化した同胞の亡骸《なきがら》を突き破り、初めて青とピンクの新たな敵の存在を知覚した。

青のＦ７Ｆはその強大な翼を広げ、ピンクのＭ.Ｃ.72が信じ難い速度で戦場を突っ切る。

それぞれの特徴を活《い》かし、二機がピラーにまとわりつかれるP-51を援護。

それは戦闘開始以来、息継ぎする暇もなく潜水を続けていたような桜にとって、孤軍奮闘の最中に初めて生じた呼吸のチャンスだった。

「――っ、はぁ、はぁ！」

この国の空を守れる唯一の戦力、その自負が桜に初陣とは思えぬ戦果を挙げさせた。もはや数え切れない数の敵を星屑《ほしくず》と変えたが、それでも空は晴らせない。

あと十数秒、味方の増援が遅れていれば、酸欠に陥った意識は判断ミスを起こし、そのまま命ごと敵に呑《の》まれていただろう。

そこへ――、

『――聞こえるかい、桜！　返事おし！』

「……天塚さん、ですか？」

機内に響いたのは、この九週間で耳に馴染《なじ》んだ弥生の声だった。

それは、英霊機に搭載された無線機からの声だ。指揮所とは繋《つな》がっておらず、誰とも言葉を交わせない環境だったが、同じ英霊機なら交信は可能ということらしい。

そして、この会話が成立しているということは、二機の増援の片割れは弥生だ。ならばもう一人の増援は、彼女の右腕である晃だと――、

『――桜さん！』

「――っ!?　その声……園香ちゃん!?　無事だったんですか!?」

『はいっ！　本庄さんが庇ってくれて……わたしも、戦います！』

二度と聞けないと思っていた相手の声、それを聞いて桜の胸が詰まる。ゆっくり上昇してくるピンクのM.C.72が桜のP-51と並び、キャノピー越しに二人は再会した。

コクピットで操縦桿《そうじゅうかん》を握るのは、勇ましい覚悟を決めた渡来・園香――彼女が生きていてくれて、この窮状に駆け付けてくれるなんて、どんな奇跡なのか。

『ピラーとの戦いに奇跡は欠かせないらしいよ。海の向こうの指揮官の話だ』

相変わらず、桜の胸中を読むのが上手な弥生に先読みされる。だが、今はいい。気にならない。英霊機が三機、園香と弥生の参戦が戦況を変える。

『桜！　園香！　ピラーとの戦闘の勝利条件は！』

「――遅滞戦闘！　敵の消滅までの時間を稼ぎます！」

『ピラーが現れてから、もうどのぐらい経った？』

三人が三人、それぞれピラーの襲撃を受けてから意識がなかった時間があった。それ故に正確な時間は計れないと、園香が難しい顔になる。

しかし――、

「ピラーの出現は、十二時二十一分のことでした。すでに出現から四十分です」

『おいおい、ずいぶんと細かいじゃないさ。どんなカラクリだい？』

「カラクリなんてありません。ただ、叙翼式の間、時計とにらめっこしていて……」

『暗い！　怨念《おんねん》がこもってそうな秒読みじゃないかい！　ともあれ……』

『じゃあ、ピラーの平均出現時間から考えたら……あと、十分くらい？』

桜と弥生のやり取りの大事な部分だけを摘《つま》み、園香が敵の限界を算出する。おおよそ、桜もそれに異存はない。その十分を、一人で稼ぐのは不可能だったろうが。

「今は三人……敵を削れば、より時間は減るでしょう」

『なら、仲良し三人組の力を見せてやるとするか』

『わたしに隠れて、ずーっとケンカしてた二人と一緒だけど』

桜の結論に弥生が同意、そこに園香がちくりと毒を刺し、即席の作戦が実行される。

それぞれの機体性能の把握も、連係の確認も、作戦指揮も曖昧《あいまい》な、史上稀《まれ》に見る最低の初陣と言えただろう。だが、不思議と不安はなかった。

一度起こった奇跡に、その後もご登場いただけると驕《おご》っているのか。

「――いいえ、そうではありません」

その、胸の内に芽生えたほの暗い感情を追い払い、桜は強く操縦桿を握りしめる。

桜にそう言わしめるのは、形のない奇跡への信頼ではない。純然たる事実の認識。自分たちは、『戦乙女』は、ピラーを打ち滅ぼす存在だ。

この翼がある限り、恐れることは何一つないと、桜はそう確信していた。

10

「本当なら、桜も園香も戦わせたくなかったってのに……」

Ｆ７Ｆの機内、大型戦闘機を操りながら、弥生が苦々しい口調でそうこぼす。

無線越しに聞こえた桜と園香、二人の声は元気なものだった。子どもというのは、玩具《おもちゃ》を与えられると大人の心配なんて無視してはしゃぐものだ。

英霊機を手に入れた二人の高揚感も、それとよく似たものだろう。

「それは、あたしも例外じゃないか……」

小さく呟いて自分を戒めながら、弥生は左足の太もも——応急処置をしただけの傷口を手でなぞり、痛みによって冷静さを強引に引き戻す。

この初陣の高揚感は曲者《くせもの》だ。冷静な判断力を奪い、恐怖を忘れさせる。

もちろん、怯《おび》えっぱなしでは兵士は戦力にならない。だが、恐怖が麻痺《まひ》すれば、より危険な判断に身を委《ゆだ》ねやすくなる。それは避けたい。

少なくとも、初陣の三人が揃ってそうなるのは避けなくてはならなかった。

「ったく、あたしとしちゃ珍しい貧乏くじだ。大体、いつもは晃の奴に任せてる役割だってのに……今日は、あたしが引き受けちまったからね」

無線越しの自分の声が、痛みを堪《こら》えるものでなかったかが不安だ。あの頑固な二人に言うことを聞かせるには、せめて弥生が万全だと信じ込ませる必要がある。

「足が痛い。血が足りない。初陣で胸がドキドキするし、晃のバカがいやがらない。気の滅《め》入《い》る要素ばっかりだが……やってやるさ」

首を振り、唇を舌で湿らせ、キャノピーの内側で碌《ろく》な航空装備もないまま弥生は笑う。

誰にも何ともできない難局、それを乗り切ることが軍属の務め。――民間人ができないことを、できなくていいことをやるのが、自分の役目。

「幸い、あたしの信条ぴったりの機体がきてくれた。多少は喰《く》らってもいい。けど、どいちゃならないとこからどかないために、頼んだよ、あたしの英霊機！」

「ホントは戦わせたくなかった、なんて今頃思われてそう」

まさしく、自機の中で意気込んだ弥生の心中を読み取り、園香は微《かす》かに唇を緩めた。

あの瓦礫《がれき》の下、本庄に庇われながら半泣きで訴えた通り、園香は自分が弱く脆《もろ》く、守ってあげなくてはならない儚《はかな》い存在に見えることを知っている。

だから、弥生や晃、桜までもが自分を守ろうとしてくれていたとわかっていた。

わかってはいたが――、

「わたし、必要とされたから」

思いやりは、嬉《うれ》しい。優しくしてくれるのも、嬉しい。

しかし、渡来・園香という少女の魂は、守られるだけの自分を望んでいない。

あの、優しくて健気《けなげ》な仲間たちの思いやりを、園香はこの強固な自我で踏み躙る。その魂を武装する最大の根拠が、里見がくれた命令だった。

飛べと、戦えと、誰かを守れと、他ならぬ園香に命じたあの声が、ある。

望まれたことをするのはいい。求められることをするのは、最高の気分だ。——それが大人の本心でないこともわかっていて、それでもなお。

「わたし、悪い子なのかも」

本当はそうしてほしくないと望まれているのに、それをすることが快い。

まるで、大人を振り回している気分だ。それではいけないと、園香は自分の英霊機——明るいピンクのM.C.72を加速させ、ついてこようとするピラーを振り回す。物理的に敵を振り回し、互い互いに激突させて撃墜する。

それは、欧州では歴戦で知られるワルキューレ——『傷物の赤』と呼ばれる戦乙女が得意とする戦法であり、園香はそれを直感とセンスで実行した。

——否《いや》、そうした戦法に頼らざるを得ない。何故なら、園香の英霊機には不思議と、武装が搭載されていなかった。そもそも、この機体は『戦闘機』ではない。

「レース機で、すごく速いのはわかるけど……」

武装がないから、攻撃手段が見つからない。

相手の鼻先を猛スピードで飛び回り、攪乱《かくらん》し、混乱させて相打ちにさせる。そうして戦局を掻《か》き回すのが、今の園香にできる唯一の手段だが。

「うん、でも大丈夫。——わたし、人の足並み乱すの、得意だもん」


「園香ちゃんと、天塚さんのおかげで……」

息継ぎができた。そのおかげで、ようやく桜にも周りを見る余裕が生じる。

無論、なおも戦闘は継続中。気を抜いていい局面なんてありはしないが、張り詰めた風船のような緊張感は、針で突かれれば容易《たやす》く弾《はじ》け飛ぶ。

必要なのは、途切れぬ緊張感をゴム風船ではなく、強固な糸として保つこと。その糸を切らさないよう意識すれば、桜の知覚は空の大半をカバーする。

押し寄せる敵ピラー、星形のヒトデを模したそれらの数は百から二百に迫ろうかというもので、桜が落とした数は十以上だが、まさしく焼け石に水の戦果。

この戦闘を終わらせる方法は弥生の提案通り、時間稼ぎによる消滅時間への到達。

——人類の外敵であるピラーは、『枯渇現象』という異常事態を引き起こし、出現範囲一帯の自然を荒廃させ、生命力を奪い尽くす習性を持っている。

正しく、世界を滅亡させる侵略行為、それから世界を守るのが人類の役目だが、それは同時にピラーの継戦能力の低さ——早い話、燃費の悪さを意味している。

長くとも一時間、それがピラーと戦う際の戦闘時間の目安だ。

「時間いっぱい、逃げ延びる選択肢もありますけど……」

桜の出撃以来、ピラーの群れはこの浜松基地の空へ集中している。弥生と園香の参戦によってそれは加速し、富士ピラーからの刺客の目標、その中心地はここだ。

もう十分被害の拡大は阻止したと、自分を称賛する言葉は尽きない。

——だが、遠目に見える富士の山、その頂を占拠した光の柱がその考えを否定する。

あれが我が物顔で傲慢《ごうまん》に振る舞う中、消極的な手を打つことなど考えられなかった。

可能なら、この日、空を埋め尽くさんとするピラーの群れを壊滅させたい。しかし、そうするには決定力が不足して——、

「……ピラーの動きが、おかしい？」

反撃の糸口を探し、桜が己の知覚をなおも空に広げる。三百六十度を俯瞰《ふかん》する『鷹《たか》の目』とでも呼ぶべき感覚が、奮戦する弥生と園香、空の戦場の違和に気付いた。

武装のない園香と、その超防御力で耐久する弥生。それぞれの機体の特徴を把握しながら、桜はピラーの攻撃がやけに弥生に偏っている事実に気付いた。

もちろん、それだけ弥生の英霊機が強力である可能性もあるが——、

「ピラーの行動に気紛《きまぐ》れなんて考えられない。叙翼式の日を狙い、候補生である私たちを

狙ってきたはず。だとしたら、天塚さんを狙うのは……」

ピラーに戦略を解する知性があるなら、天塚・弥生が狙われる理由は彼女が最も敵にとって危険な存在だからか、あるいは都合の悪い何かが彼女にあるから。

例えばそれは——、

「天塚さん！　ピラーがあなたに集中しています。何か心当たりはありませんか！」

『さあね！　美人だからじゃないかい？　悪いね、モテ女で！』

『相手、ヒトデだよ？』

「冗談ではなく！　心当たりはないんですか！」

無線機越しの声が怒鳴り合いのようになるのは、それだけ精神的に切迫している証《あかし》。極端な集中力の減退に、桜はピラーの隙間を縫いながら心当たりを問う。

その必死の呼び声に、弥生は『あ〜』と唸《うな》るような声を発し、

『一個、思いついた。ついつい、乗り込むときに持ってたもんだから……』

「きっとそれです！　何を持ち込んだんですか？」

『あれだよ、ヘイズルーン。——神様のコップが、あたしの尻《しり》の下にあるのさ』

「は？」

思いがけない返答に、桜の思考が停止する。

ヘイズルーン——それは、叙翼式の前に物議をかもした問題の神器。ワルキューレの素

養を示すはずが、土壇場で桜を裏切った神の酒杯。それが弥生の尻の下にあると。

「ですが、ヘイズルーンは保管庫にあるはずです！　それが天塚さんの手に……」

と、ありえない報告に言い返そうとして、ふと桜は気付いた。

それは叙翼式の前、桜の心を粉々に打ち砕いた神器の否定。――あの酒杯に桜が祈る直前に、晃が呟いた微かすぎる声。

『――そんなんじゃ、神器にそっぽ向かれちゃうッスよ、と』

あのときは、その意味がわからなかった。

だが、今になって、弥生がヘイズルーンを持っていることから逆算すれば、とある仮説が思い浮かんだ。そして、もしそれが本当だとしたら――、

「せ、説得ができなかったからって、実力行使をしたんですか⁉」

『けど、あんたはそれにもめげずに空に抜け駆けした。性質《たち》の悪い子だよ、ホント』

「あ、天塚さんや神宮寺《じんぐうじ》さんにそんなことを言われる筋合いは――」

『――二人とも、落ち着いて！　ケンカしてる場合じゃないの！　お姉ちゃん、あのコップを持ってるのはホントなんでしょ？』

『ああ。なくさないよう、股《また》に挟んでるよ』

桜と弥生の会話を仲裁し、園香が『うん』と頷《うなず》いた。どこか、たくましさを感じさせる園香の様子に戸惑いつつ、桜は「天塚さん」と弥生を呼び、

「言い訳は！　地上で改めてお伺いします。とにかく、敵の狙いはヘイズルーン……自分たちの敵を生み出す、その神器の可能性が高い」

『そんな賢い連中かい？』

「彼らから見れば、日本を悠々と占拠する最大のチャンスが今日まででした。それに、彼らはワルキューレを……私たちを狙ってきた」

『じゃあ、驚かせてあげないといけませんね』

いくらか昂揚《こうよう》した園香の言葉に、しかし桜も同意見だ。

何事もなく、簡単にこの国を手に入れられると思っていたなら、その思い違いを正してやらなくてはならない。この空は、侵略者の手には渡さない。

それを抜きにしても、神器は壊させるわけにはいかない。

「それなしでは、次の『戦乙女《いくさおとめ》』を見つけ出すことができませんから」

『言うもんだ。手順無視して、命令なしで英霊機飛ばしてる不良委員長が』

『おーねーえーちゃーんっ』

園香に叱責《しっせき》され、弥生が苦笑い。そんな緊張感のないやり取りに唇を緩め、桜は戦場で緊張感を失いかける自分を叱咤《しった》した。

そして、敵への攻撃と、弥生の所持するヘイズルーンを天秤《てんびん》にかけ、

「――仕掛けましょう。この国の空を、私たちの手で守るために」

11

——鮮やかな色合いの三機の英霊機、それぞれ個別の戦闘を展開していた『戦乙女』たちが連係を始めたことは、その戦いを見上げる誰の目にもわかった。

その大きな機体サイズと、それに見合った耐久力で壁の役目を果たすＦ７Ｆ。

非武装でありながら、常識外れの速度で敵の狙いを攪乱するＭ．Ｃ．72。

そして、その機体性能で『万能』と呼ばれた本領を発揮、空を支配するＰ‐51。

「ああ、なるほど、なんてこった。兵器に信仰心なんて馬鹿にしちゃいたが……」

頭上、水を得た魚のように——否、空を得た鳥のように自在に飛び回る英霊機の様子を眺めながら、里見は己の胸に込み上げる感情を確かめていた。

あの戦いを見て、英霊機の颯爽《さっそう》とした姿を見て、強く思ってしまうのだ。

最新鋭の戦闘機より、なお速く、なお鋭く、なお美しく戦うそれこそが、人類を未曾有《みぞう》の危難から救ってくれる『戦翼』なのだと。

「——あれは確かに、信じたくもなる」

空を仰ぐ将兵が、民間人が、絶望の空の淵《ふち》に希望を思う。

その戦翼は人心を支え、多くの心を救うことになる。なれば、ピラーはそれを何としても滅ぼさなくてはならない。抵抗する牙《きば》を折り、羽をもぐために。

ましてやその戦翼が、次代の戦う翼を探す神の酒杯を持つならなおさらに――、

「ちっ、ついてきたね。あたしより、こんな汚いコップが目当てとは……見る目のない連中だよ！　ヒトデにモテても嬉しかないけどさ！」

連係する三機の中、明らかに敵の集中攻撃を受けるのが明るいブルーのＦ７Ｆ。機内で弥生は足に力を入れ、股に挟んだ酒杯を落とさないよう懸命だ。

正直、出血は続いているし、飛び始める前より頭に血が巡っていない。足りない。足りない。何もかもが足りない。そもそも、脇ががら空きだ。

「晃がいないと、どうにもね……」

気合いが入らないわけではないが、イマイチ、何かが足りない心地がある。そんな心境で戦い続けるなど、それこそ危険なこととわかってはいるが。

『だったら、わたしがその隙間を埋めてあげる』

「……園香かい？」

無線機越しに聞こえてきたのは、地上よりずっとタフに感じる園香の声。

英霊機を与えられ、こうして空へ上がる前にいったい何があったのか。少女の成長は早いとはいえ、この変わりようはちょっとしたものだ。

『わたし、悪い子だったの。それを思い出しちゃった』

「――へえ、そりゃいい。面白そうな話だ。地面に降りたらたっぷり聞かせとくれ」

『うん。弥生お姉ちゃんや桜さんには、聞いてほしい』

そこで一拍、園香が言葉の間をおいて、続ける。

『――わたしが、ただの守られてる可愛い子ちゃんじゃないってこと』

何とも心強い宣言が聞こえて、弥生は「は」と短く息を吐いた。妹分がずいぶんと上等な口を利いてくれる。それを、信じなくて何が姉貴分か。

「ぐ、ぐ、ぐ、ぐううう……！」

足だけでなく、全身に力を込め、弥生の機体が一気に急上昇。ピラーの群れを引き連れながら高空へ上がり、そこで背面に宙返りする。Ｆ７Ｆの機体サイズではなかなかの自殺行為だったが、弥生の『命知らず』はそこで終わらなかった。

中空、綺麗《きれい》に天地がひっくり返った瞬間、弥生はキャノピーを開く。風防の隙間から豪風が吹き付け、風に全身を煽《あお》られながら、股の力を抜いた。

――ゆっくりと、逆さになったＦ７Ｆの機内、支えをなくしたヘイズルーンが落ちる。

神の酒杯は庇護《ひご》をなくし、そのまま機外へ放り出され、落下する。その神なる至宝の存在を感知できるのか、弥生を追いかけるピラーの一部が酒杯を追った。

その狙いは回収ではなく、破壊。今後、自分たちへ牙を突き立てる翼の乙女を量産させないよう、それを破壊する目的だった。

しかし――、

「残念だけど、これ、わたしがもらっちゃうから」

酒杯の落下軌道に割り込み、それを横合いからかっさらったのはピンクのM.C.72。ペアの姉貴分からのトスに微笑み、薄い胸で神器を受け止めたのは園香だ。

長い髪を風に巻きながら、園香はキャノピーを閉じ、しっかりと神器を服の内側に押し込む。冷たくて嫌な感触だが、贅沢《ぜいたく》は言わない。言えない。言わせない。

そして、追い縋《すが》ってくるピラーに頰を歪《ゆが》め、機体を一気に加速させた。

「誰も、わたしに追いつかせない。追い越させない……!」

超速で押し寄せるピラーの群れが、加速するM.C.72の速度にまるで追いつけない。

この英霊機が持つ『信仰』は、速度に取りつかれたモノたちの夢。世界最高速度の記録を継承した機体は、半端な怪物など寄せ付けなかった。

「――――」

非武装の機体に酒杯が移動し、それを察したピラーたちが一斉に標的を変える。

速度こそ三機の中で最速だが、攻撃手段がない以上は最も落としやすいのが園香の機体だ。そう考えるのは自然の成り行きで、ピラーたちも本能でそうした。

夜空を覆う満天の星と同じように、星形のピラーが皮肉なフィールドを展開する。園香に追いつけない。代わりに、行く手を阻む数の暴力だ。

「正面も、上も下も……っ」

塞《ふさ》がれた。どこへ抜けようとしても、無傷で素通りすることは叶《かな》わない。

だが、元より無傷で済まそうなどと考えなければ？　被弾覚悟で、バラバラになりさえしなければ——、

「わたしの、勝ち——っ！」

四方八方、道を塞いでくるピラーだが、その連係とて完璧《かんぺき》ではない。

どれだけ一糸乱れぬ訓練を積んだとしても、完璧に同じにはなれない。人に、動物に個体差が存在するように、ピラーにだってそれはある。

だから、敵の連係に針の穴ほどの乱れを見つけ、園香はそこへ飛び込んだ。

「——ッ！」

速度を緩めるどころか加速した園香に、ピラーは如何《いか》なる感慨を抱いたのか。狙い通りに罠《わな》へ飛び込む獲物へと、非情の光弾が降り注ぐ。

結果、園香のM.C.72が被弾し、塗装が剥《は》げ、外装が爆《は》ぜ、煙を噴く。

全身で踏ん張り、操縦桿《そうじゅうかん》を握る園香は割れそうなぐらい強く奥歯を噛《か》んだ。あまりに

強く噛みしめすぎて、奥歯がぐらつく感覚。なおも、耐える、耐える、耐える。

そうして、耐え抜いて――、

「――抜けた！」

ピラーの包囲網を突破、黒煙を上げながらピンクの翼は速度を落とさない。その事実に矜持《きょうじ》を傷付けられたか、ヒトデの群れが園香の背を追う。

流れる黒煙を呑《の》み込み、機体制御の甘い英霊機の尻《しり》についた。そして、放たれる光弾が幼い『戦乙女』を打ち砕かんと――、

「――いいえ、そうはさせません！」

瞬間、キルゾーンへ誘い込まれたピラーの群れへ、P-51の機関銃がぶち込まれる。園香へ追いつく寸前、鼻面を砕かれるピラーが光の粒子へ変わり、後続のピラーも止まることができず、自ら機関砲の射線へ飛び込み、銃火を浴びる。

そしてその攻撃は桜だけでなく、弥生の英霊機からも容赦なく撃ち込まれた。

――それぞれ、補給のままならない三機の英霊機、これが最大の戦果を挙げるために必要な作戦、それは単純明快だ。

速度に優れる園香が敵を引き付け、桜と弥生の射線上に奴らを誘《おび》き出す。あとは、持てる限りの残弾を叩《たた》き込み、相手の数を削れるだけ削るのみ――。

「――残弾、ゼロです！」

『こっちも、これでからっけつだ！』

瞬く間に銃弾を撃ち尽くし、桜と弥生と園香、三人の連係攻撃は終了。敵の数は十数体減らしたか。ここからは、敵が消えるまでの根性比べ。

すでに損傷の大きい園香と弥生より、桜単独の方が引き付けられる公算が高い。

「天塚さん！　園香ちゃんを庇《かば》って離脱してください！　ここは、私が……」

『――ああ、いやいや、そんなバカ言っちゃダメッスよ』

「――――」

引き付ける、と桜が殿《しんがり》を買って出ようとした直後だった。

すでに銃弾を撃ち尽くした桜と弥生の後方から、園香を追いかけるピラーへの、キルゾーンへの集中砲火が続けられる。――それも、一機や二機ではない。

およそ、二十に迫る英霊機が空へ上がり、桜と弥生の攻撃を引き継いでいた。

そうして、桜たちに続いて空に上がった英霊機を率いるのは、真っ赤なＦ７Ｆ――。

『なんだいなんだい。あんた、英霊機まであたしの尻について選ぶのかい？』

『それはいくら何でも誤解ッスよ。あーしがこれもらったの、姉御の英霊機を見る前だったんスから』

弥生の軽口に応じるのは、同じ種類の機体を操る晃だった。

その晃の背後に続くのが、いずれも古臭い『信仰』を纏《まと》った英霊機の数々――この浜松基地で叙翼式を迎え、『戦乙女《いくさおとめ》』となるべく集められた同期の桜。

『なるほど、あたしら狙いでここに集まったか。じゃあ、馬鹿やったもんだ』

桜の推測の言葉を借りて、弥生がピラーの狙いについてそうこぼす。遺憾だが、桜も弥生の考えに同感だった。ピラーは、馬鹿な真似をした。

桜たちを、『戦乙女』候補生を一網打尽にしようとしたせいで、自らキルゾーンへと集まってくる結果となったのだから。

「――神宮寺さん！　仲直りです！」

『キャーッ、桜っちったら優しい！　晃お姉さんも、張り切っちまうッス!!』

瞬間、膨れ上がる火勢がピラーを呑《の》み込み、ヒトデの群れが十、二十と、次々と火だるまになり、光の粒子に包まれ、散華する。

それでも、全てのピラーを削り切るには残弾不足だが――、

「――ぁ」

晃たち、援軍の銃弾も撃ち切り、いよいよ攻撃手段が尽きたときだった。

桜の眼前で、銃弾を浴びていないピラーが星屑《ほしくず》へ変わる。――否《いや》、その不気味な体を構成するエネルギーが尽き、実体を失ったのだ。

そして、その変化は連鎖し、ピラーの群れ全体へと及ぶ。

浜松基地の空を覆い尽くし、そのおぞましい光で破壊の限りを尽くした敵性存在、ピラ

ーが消滅する。それは、戦いの終わりを意味していた。

「勝った……？」

実感の伴わない桜の呟き。それは、目の前の勝利を信じられないからではない。これを勝利と呼んでいいものか、桜の中で答えが出なかったからだ。

だが――、

『――あたしらの、勝ちだ!!』

『――っ!!』

そんな迷いを抱く桜を余所《よそ》に、弥生が最初に声を上げる。と、その弥生の声に続いて、無線で繋《つな》がる『戦乙女』たちが一斉に歓声を上げた。

それは一概に、心から勝利を喜んでいるものとは言い難い。しかし、たとえ勝利に半信半疑であろうと、勝鬨《かちどき》を上げることに意味がある。

『桜さんっ！　やった！　やった！　やりました！』

そうした、弥生や晃、桜たちの思惑を知らず、園香が心から喜んでいる。

それが初めてに思えるぐらい、園香の年相応な反応に思えたから、桜は笑った。

「あは」

『桜さん？』

「ふふ、ああ、ごめんなさい。ふふっ、なんだか、気が抜けてしまって……」

訝《いぶか》しむ園香の声にそう応じながら、桜は笑いの衝動と必死になって戦う。

わかっている。予感している。きっと、このあけすけな喜びが持続するのも、この翼が大地に降り立つまでの短い時間だ。

だから今は、せめて今だけは、この胸に何も気掛かりがないうちは。

「この、初陣の勝利を噛みしめていたい」

12

——禍々《まがまが》しい敵性存在が消えてなくなり、空が青さを取り戻していく。


「だが、富士の頂から光の柱はいなくならない」

「……空将補」

空を舞う英霊機が敵を駆逐し、極東の人類はかろうじて初陣を勝利で飾った。

そう結論付けたい里見の下へ、ゆっくりと姿を見せたのは沖田・歳三《さいぞう》だった。歳三は厳《いか》つい顔の中、走り回って乱れた礼服を正し、里見の隣で空を仰ぐ。

「二十機……正確には二十一機の英霊機か。しばらくは、あれが要《かなめ》となるぞ、里見」

「ええ、わかっています。——これが、始まりだ」

あくまで、この日終わったのは初陣であり、それも手放しに褒められた内容ではない。各地、各基地の情報が飛び込んでくれば、日本初のピラー災害の目を覆いたくなるような惨状が明らかとなることだろう。

空から降りてくれば、必然的に彼女たちにもそれを聞かせることとなる。

それを思えば、降りてこいと命じるための無線機が搭載されていないことが、今は彼女たちにとっての、何よりの救いであったのかもしれない。

「里見三佐、この空を守るために、戦乙女をうまく使え」

「了解です。ただ、空将補。ご存知《ぞんじ》とは思いますが、あの桜色の英霊機には」

「戦乙女をうまく使え。三度目は、言わせるな」

「——了解です」

言葉少なに命令し、歳三は空を舞う桜色の英霊機を眺めて、目を細めた。

その横顔を窺《うかが》い、里見は長く息を吐く。——それはこの先、日本の空を守るための重要な役職として、里見が何万回と吐くこととなるため息の、最初の一つだった。

——ここに、『第一次浜松攻防戦』は終結し、同時に戦乙女の初陣も終わる。

——第一次戦乙女選抜、合格し、叙翼したものは二十一名。

——それが、日本国最初のワルキューレであり、新たな戦翼の羽ばたきであった。

第七章　『日ノ本の桜』

1

——日本国内初のピラーの出現と、国産ワルキューレの初陣。

富士に出現した巨大なピラーとの思わぬ遭遇戦——通称『富士戦役』と呼ばれることになる戦いは、良くも悪くも、これまで他人事《ひとごと》だったピラー災害の脅威を国中に知らしめる結果となった。

これまで、あくまで知識として語られるばかりだったピラーの特性——通常兵器による攻撃の無効化と、ワルキューレ以外に撃破できない事実が確認される。

また、存在するだけで周囲の生命力を吸い上げる『枯渇現象』の被害も無視できず、政府は霊峰富士の周辺から人々の避難を決断、未曾有《みぞう》の大移動が実行された。

法令の整備もままならない状態での強引な施策に多大な混乱は生じたが、それが不要な被害を減らすことに貢献したと、後年の歴史書では語られることになるだろう。

ただ、そうした状況の激変が絶え間なく続いたことから、『富士戦役』によって生じた犠牲者たちの弔いは、二週間以上も先延ばしされることとなった。

　そして――、

「――追悼式は滞りなく終わったッス。桜《さくら》っちもソノっちもしっかりしたもんで、高屋敷《たかやしき》教官もきっと満足してくれたと思うッスよ」

「どうだろね。教官は滅多《めった》に褒めちゃくれない人だったから、たとえ満点を取ったとしても笑ってくれたかどうか怪しいもんさ」

　そう言って笑い、寝台に寝そべる弥生《やよい》が皮の剝《む》かれたリンゴを取り、口に放り込む。水気のある咀嚼《そしゃく》音がして、甘く芳醇《ほうじゅん》な香りが病室に漂う。その香りに鼻を鳴らして、制服姿で見舞いにやってきた晃《あきら》が自分の頰を掻《か》いた。

　浜松基地の近場にある大病院、入院患者用の個室での会話だ。

　足を鉄骨に貫通され、大出血した状態で戦闘に参加した弥生の病室である。当然、戦闘直後に倒れた弥生は病院へ運ばれ、大手術の果てに何とか生還した。

　一時は心停止にまで陥ったとのことだったが、当人はけろりとしたものである。

「まぁ、あーしは姉御が死ぬとは思わなかったッスけど……周りがハラハラするんで、あんまり無茶はしすぎちゃダメッスよ？」

「おいおい、命懸けで空を守ったあたしに容赦がないね。自分で言うのもなんだけど、あたしが飛んでなきゃもっとヤバいことになってたはずだよ？」

「そのせいで、ソノっちが大泣きして大変だったッスけどね〜」

開き直ろうとした弥生が、弁慶の泣き所を突かれて苦い顔になる。さしもの弥生も、自分が園香《そのか》に心配をかけるのは本意ではないのだ。

それは当然だろう。――元々、弥生が園香とペアになることを強硬に主張したのは、最年少の『戦乙女』という広告塔を求めるお偉方への牽制《けんせい》のためだった。

広報効果を認めつつも、園香を絶対に戦乙女として戦わせはしない。それが弥生と晃を含めた先任たちの共通認識であり、弥生に託された役割だったが――、

「園香はどうなる？」

「……富士のピラー。消えないあれをプライマリー・ピラーっていうらしいッスけど、それが出てきたせいで国内の情勢が一気に変わっちまったッス。飛べる、戦えるワルキューレを遊ばせておく余裕はない。――それが、上の決断ッスよ」

低い弥生の問いかけに、晃は目尻《めじり》を下げながら力なく答えた。その答えを聞いて、弥生は奥歯を噛《か》みしめると、「クソッ」と自憤を込めて舌打ちする。

先任たちの――否、現役自衛官たちの、なけなしの矜持《きょうじ》は現実の前に踏み躙《にじ》られた。

残ったのは、ピラーの脅威に晒《さら》される自国を守るため、年端もいかない少女を戦いの空へ飛ばせるという、自分たちの無力を露呈させる結果だけ。

「……いいや、それだけで終わってたまるもんかい」

「姉御……」

「こんな怪我、すぐにでも治してあたしも復帰する。あんたは無茶するなって言ったけどね、そんなこと言ってる場合じゃないだろう」

自分や晃、もっと大きな『大人』という括《くく》りへの怒りを燃やしたまま、弥生は自分の吊《つ》られた左足を睨《にら》みつけ、強い決意でそう言い切る。

こうなった弥生には、晃の懇願した無茶の禁止なんて言葉は届くまい。それに、弥生の身を案じる気持ちはあれど、晃もその気持ちは一緒なのだ。

子どもを戦わせて、のうのうと自分は病室に引っ込んでいるなど耐えられない。そんな弥生のために晃ができるのは、全力でアクセルを踏み続ける弥生の脇で、彼女がクラッシュしないように適時、ブレーキを踏んでやることだけ。

「あたしのいない間、園香と桜のこと、あんたに頼んだよ」

「姉御の代役ッスか。片腕で全身の肩代わりってのは、いくら何でも荷が重いッスよ。なんで、なるべく早く戻ってきてくださいね」

真剣な弥生の頼み事を、深刻になりすぎないように晃が引き受ける。

とはいえ、前途は多難だ。

「なにせ、戦いの前の神器のすり替えで、桜っちからあーしへの信頼はゼロになっちまってるッスからね」

「そこは、晃お姉さんの包容力で何とか挽回《ばんかい》しとくれ。それと、戦乙女《いくさおとめ》の……あー、なんて言ったっけ？」

「戦術姫隊ッスよ。その辺は先駆者の欧州側に倣った呼び名ッス」

「その、あたしらの戦術姫隊を指揮するのが、誰だって？」

　欧州や北米に倣い、ワルキューレのみで編制された特別小隊を『戦術姫隊』と呼称。そして、日本における最初の戦術姫隊の指揮官として選ばれたのが――、

「――里見《さとみ》・一郎《いちろう》三等空佐ッス。本庄《ほんじょう》ちゃんの、古馴染《ふるなじ》みみたいッスよ」

「……ちらっと聞いた名前だね。最初の戦術姫隊の指揮権を預けられてるんだ。有能なのは間違いないだろうけど」

「きっちり、目を光らせておくッスよ。ただ……」

「ただ？」

　気掛かりがある、という晃の言葉の響きに弥生が眉《まゆ》を上げる。そんな弥生に、晃は報告する気が重いと感じながら、彼女の片腕らしく事実を告げる。

　それは――、

「その里見三佐ッスけど、もう桜っちとソノっちを手懐《てなず》けてるッス」

2

「——沖田《おきた》・桜三等空尉、入室します」

「同じく、渡来《わたらい》・園香です」

重厚感のある扉を押し開け、入室した桜と園香が姿勢を正す。そして、二人は合図もなく、ぴったりと同時にワルキューレ式の敬礼を行い、

「——瞳《ひとみ》を汝《なんじ》に」

と、そう声を揃えた。

その一糸乱れぬ二人の敬礼を受け、部屋の奥で椅子に腰掛けていた人物——里見が深々と頷《うなず》いた。

「見事なもんだ。短い期間だったが、高屋敷教官はしっかり仕事を果たされたらしい」

「はい。教官の教えは、決して忘れることはありません」

「よろしい。わざわざきてもらって悪かったね。色々と、君たち二人には話しておかなきゃならないことがある。——他のワルキューレと違って、ね」

「————」

机の上で手を組み、眉間《みけん》に皺《しわ》を作った里見の言葉に桜は頬を引き締めた。

今、こうして里見の執務室に呼び出されたのは桜と園香の二人だけ。他のワルキューレが呼び出されなかった以上、用件は明らかだ。

すなわち――、

「先日の一件で富士山が敵の手中に落ち、国内でのピラー出現が現実のものとなった。今や戦乙女の重要性は以前とは比べ物にならない」

「はい、わかっています」

「今でこそ不気味な小康状態を保っているピラーだが、いつ活性化し、再び攻撃を開始するかはわからない。今後、あの規模の戦いが頻発することが予想される。――そこで、改めて君たち二人に問いたい」

そう言って、里見は一拍の間をおいて続けた。

「この国を守るため、戦乙女として戦場の空を飛んでくれるだろうか？」

「――――」

それが、里見が可能な限り感情を排した言葉であったことが、長い付き合いのある桜には痛いほどに伝わった。

そもそも、問いかけること自体がおかしい。ピラーの出現によって日本が置かれた危機的状況を思えば、桜や園香に選択肢があるはずがないのだ。

今は、国を守るために一人でも多くの戦乙女を確保しなければならない。ならば、里見の台詞《せりふ》は「戦場の空を飛べ」と命令するのが正しい。

だが、里見という大人の良識がそれを言わせなかった。そしておそらく、里見以外の大人も、そんな彼の良識を責めることをしないだろう。

だから、桜は大人たちの優しい提案を、首を縦に振ることで踏み躙《にじ》った。

「――はい。私は飛びます。戦います。そのために、ここへきました」

「……うん、そうか。そうだね。君は、そう答える子だ」

深々と頷いて、自分の覚悟を表明した桜に、里見はひどく痛々しい微笑を浮かべた。それから彼の視線は、桜の隣にいる園香の方へ向く。

この日本において――否《いや》、世界中で最も幼い、戦翼を宿した少女を。

「渡来、君は……」

「え？　あ、わたしもですか？　はい、戦います。戦わせてください」

「――――」

「えっと、最初からそのつもりだったので、ちょっとビックリしちゃいました。えへへ」

しかし、その置かれた状況や里見の意気込みと裏腹に、園香の答えは軽やかだった。だが、それは決して考えなしの軽さではありえない。

園香のそれは、もはや外部からの影響で揺らぐことがない決心、覚悟の類《たぐい》。

ある種、桜と同じものを宿した幼いウイングメイトは、周囲の大人たちの苦渋の決断など素知らぬ顔で、命懸けの空を飛ぶことを自らに課していた。

正直、その答えには同じ覚悟を決める桜も畏怖《いふ》めいたものを感じずにはおれない。一方で、視界の端に捉《とら》えた里見の表情の変化は、桜には理解し難いものだった。

里見は園香を見つめながら、強い自己嫌悪に表情を曇らせていて――、

「――は。なかなか出物が揃っているようだな。心強い限りじゃないか。なあ？」

「――っ」

その桜の感慨は、不意に室内に響いた不遜《ふそん》な声によって打ち砕かれた。

思わず、桜と園香、里見までもが息を呑《の》み、声のした方へ反射的に振り向く。それは部屋の反対、応接用に置かれたソファの上にいつの間にか現れていた。

――それは年若い、震えるほどに整った顔立ちをした少年だった。

年の頃は園香と同じぐらいで、背丈も彼女とそう変わらない小柄なものだ。丸く大きな瞳はルビーを嵌《は》め込んだように美しく、一目で魅入られる魔貌《まぼう》の持ち主――その印象を強めるのが、左目を覆った大きな眼帯だろう。

欠けた左目の存在が、完璧《かんぺき》さを損なうことで存在の優美さを際立たせる。そんな矛盾を孕《はら》んだ少年は、声もなく凍り付く三人を見回し、頬を緩めた。

「なんだ？　ずいぶんと間抜けな顔をする。ここは新たな人類の最前線、お前たちはその趨勢《すうせい》を左右する重要な人材だろう。呆《ほう》けている場合か？」

「――。なんでこんなところに子どもが、とお決まりの台詞は不要だろうね」

ソファの背もたれに体を預け、だらしなく足を投げ出した少年に里見が返答する。何とか最初の驚きから立ち直った彼の第一声に、少年は「いいぞ」と頷いた。

「虚勢だが、それでこそだ。勇者というものはそうでなくてはならん。そうでなくては私も手を貸す価値を見出《みいだ》さない。ああ、名乗る必要はあるまい？　俺は――」

「――オーディン」

「――――」

気持ちよく、上機嫌に話していた少年の言葉が止まり、浮かべた笑みがより深くなる。その笑みは、呼ばれた名への否定ではなく、肯定の意の証《あかし》――すなわち、こうして突如として現れた不遜な少年こそが、人類へ救済の手を差し伸べた大神。

「あなたが、大神オーディン……ようやく、お会いできましたね」

「ああ、そうだな、沖田・桜。その矮小《わいしょう》な身に不相応な使命感を宿した新たな僕の娘よ。前は文字通り、夢幻の衣を纏《まと》っていたからな。どうだ？　こうして実物を見た感想は。こちらの見てくれの方がよほど愛せるだろう？」

「そう、ですね。あの、奇妙な影の塊のときよりはよほど」

愛らしい容姿ながら、それに見合った可愛げの全くない態度で少年――オーディンが桜に感想を求めてくる。その要望に言葉少なに答え、桜は改めて神を観察。

夢枕に立ち、桜をこの場へ導いた存在。——否、もっと大きな視野を持てば、ピラー相手に滅亡を待つだけだった人類に、救いの手を差し伸べた唯一の神だ。

　その貢献を思えば、いったいどんな態度で接するのが正解だというのか。

「あの、ありがとうございます。わたしのこと、自衛隊の人に教えてくれて」

　しかし、そんな桜の戸惑いを余所《よそ》に、平然とオーディンに話しかけたのは園香だ。彼女は胸の前で小さく手を上げ、適性検査を受けた切っ掛けの感謝を伝える。

　その肝の据わった園香の様子には、オーディンも愉《たの》しげに眉を上げ、

「欧州やら北米やら、あちこちで色んな娘と接してきたが……初対面で、私にここまで平然と接してきた娘は初めてだな。恐れ多いと思わないのか？」

「恐れ……怖いってことですか？　えっと、よくしてくれた神様なので、怖いとか思ったりはしないかなって」

　言葉を選んで答えながら、園香は「変ですか？」と最後に付け加える。その園香の返答を受けて、オーディンは「は」と短く息を吐くと、

「ははははは！　ああ、なるほど、そういうことか！　こうも戦乙女に向いた娘がいるとは俺も驚きだ。何が切っ掛けでそうなった？」

「何が切っ掛けって……」

　高笑いしたオーディンの質問に、園香が困惑しながら視線を彷徨《さまよ》わせる。ただ、彼女の

震える視線が最初に向かったのは、部屋の奥にいた里見だった。

その視線の動きに目敏《めざと》く気付いて、オーディンは愉快そうに鼻を鳴らすと、

「なるほど、お前がそうか。――勇者の人相だな、男」

「……自分の罪には自覚があるんでね。それは買い被《かぶ》りってものですよ、神様」

「買い被りなものか！　僕の目は誤魔化《ごまか》せん。お前も、アレハンドロの同類だよ」

オーディンと里見の二人が、余人にはわからない雰囲気で言葉を交わす。互いに視線を交えた両者のやり取りに、桜は口を挟めず、沈黙を守るしかなかった。

そして、しばしの沈黙があり、「まあいい」とオーディンが話題を切り替え、

「いずれにせよ、この島国にもプライマリー・ピラーが出現した。この先、お前たちの故郷は戦場となる。――私の娘たちは？」

「……至急、候補者を選定中だ。桜くんたちのときは自衛隊員と、その身内から候補者を募ったが、今度はそうはいかない。一般に、広く徴募をかける。それと――」

「――選抜試験を辞退した方々を呼び戻すべきです」

早急なワルキューレの増員のため、考えを述べる里見に桜がそう進言する。

その一声に、オーディンと里見、園香の視線が自分へ向くのを感じながら、桜は背筋を正してなおも続けた。

「辞退した方々は最初の適性検査はパスしています。途中まではありますが、戦乙女と

なるための教練も受けている。新しい候補者よりも、早く動き出せます」

「でも、一回やめちゃった人たちなのに……」

「状況が変わりました。――もう、誰も他人事《ひとごと》ではいられない」

不安視した園香を、桜はあえて強い口調で断ち切る。

現役候補生たちの画策により、積極的に脱落へ追いやられた新任候補生――彼女たちに戻ってきてもらえば、ワルキューレの数は現時点の倍へ増員できる。

以降は急ぎ、日本中から戦乙女となる資質を持つ少女たちを選別するしかない。

何より――、

「選抜試験が無駄だったとは言いたくありません。ですが、ワルキューレとなる存在は、ピラーとの戦い方を最初から知っています。私も、園香ちゃんも、他のワルキューレもみんな、自分の翼の飛ばし方がわかっていた」

あの、ピラーに空を占領された絶望的な状況下で、桜が、園香が、弥生たちが絶望しないで済んだのは、自分たちが抗《あらが》えると直感的にわかっていたから。

英霊機を呼び出し、乗り込んだ瞬間、魂が戦い方を理解し、羽ばたく方法を実行した。

それが、戦乙女が持てる『戦翼』の証明――、

「ああ、そうだとも。試験だの訓練だのと馬鹿馬鹿しい。人間が鳥に飛び方をどう教えるというんだ？　そんなことは不可能だろうに」

桜の訴えを聞いて、それが正解だとオーディンが肯定する。

全ての戦乙女《いくさおとめ》たちの父なる存在を標榜《ひょうぼう》する幼い神は、この浜松基地で行われていた選抜試験の存在そのものを無駄なものだと鼻で笑う。

「わたしは、桜さんたちに会えたから、試験が無駄だったとは思わないです」

それは正しくもあり、間違いでもあると桜は思ったが――、

「は。本当に肝の据わった娘だ。父である、神の言葉に真っ向から異を唱えるか」

「――？　わたしが怖いと思うのは、わたしが間違ってるときだけですよ？」

その、幼くも強固な園香の哲学を、オーディンは笑い飛ばしはしなかった。むしろ、感心したように頷いて、それから改めて隻眼の視線を里見へ向ける。

「このまま娘たちと歓談を続けるのも悪くないが、今や時間はいくらあっても足りないというのが本音だろう？　僕を連れて、話させたい相手は大勢いるはずだ」

「話が早い。――沖田、渡来」

オーディンの申し出を受け、苦笑した里見が表情を引き締め、桜たちを呼んだ。その呼び方に、上官としての姿勢――桜たちを、部下と認めた響きがあって。

「追って指示を出す。この空を守るために、待機だ」

「了解。――瞳《ひとみ》を汝《なんじ》に」

そう、国内初の戦術姫隊と、その指揮官との誓いのような挨拶《あいさつ》が交わされた。

3

「――あ」

「――――」

　里見の執務室を離れ、自室へ戻る途中の廊下で行き合ったのは、ちょうど外から宿舎の中へと戻ってきたところだった晃だ。

　普段から細い目を少しだけ見開き、晃の頬が微《かす》かに強張《こわば》る。彼女にしては珍しい気後れした様子だが、それも当然だろう。

　このところ慌ただしかったせいで、二人がこうして顔を合わせるのは初陣の日以来――それも、戦闘直後に弥生が病院へ搬送されたこともあり、落ち着いた状況とはとても言えなかった。だから、『ヘイズルーン』の一件については話し合えていない。

　晃が、桜を戦乙女から外すために仕組んだ神器のすり替えの件を。

「神宮寺《じんぐうじ》さん！　おかえりなさい。弥生お姉ちゃんはどうでしたか？」

　と、その気まずい桜と晃の様子に気付かず、園香が入院中の弥生の容態を尋ねる。

　足の怪我は大手術だったそうだが、すでに回復に向かっているとは聞いていた。呆《あき》れた生命力というべきか、心強いというべきか悩ましいところだ。

ともあれ、その桜の問いかけに、晃が一瞬だけ桜の方を見る。その視線の意図を察し、桜は首を横に振って、園香が何も知らないことを晃に伝える。

――神器のすり替えについて、桜は園香に何も教えていない。

先任たちが、桜たち新任を戦乙女にさせまいと画策していたことは明かさない。その方針は変えず、今後も園香には伝えないつもりでいる。

もうすでに起きてしまったことであり、過去のことだ。――結果的に、桜も園香もワルキューレとなり、当初の目的が果たされた以上、責めても詮無《せんな》いこと。

それが、弥生たちの決断に対する桜の答えだった。

「あー、だいぶ元気になってるッスよ。お見舞いに持ってったフルーツバスケットがもりもり消えたッス。そう遠くないうちに戻ってきてくれるんじゃないスかね」

「ホントですか？　よかった……」

「本人も退屈してるんで、ソノっちが顔出したら喜んでくれるはずッス。今度、車は出すんで一緒にいきましょう。たまには弱った姉御を見ておくのもいいもんスから」

「あ、いけないんだ。わたし、弥生お姉ちゃんに言っちゃいますから」

きゃいきゃいと、桜の意図を解した晃が園香と楽しげに言葉を交わす。それから、晃は桜たちがやってきた廊下の奥へ目を向け、

「二人は里見三佐の呼び出しだったんスよね。今、司令室ッスか？」

「はい。でも、今は急な来客があって、話はできないと思いますよ」

「む、そうッスか。まぁ、現状を考えたら、あれこれ話し合う案件は多いでしょうしね」

その来訪者が神であることを伏せた報告に、晃が見当違いの理解を示す。その意趣返しに桜は園香と目配せし合い、ほんのりと溜飲《りゅういん》を下げることに成功した。

その傍《かたわ》ら、晃は「わかりました」と腕を組んで頷《うなず》くと、

「三佐とも話したかったんスけど、それは後回しにしとくッス。そしたら桜っち、ちょっとソノっちを借りてもいいッスか？」

「わたし？　借りられてもいいですか？　桜さん」

「園香ちゃんは私の所有物ではないので……所有物にはしたいですが」

「借りられちゃいました」

桜に頭を撫《な》でられながら、園香が可愛らしく舌を出す。

「姉御の見舞いの約束もッスけど、本庄ちゃんの見舞いもしたくて。一応、ソノっちが顔を出すのが筋かなとあーしは思うんスけど……」

「本庄さん！　はい、わたしもいきたいですっ」

その晃の提案に、園香が勢いよく前のめりになる。

候補生だった本庄も、弥生と同じように負傷し、入院しているという話だ。聞けば、本庄の負傷は園香を庇《かば》った名誉の負傷とのことで、園香が前のめりになるのも頷ける。

立場上、桜も園香と見舞いに同行すべきとも思うが――、

「あまり大人数で押しかけると、本庄さんの負担になってもいけませんから」

と、気遣いを装い、桜は見舞いに同行するのを辞した。

本庄も、ワルキューレとなった桜に見舞われてはかえって居心地が悪いだろう。もっと何でもない状況となれば、落ち着いて話もしたいが。

「じゃ、打ち合わせるッス。あーしの部屋でいいッスか？」

「はい。それじゃあ、桜さん、またあとで」

「ええ、またあとで。それと――」

笑顔の園香を送り出し、桜は晃へと向き直った。そして、そっと晃に歩み寄り、彼女にだけ聞こえるような囁《ささや》き声で、

「――私は、戦います。たとえ、神宮寺さんや天塚さんがなんと思おうと」

「――――」

「……それが、私の覚悟ですから」

桜の伝えた覚悟に、一瞬だけ晃の表情が悲しげに曇った。しかし、それは不思議そうに振り返った園香の「神宮寺さん？」という呼びかけですぐに掻《か》き消える。

晃は手慣れた感情制御で笑みを作ると、

「はいはい、いくッスよ～。じゃあ、桜っち。――今後ともよろしくッス」

「――はい」

それだけ言い残し、手を振る晃が園香を連れて自室へ引き上げていく。

二人の背中を見送り、桜は長く息を吐いた。それから、やけに重く感じる足を動かし、屋上へ上がった。あまりいい思い出のない、しかし大きな意味のある場所。

「お父様は、お忙しいはずでしょうから」

浜松基地の叙翼式に参加し、結果、あの戦いの指揮を執ることとなった父の歳三《さいぞう》。里見との関係性も含め、対ピラーの態勢を整えるため、昼も夜もなく動くはずだ。

本当なら直接言葉を交わしたいが、会うのも、電話をする時間も惜しいはず。だから、桜はメールをしたため、父へ自分の覚悟を伝えることにした。

歳三とは、かしこまったメールを送り合った記憶はない。せいぜい、仕事の帰り時間や夕食の支度、そういった家庭の話題ばかりで、妙に緊張してしまう。

「これで、よしと。……なんだか、変な気分ですね」

やや心配な気持ちを残しつつも、父へのメールの送信は成功した。

したためた内容は、主に近況の報告だ。――ワルキューレとなったこと、これからピラーと戦うために全力を尽くすこと、忙しい父の健康を案じる言葉。

桜の覚悟の表明と、何気ない日常の話題を交えた。

返事は、期待していない。ただ、桜の思いが伝わってくれさえすればよくて――、

「――？　え、まさか、もう返事が？」

スマートフォンを懐に入れた直後、不意の振動がメッセージの着信を伝える。

いくら何でも早すぎると、画面を確認して力が抜けた。通知があったのはメールではない。トークアプリだ。それも、吉乃《よしの》からの通知だった。

「そうだ。忙しくしていて、結局連絡できていませんでした」

本当なら叙翼してから連絡するつもりだったのが、バタバタしていたせいで連絡をするのを忘れてしまっていた。それを反省しながら、催促の内容を確認しようとする。

「――え？」

トーク画面を開いて、その内容を確認した桜は黒瞳《こくどう》を見開いて硬直した。

念願のワルキューレとなり、わだかまりの生まれてしまった相手へ覚悟を伝え、これからこの空を守るために戦っていくと、そう父へ決意を告げた桜。

その、桜の足下が揺らぎ、ぐらりと意識がひび割れる。呼吸が浅く速くなり、心臓の鼓動も妙にうるさい。どくどくと、血の流れる音がうるさい、うるさい、うるさい。

急速に渇いていく唇から吐息が漏れ、桜はその場に膝《ひざ》をつきそうになった。

メッセージの内容は短く、たったの一文で。

『――娘の吉乃がピラー災害に巻き込まれました』と、凶報だけが届いていた。

4

「――ああ、美しい山だ。霊峰富士、そう呼ばれるのも頷ける」

その、幼い顔立ちの少年が、モニターに表示される御山を見ながらうっとりと呟《つぶや》く。

しかし、その場に少年の言葉に賛同するものは一人もいない。それは反対意見を抱えているからでも、恐れ多いと沈黙を選んでいるわけでもない。

ただ、その場にいる全員が知っていたからだ。

――本当の霊峰富士は、画面に表示されている、光の柱に頂を占拠されてしまったそれよりも、はるかに雄大で美しいものだったことを。

普段は意識していない、しかし、自国の誇りを土足で荒らされた屈辱が、会議場にいる全員の心を一つとさせていた。

それはつまり――、

「そうだ。お前たちが抱く怒りは正当だ。――あれが、お前たちの敵だ」

「――――」

「もはや、日本中のどこにいたとしても、あの光の柱はお前たちの目に飛び込んでくる。もう他人事《ひとごと》ではいられない。お前たちは当事者となった。生存競争の、侵略戦争の、神々の黄昏《たそがれ》の、当事者だ」

左目を眼帯で覆い、尊大な口調で物語る少年に異論は上がらない。

この少年の言葉に誤りはなく、自分たちは正しく、この戦争の当事者となった。それもまた、この場にいる全員の共通認識だった。

無言の肯定にそれを見て、少年は爛々《らんらん》と隻眼を輝かせて頷く。

「さあ、準備をしろ。資格ある娘たちを集め、戦う翼を与えるがいい。その戦乙女《いくさおとめ》の導きに従い、空を仰ぐ全てのものたちは勇者となる覚悟を決めよ」

「――――」

「私が、力を貸そう。俺が、加護を与えよう。僕が、共に歩もう」

熱のこもった少年の声が響いて、徐々に静かな熱が会議場に渦巻き始める。その熱情の気配を快く感じ取りながら、少年は胸の前で強く手を打った。

渇いた音を響き渡らせ、少年が背後に光の柱を頂く富士山の画面を背負う。

この先、長く長く、日本中の人々が悔悟と共に見上げることとなる御山を背負い、少年――オーディンが、戦いへ挑む勇者たちを祝福するように笑った。

笑いながら、宣言する。

「――いずれ来る決戦の日、ラグナロクの時は近い」

《了》

あとがき

どうも、皆《みな》さん、長月達平《ながつきたつぺい》です！『戦翼のシグルドリーヴァ　Sakura（上）』にお付き合いありがとうございます！

こちらの作品は、オリジナルテレビアニメーション『戦翼のシグルドリーヴァ』の前日譚《たん》小説、その二つ目のシリーズとなっております。

一つ目のシリーズとして『戦翼のシグルドリーヴァ　Rusalka』が上下巻で発売されておりますので、そちらも併《あわ》せて読んでいただけると、より深く作品世界にのめり込むことができるかなと！　そっちも面白《おもしろ》いよ！

前回の『Rusalka』が欧州編、今回の『Sakura』が日本編となっておりまして、アニメの舞台が日本なのもあり、こちらの方がよりアニメの登場人物の関係者がポコポコ出てくる内容となっております。

世界最年少ワルキューレである『渡来《わたらい》・園香《そのか》』なんかがその代表格でして、アニメ本編への出演も確定している彼女が、この『Sakura』の物語を経て、どんなキャラクターとして確立されていくのか、小説とアニメで楽しんでいただけたら幸いです！

もちろん、園香に限らず、今巻のラストでワルキューレとなった『沖田《おきた》・桜《さくら》』を含《ふく》めた戦乙女《いくさおとめ》たちが、この物語世界でどんな活躍《かつやく》をし、どう影響《えいきょう》し合っていくのか、その点も楽しんでもらえると、『戦翼のシグルドリーヴァ』を味わい尽《つ》くせると思います。

　ありがたいことに『Sakura』も上巻と銘《めい》打《う》たせていただきまして、下巻の方も鋭意《えいい》執《しっ》筆《ぴつ》中でございます。下巻の方ではアニメのメインキャラ、黒髪《かみ》と灰色髪のコンビの登場も予定されておりますので、胸弾《はず》ませてお待ちください！

　そういえば、前回のあとがきで不安視していた『Sakura』のタイトルがそのまま通ってホッとしました。主人公が別人になるって何があったんだよ、ですからね。

　この小説の発売が、ちょうどアニメの放送の直前、タイミングによっては放送後に手に取っていただいた方もいるかと思われますが、長月はアニメのシリーズ構成・脚本の方も担当しております。アニメはキャラクターは可愛《かわい》く！　戦闘《せんとう》はド迫力《はくりょく》に！　男たちは暑苦しく！　と描《えが》いていただいておりまして、そっちもめちゃめちゃ面白いです！

　キャストの皆様の熱演も相まって、長月の物語を好きでいてくださる方々には大変響《ひび》く内容になっていると思いますので、アニメもぜひよろしくお願いします！

　前日譚小説は、アニメの前でもあとでもどちらでも良さがあると思いますので、そこは一期一会《いちごいちえ》の楽しみ方を模索《もさく》していただければ！

では、そうこう話している間に紙幅《しふく》も尽きて参りましたので、この場をお借りして、謝辞の方へと移らせていただきます。

担当編集の木田様、今回はプロットからの大幅な内容の変更《へんこう》や、初稿《しょこう》で提出したものと二稿が大きく様変わりするなどの人災（誤字にあらず）に見舞われながらも、最後までお見捨てにならずに戦い続けていただいてありがとうございました。おかげさまで、場合によっては初お目見えとなるシグルドリーヴァ本編キャラなど、自分でも納得《なっとく》いく形に動かしてあげることができました。

イラストの藤真《ふじま》拓哉《たくや》先生、アニメのビジュアルより幼い園香や、黒髪美人の桜を始めとして、様々なイラストを美麗《びれい》にありがとうございます。『Rusalka』編に引き続き、イラスト面に大いに助けられての一作、下巻でもよろしくお願いいたします！

設定・軍事考証では鈴《すず》木《き》貴昭《たかあき》様に大変お力《ちから》添《ぞ》えをいただきました。設定固めのために作られた年表を、物語の展開のために大きく捻《ね》じ曲げてしまったにも拘《かかわ》らず、その点、快く許していただいて本当に頭が上がりません。ありがとうございます。

その他《ほか》にも、スニーカー文庫編集部の皆様、校閲《こうえつ》様や各書店の担当者様、営業様とたくさんの方々にご協力いただきまして、この一冊を無事出版することが叶《かな》いました。本当にいつもいつも、皆様ありがとうございます。

そして、この本の発売とほぼ同タイミングで、満を持してテレビアニメの放送の方も始まります。徳田《とくだ》監督を始めとして、アニメ制作のスタッフの皆様やキャストの皆様、その他大勢の方々のお力でアニメの方も素晴《すば》らしい出来と胸を張って言えます。ぜひ、この本を手に取ってくださった皆様も楽しんでください！

　他にも、『戦翼のシグルドリーヴァ』は月刊コミックアライブにて、阿部《あべ》かなり先生の描かれる『戦翼のシグルドリーヴァ　ノンスクランブル』も連載《れんさい》中！　単行本第一巻もアニメ放送中の11月に発売予定！　『ノンスクランブル』はワルキューレたちの穏《おだ》やかで楽しい日常を綴《つづ》った物語、こちらも楽しみな内容となっております！

　さらに嬉《うれ》しいお知らせに、『戦翼のシグルドリーヴァ　狂撃の英雄』が、ＷＥＢコミックサイトＣＯＭＩＣ　Ｈｕにて10月４日から連載開始！　野上武志《のがみたけし》先生の筆致《ひっち》で描かれる、男たちの激しい生き様！　こちらもぜひお楽しみに！

　それから最後に、この本を読んでくださった皆様に最大級の感謝を！

　アニメにコミック、小説と、『戦翼のシグルドリーヴァ』の世界を思う存分楽しんでくだされば、これ以上の喜びはありません！

　では、また次の一冊でお会いできますよう！　ありがとうございました！

２０２０年９月《アニメ放送開始目前、ワクワクとドキドキがいっぱい！》

戦翼《せんよく》のシグルドリーヴァ
Sakura《サクラ》（上）

著　長月《ながつき》達平《たつぺい》
原作　戦翼《せんよく》倶《く》楽《ら》部《ぶ》

角川スニーカー文庫　22356

2020年10月１日　初版発行

発行者　青柳昌行

発　行　株式会社KADOKAWA
〒102-8177 東京都千代田区富士見2-13-3
電話　0570-002-301（ナビダイヤル）

印刷所　株式会社暁印刷
製本所　株式会社ビルディング・ブックセンター

Printed in Japan　ISBN 978-4-04-109398-6　C0193

★ご意見、ご感想をお送りください★

〒102-8177 東京都千代田区富士見 2-13-3
株式会社KADOKAWA　角川スニーカー文庫編集部気付
「長月達平」先生
「藤真拓哉」先生

角川文庫発刊に際して

角川源義

第二次世界大戦の敗北は、軍事力の敗北であった以上に、私たちの若い文化力の敗退であった。私たちの文化が戦争に対して如何に無力であり、単なるあだ花に過ぎなかったかを、私たちは身を以て体験し痛感した。西洋近代文化の摂取にとって、明治以後八十年の歳月は決して短かすぎたとは言えない。にもかかわらず、近代文化の伝統を確立し、自由な批判と柔軟な良識に富む文化層として自らを形成することに私たちは失敗して来た。そしてこれは、各層への文化の普及滲透を任務とする出版人の責任でもあった。

一九四五年以来、私たちは再び振出しに戻り、第一歩から踏み出すことを余儀なくされた。これは大きな不幸ではあるが、反面、これまでの混沌・未熟・歪曲の中にあった我が国の文化に秩序と確たる基礎を齎らすためには絶好の機会でもある。角川書店は、このような祖国の文化的危機にあたり、微力をも顧みず再建の礎石たるべき抱負と決意とをもって出発したが、ここに創立以来の念願を果すべく角川文庫を発刊する。これまで刊行されたあらゆる全集叢書文庫類の長所と短所とを検討し、古今東西の不朽の典籍を、良心的編集のもとに、廉価に、そして書架にふさわしい美本として、多くのひとびとに提供しようとする。しかし私たちは徒らに百科全書的な知識のジレッタントを作ることを目的とせず、あくまで祖国の文化に秩序と再建への道を示し、この文庫を角川書店の栄ある事業として、今後永久に継続発展せしめ、学芸と教養との殿堂として大成せんことを期したい。多くの読書子の愛情ある忠言と支持とによって、この希望と抱負とを完遂せしめられんことを願う。

一九四九年五月三日

もう一度、
ロードス島へ
30周年
記念特設
サイトは
▼こちら▼
ロードス島戦記
RECORD OF LODOSS WAR
誓約の宝冠
著 水野良 イラスト 左
日本ファンタジーの金字塔、待望の再始動！

スニーカー文庫

第27回
スニーカー大賞
原稿募集中!
きみの紡ぐ物語で、
世界を変えよう。
大賞 300万円
＋コミカライズ確約
金賞 100万円
銀賞 50万円
特別賞 10万円
［選考委員］
春日部タケル
「俺の脳内選択肢が、学園ラブコメを全力で邪魔している」
長谷敏司
「円環少女」「BEATLESS」
角川スニーカー文庫編集長
［前期締切］
2020年12月末日
［後期締切］
2021年6月末日
詳細はザ・スニWEBへ https://sneakerbunko.jp/award/
イラスト／左